KB073264

황금가스전

2016년 06월 27일 초판 인쇄
2016년 06월 30일 초판 발행
2019년 06월 10일 초판 3쇄 발행

지은이 양수영
펴낸이 이재욱
펴낸곳 (주)새로운사람들
디자인 빌리언
마케팅관리 김종림

ⓒ 양수영, 2016

등록일 1994년 10월 27일
등록번호 제2-1825호
주소 서울 도봉구 덕릉로 54가길 25
전화 02)2237.3301 **팩스** 02)2237.3389
이메일 ssbooks@chol.com
홈페이지 www.ssbooks.biz

ISBN 978-89-8120-526-3 03810

황금가스전

미얀마 바다에서의 도전과 성공

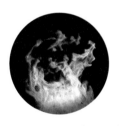

양수영 지음

새로운
사람들

추천사

이 책의 저자인 양수영 박사는 한국 석유개발사에 한 획을 장식한 미얀마 가스전 상업화의 쾌거를 이룬 장본인이다.

본인은 저자가 대우인터내셔널에 근무하게 되는 데 일조를 하고 미얀마 가스전 개발의 진행 과정을 처음부터 지켜본 목격자로서 이 책을 추천하고자 한다.

저자는 일반적인 석유개발 전문가들과는 달리, 학문적인 전문성과 산업 현장에서의 경험을 동시에 겸비하였다. 일선 교사로 근무하다가 자원개발 현장에 필요한 기술을 습득하고자 Texas A&M 대학교에서 석유탐사 박사학위를 취득할 만큼 진취적 성격을 가졌으며, 한국해양연구소 연구원, 한국석유공사 탐사 전문가, 민간기업인 대우인터내셔널의 자원개발 총괄 부사장 등 다양한 경력을 소유하고 있다.

저자의 진취적인 성격과 석유탐사 기술의 전문성, 그리고 다양한 경력이 세계적인 석유개발회사인 프랑스 Total도 포기한 미얀마 서부 해상광구를 국내기술로 상업화에 성공할 수 있도록 만들었을 것이다.

또한 무역 중심의 회사였던 대우인터내셔널이 탐사, 개발, 생산의 총괄적 체제를 갖춘 국내 최고 수준의 에너지자원개발 전문회사로 성장하는 데 결정적인 기여를 했다고 믿는다.

이 책에서는 자원보유국이지만 정치적인 이유로 세계적 경제 고립 상황에 있던 미얀마에 대우인터내셔널이 진출하게 된 구체적인 배경에서 시작하여, 양수영 박사를 중심으로 한 대우인터내셔널의 기술력과 종합상사 특유의 협상력으로 오늘의 저유가 상황에서도 고수익을 창출하는 미얀마 가스전의 상업화에 대한 성공 비화들이 소상히 소개될 것이다.

석유개발에 대한 전문적인 지식을 알기 쉽게 풀어 쓰고 다양한 전략적인 경험담을 풍부하게 담은 이 책은 우리나라의 자원개발업계가 다른 자원 보유국에서도 석유, 가스, 광물자원 개발을 추진할 때 꼭 필요한 자원개발 지침서가 될 것으로 믿으며, 자원개발 관계자들뿐만 아니라 일반인들에게도 아주 흥미로운 읽을거리가 될 것으로 확신한다.

서울대학교 공과대학 에너지자원공학과
교수 강주명

저자인 양수영 박사는 당시 선망의 공기업이었던 한국석유공사에서 ㈜대우로 와서, 내가 사장으로 재직하고 있을 때 미얀마 사업 참여를 추진했던 석유개발 분야의 최고 인재다.

스스로 도전의 삶을 선택한 그는 외환위기로 대우그룹이 해체되어 사업이 중단될 위기가 왔을 때도 포기하지 않았다. 끝까지 붙잡고 혼신의 힘을 다하여, 거친 미얀마 바다에서 황금가스전을 일구어낸 그는 진정한 대우맨이다.

1985년에 대우가 처음 진출했던 미얀마는 우리처럼 식민지의 역사를 가지고 있고, 경제적으로 어려움을 겪고 있었다. 그러나 풍부한 자원과 저력을 가진 나라였다.

대우는 아무도 주목하지 않았던 그 시절부터 미얀마 시장의 가능성에 주목하고 사업을 펼치면서 현지 정부와 좋은 관계를 맺었고 의리와 신용을 쌓았다. 1990년대 후반부터 미얀마 앞 바다 가스전 탐사사업 참여를 추진하여, 석유개발 분야의 경험과 능력을 가진 인재를 통해 확보한 역량과 차별화된 전략으로 오늘의 성공을 만들었다. 저자는 바로 이 성공 신화의 중심인물이다.

이 책〈황금가스전〉은 그의 도전과 시련, 성공에 대한 생생한 기록이다.

세계화의 속도는 더욱 빨라지고 그 양상은 더욱 복잡해졌다. 이와 함께 미지의 땅은 사라져 가고 있다. 20세기 후반에 눈부신 경제성장으로 세상을 놀라게 했던 대한민국도 초유의 저성장 시대에 맞닥뜨렸다. 새로운 전략을 가지고 변화에 대응해야 할 시점이다. 이런 힘겨운 시대를 헤쳐 나가기 위해서는 개척의 의지와 정열을 갖춘 기업인들이 그 어느 때보다 절실하다.

대한민국 해외자원개발 분야에서도 꿈꾸는 개인과 도전하는 기업의 값진 경험이야말로 새로운 미래를 여는 길잡이가 될 것이다. 세계경제가 신흥시장을 중심으로 재편될 확률이 높을 것으로 예상되는 21세기, 미얀마와 같이 국토의 곳곳에 자원을 가진 나라는 우리에게 더 큰 가능성으로 다가올 것이다. 아직도 세계는 넓고 할 일은 많다.

에너지를 연구해온 학자로서, 석유개발의 전문가로서 그리고 해외시장 개척을 선도해온 야전 사령관으로서 그가 정리해낸 이 기록이 많은 사람들의 가슴에 공명을 일으키길 바란다. 가장 먼저 가장 멀리 나아갔던 사람들의 이야기에 귀 기울여 주기를 바란다.

대우세계경영연구회
회장 장병주

황금의 나라 미얀마에서 미얀마어로 '황금'이라는 뜻을 가진 '쉐 (Shwe)' 가스전은 국내 석유개발업계가 지난 수십 년간 해외에서 발견한 유전 · 가스전 중 최대 규모다.

또한 쉐 가스전은 프로젝트 선정에서부터 개발 · 생산까지의 모든 과정을 한국 자체의 기술력과 인력으로 주도해 온 프로젝트다.

미얀마 전역의 자료를 검토하여 광구를 선정하는 작업에서부터 탐사작업과 시추작업은 물론이고, 파트너 영입, 가스전 발견 후의 평가작업, 그 이후에 진행된 가스판매를 위한 협상과 계약, 가스전 개발계획과 시공사 선정, 개발작업 감독, 생산에 이르기까지의 모든 과정을 외국 회사의 도움 없이 자체적으로 실시하였다는 점에서 국내 석유개발업계의 새로운 지평을 열었다고 할 수 있다.

대우인터내셔널이 가스를 발견한 미얀마 서부 해상 지역은 1970 년대 미국과 프랑스, 일본 회사들이 탐사를 하여 유전이나 가스전 발견에 실패하고 철수한 후 20년 이상 어느 외국 회사도 관심을 두지 않던 버려진 지역이었다.

외국의 유수한 회사들이 탐사에 실패했음에도 불구하고, 우리는 이 지역의 자료를 분석한 끝에 가스 발견 가능성이 충분하다고 판단하였다. 과거와는 전혀 다른 새로운 탐사개념을 도입하고 이를 근거로 인공지진파 탐사와 시추를 실시하여 세계적 규모의 대규모 가스전을 발견하게 되었다.

탐사작업을 하는 동안 여러 가지 난관에도 부닥쳤다. 사업에 공동으로 참여하던 인도 파트너들이 더 이상 가능성이 없다고 철수한 상황에서도 단독위험부담으로 측면시추를 강행하여 가스전 발견에 성공하였던 일도 그 중의 하나다.

탐사가 진행되는 동안의 일련의 긴장된 순간들뿐만 아니라, 그 이후 진행된 가스판매를 둘러 싼 치열한 협상과정, 막대한 투자비가 들어간 가스전 개발을 위한 준비작업과 개발공사 중 일어난 여러 가지 어려움 등 실로 긴박한 과정을 거쳐 왔다.

이러한 소중한 경험들을 독자들과 나누어, 석유자원에 대한 중요성과 개발의 필요성에 공감하시기를 바라는 마음으로 미얀마 가스전에 대한 글을 쓰게 되었다. 석유개발에 대한 일반인들의 이해를 돕기 위해 석유개발에 관한 지식도 간간히 소개하였다.

그 동안 미얀마 가스전 사업을 위해 혼신의 노력을 기울여 온 모든 동료들과 아낌없이 지원해 주신 여러 분들에게 진심으로 감사의 마음을 전한다. 또한 이 책이 출판될 수 있도록 자료와 사진을 제공하고 원고를 검토해 주고 그래픽을 도와주는 등 여러 가지 방법으로 도움을 주신 많은 분들에게도 고마운 마음을 전한다.

책에 등장하는 인물들 중 특별히 고마움을 주신 분들은 실명과 당시의 직급을 언급하였는데, 사전에 양해를 구하지 않았더라도 너그러이 이해해 주시리라 믿는다.

마지막으로, 이 책을 얼마 전 사랑하는 가족의 품을 떠나 하늘나라로 가신 어머니와 65년 동안 동고동락한 아내를 여의고 슬픔과 외로움을 참아 나가시는 아버지께 바쳐 드린다.

2016년 6월

저자 양수영

목차

Golden Gas Field
in Myanmar

제1장

미얀마
특명

Golden Gas Field in Myanmar

석유개발과 21세기의
영토 확장

미얀마에의
첫 걸음

1997년 5월, 미얀마의 양곤공항에 첫 걸음을 내디뎠다.

마치 시골 역사의 대합실처럼 자그마하고 복잡한 공항 청사를 빠져나오자 후끈 열기가 밀려왔다. 저녁 여덟 시가 지났는데도 밤공기는 뜨거웠다. 공항으로 마중을 나온 대우의 양곤 주재원이 날씨 이야기부터 꺼냈다.

"미얀마에서는 5월부터 몬순(monsoon)이라고 하는 우리나라의 장마철과 비슷한 우기(雨期)가 시작되는데, 아직은 여름 동안 뜨거워졌던 땅을 식힐 만큼 비가 많이 내리지 않아서 여전히 덥습니다."

"미얀마의 여름은 7~8월이 아니라는 말이군요?"

"그렇습니다. 여기는 3월과 4월이 기온이 35도를 넘나들고 습도가 매우 높은 여름입니다."

미얀마는 우리나라와 달리 세 계절이 있는데, 3~4월이 여름이고 5~10월이 우기이며 11월부터 2월까지가 비가 거의 오지 않는 건기(乾期)라고 한다.

낯선 기후만큼이나 낯선 땅이었다.

나는 ㈜대우의 에너지개발팀장으로서 미얀마에서의 석유개발 사업 참여에 대한 타당성을 조사하기 위해 이홍범 과장과 함께 낯선 땅을 찾았던 것이다.

대우의 '세계경영'

대우는 당시 '세계경영'을 표방하며 해외 활동에 박차를 가하고 있었다.

대우의 해외 활동은 다른 기업들이 흉내 내기 어려울 정도로 활발했고 상당한 성과도 있었다. 동유럽에서부터 칭기즈칸의 유럽 원정 루트를 되짚어오면서 자동차 공장을 건설하는 등 대우의 신(新)실크로드 전략도 놀라움을 자아냈다.

대우는 국가 간의 수교가 미처 이루어지지 않은 동유럽, 수단, 리비아 같은 나라들에까지 공격적으로 진출하는 도전의지를 바탕으로 비즈니스 영토를 확장해 나갔다.

특히 김우중 회장은 『세계는 넓고 할 일은 많다』는 저서의 제목처럼 자타가 공인하는 국제 비즈니스의 마당발이었다.

"대우가 있습니다!"

당시의 대우그룹 기업광고 헤드라인이었던 이것은 '세계경영'의 대명사인 대우와 해외진출의 전사(戰士)들인 대우인의 자부심을 집약한 말이라고 해도 지나치지 않을 성싶었다.

창검(槍劍)이나 총포(銃砲)를 앞세운 정복전쟁 또는 제국주의 시대와는 달리 해외시장 개척과 자원개발이야말로 21세기의 영토 확장이라고 주장하는 '세계경영'은 전쟁 대신 평화, 침탈 대신 상호 이익을 위한 길이었던 셈이다.

낯선 땅 미얀마도 대우가 진출하여 활발하게 사업을 펼치던 나라였다.

당시만 해도 아웅산 테러사건 이후 우리나라 정부가 외교적으로나 경제적으로 별 관심을 보이지 않았던 나라이기 때문에 기업들의 진출이 활발하지 않던 미얀마에서도 대우는 전자제품 조립공장, 봉제공장, 합판공장 등을 운영하였다. 또한 미국의 경제 재제로 교역이 자유롭지 못한 미얀마에 원유와 경유 등을 공급하면서 착실한 기반과 신뢰를 쌓고 있었다.

미얀마에서의 석유개발사업도 대우가 스스로 개척한 아이템이라기보다 윈-윈(win-win)의 파트너십을 내세우는 대우에게 미얀마 정부의 고위층이 먼저 제안해 온 프로젝트였다.

버마와 한국,
그리고 테러사건

솔직히 나로서는 한국을 출발하면서부터 양곤공항에 내릴 때까지도 미얀마에 대해 뚜렷하게 떠오르는 목표나 계획은 없었다. 석유개발사업의 막연한 가능성을 얼마나 구체화하여 귀국하느냐가 과업이라면 과업이었다.

그러면서도 뇌리에 깊이 새겨진 영상이 있었다.

아웅산 국립묘지 테러사건.

1983년 10월 9일, 그때만 해도 버마의 랑군이라 불렸던 미얀마의 수도 양곤의 아웅산 국립묘지에서 북한 공작원 3명이 버마를 방문한 전두환 한국 대통령 암살을 위해 미리 설치한 폭탄을 터뜨렸던 사건이다.

폭발할 때 대통령은 묘소에 도착하기 전이어서 해를 입지 않았지만 서석준 부총리 등 4명의 각료와 10명의 고위 관리, 기자와 경호원 등 한국인 17명과 미얀마인 4명 등 21명이 사망하고 수십 명이 부상했다.

버마는 당시 동남아시아와 오세아니아 순방 일정의 첫 번째 방문지였기 때문에 대통령은 이후의 일정을 모두 취소하고 한국으로 돌아와야 했다.

아웅산 사건이 일어나기 한 달쯤 전인 1983년 9월 1일에는 소련의 대한항공 여객기 격추사건이 있었고, 사건 발생 당시에는 '남북 이산가족 찾기' 방송이 100여 일째 연속으로 진행 중이었기 때문에 충격을 더했다.

버마 정부는 사건 발생 즉시 암살범을 추적하기 시작하여, 북한군 특공대 소속 대위와 소좌(소령) 등 2명을 체포하고 대위 1명을 사살했다. 버마 정부는 이 사건이 북한의 특수공작원에 의해 자행되었다고 공식 발표하였고, 그 해 11월 북한에 대한 국교 단절과 북한 외교관 추방 조처를 취했다.

이미 14년 전의 사건이지만 당시로서는 대단히 충격적이었고 연일 방송에서 보도를 했기 때문에 미얀마 출장 명령을 받고 기록을 찾아 살펴보았는데, 눈에 띄는 대목이 있었다.

희생자들의 직책을 살펴보니 부총리 겸 경제기획원 장관, 상공부 장관, 동자부 장관, 청와대 경제수석, 재무부 차관, 농수산부 차관, 과학기술처 차관 등 각료들과 고위 관리들 중에 경제 관련 인사가 특별히 많다는 사실이었다.

그렇다면 사건 당시의 동남아시아와 오세아니아 순방의 목적이 경제협력이나 자원개발을 염두에 두었을 가능성이 컸다는 뜻이 아닐까?

당시 버마는 사회주의 성향으로 한국보다 북한과 가까운 국가였지만, 자국의 독립 영웅인 아웅산 장군 묘역에서 폭탄 테러를 일으킨 데 격노하여 즉시 북한과의 국교를 단절하고 양곤에 있던 북한 대사관 직원들을 국외로 추방하였다.

아웅산 국립묘지 테러사건으로 인하여 버마가 북한과 국교를 단절하였지만, 우리나라 역시 이 충격적인 사건으로 인한 후유증 때문인지 정부 차원에서의 경제협력은 별 진전을 보지 못하였다.

그럼에도 불구하고 대우는 자원이 풍부하고 인구가 많은 데다 한 때 동남아시아의 경제 대국이었던 버마의 잠재력을 높이 평가하고 1980년대부터 버마에 본격적으로 진출하기 시작했던 것이다.

그러다가 마침내 버마, 즉 지금의 미얀마에서 1997년부터 석유 개발을 위한 대우의 도전이 시작된 것이다.

미얀마의 첫 인상, 친절한 웃음

양곤공항에서 시내로 들어오는 길의 양쪽으로 잎이 무성한 나무 들이 줄지어 있고, 도시 전체가 울창한 나무로 가득 차 있었다.

도로는 비교적 깨끗이 정비되어 있었으나, 지나다니는 자동차들 은 만든 지 10년도 훨씬 넘어 보이는 낡은 차들이 대부분이었다. 간혹 새 차가 지나갈 때 대우자동차도 눈에 띄어 공연히 반가운 마 음을 불러일으키곤 했다.

나지막한 건물들밖에 보이지 않던 양곤 시내를 가로질러 도심으 로 들어오니 우리가 묵을 큰 호텔이 눈에 들어왔다. 시골 같은 양 곤의 분위기와는 전혀 어울리지 않는 현대식의 일류 호텔이 다소 의아하게 느껴졌다.

알고 보니 동남아국가연합, 즉 아세안(ASEAN)이 지정한 '미얀마 방문의 해'(1996년 Visit Myanmar Year)를 맞아 관광 활성화를 위한 방안으로 미얀마 정부가 외국 투자자를 유치하여 지은 몇 개의 일류 호텔 가운데 하나라는 것이었다.

호텔에 체크인을 할 때 느낀 미얀마에서의 첫 인상은 조금 뜻밖이었다.

미얀마에 대한 선입견이라기보다 오히려 무지몽매한 상태였기 때문에 무뚝뚝하거나 불편할지도 모르겠다고 생각했는데, 미얀마 사람들이 너무나 친절하다는 느낌을 받았다.

호텔 직원들마다 어쩌면 그렇게 한 결 같이 친절한지 모를 정도였다. 환하게 웃으면서 유창한 영어로 안내를 하는 미얀마인 직원들의 모습을 보니 여행으로 지친 피로가 말끔히 가시는 듯했다.

그날 이후 내 집 드나들 듯이 미얀마에 자주 출장을 가고, 또 가스전을 개발하는 몇 년 동안 현지에서 살기도 했지만, 미얀마 사람들에게서 받은 첫 인상은 변함이 없었다.

밝고 환하게 웃으면서 친절하고 푸근하게 사람을 감싸주는 태도야말로 미얀마 사람들의 진면목이 아닐까 싶다.

Golden Gas Field in Myanmar

미얀마에서
석유를 찾아라

미얀마라는
나라

　동남아시아의 인도차이나 반도 서쪽 끝에 자리 잡고 있는 미얀마
는 다섯 개 나라와 국경을 접하고 있다. 북서쪽의 방글라데시와 인
도, 북동쪽의 중국, 동쪽의 라오스와 태국이 그들이다.

　남한의 7배쯤 되는 67만 7천 제곱킬로미터의 광활한 영토를 가
진 미얀마는 일찍부터 석유개발이 이루어져 왔고 과거에는 인도네
시아와 함께 동남아시아 최대의 산유국으로 꼽혔다.

　지금은 미얀마 독립운동의 영웅인 아웅산 장군의 딸인 아웅산 수
치가 선거에서 이겨 군사정권을 종식하고 개방정책을 실시하게 되
어 비즈니스를 위한 새로운 기회의 땅으로 떠오르면서 우리에게도
꽤 알려지게 되었다.

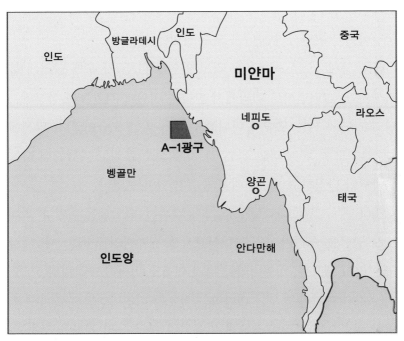

미얀마는 동남아사이 서쪽 끝에 있는 나라다. 대우가 미얀마 해상에서 최초로 취득한 A-1광구는 미얀마 서부 벵골만 해상에 위치하고 있다.

그러나 내가 처음 방문했던 1997년만 해도 대다수의 우리 국민들에게는 아웅산 테러사건이 일어났고 축구를 잘하는 나라 정도로 기억되는 낯선 땅이었다.

1960년대까지만 하더라도 풍부한 농산물과 석유를 비롯한 지하자원을 바탕으로 필리핀과 함께 동남아시아에서 가장 부강한 나라였지만, 사회주의 체제와 폐쇄정책이 오랫동안 계속되는 바람에 동남아시아 최빈국의 하나가 되고 말았던 것이다.

비록 경제적으로 어려움을 겪고 일인당 GNP가 수백 달러에 불과했지만, 그러면서도 거리에서 만나는 미얀마 사람들은 상상과는 달리 가난에 찌든 모습이 아니라 여유가 있는 모습이었다. 당시에는 남녀 모두 '론지'라고 하는 긴 치마를 주로 입고 다녔는데 다들 옷차림이 단정하고 행동거지에 품위가 있어 보였다.

2006년 수도를 네피토로 옮기기 전까지 수도였던 미얀마 최대 도시 양곤은 우리가 중·고등학교시절 세계지리를 배울 때는 '랑군'이라고 했으며, 미얀마라는 나라 이름도 버마라고 불렀다.

1989년 미얀마 정부는 버마라는 국호를 미얀마연방으로 바꾸고, 영국 식민지 시절 영국식으로 발음되던 랑군 등의 지명을 모두 과거의 지명으로 되돌렸다.

미얀마의 인구는 약 5,700만 명이다. 버마족이 70%이고, 카렌, 샨, 몬 등의 소수민족과 중국계 및 인도계로 구성되어 있다. 한때 인도차이나 반도에서 강국으로 군림했던 강인한 국민성을 가진 나라지만, 대다수의 국민이 불교신자로서 독실한 불심으로 수양을 쌓아 쉽게 화를 내지 않고 친절하며 무척 예의가 바르다.

대우의 미얀마
석유개발 진출

대우가 미얀마에 진출한 것은 1980년대부터였다.

그때는 빈약한 경제 상황과 열악한 투자 환경으로 인해 미얀마는 외국 기업들의 관심에서 벗어나 있었다. 그럼에도 해외사업이라면 길이 없을 때 직접 길을 내서라도 개척해야 직성이 풀리는 대우의 눈길을 벗어나기는 어려웠던 것이다.

김우중 회장이 수시로 미얀마를 드나들면서 직접 사업을 챙겼고, 미얀마의 최고위층과 만나 친분을 쌓으며 사업을 성사시키기도 하였다. 1990년대로 접어들면서 대우는 이미 전 세계의 어떤 기업들보다 미얀마에서 가장 활발하게 사업을 벌이는 회사가 되어 있었다.

그러던 중 미얀마 정부가 1997년 대우그룹에 석유개발 분야 진출을 고려해 달라고 요청했다. 1990년대 초반 대우가 미얀마 남부 해상에서 미얀마 국영석유회사가 발견한 야다나 가스전을 LNG(Liquefied Natural Gas, 액화천연가스) 방식으로 개발하자는 제안서를 제출했던 데 대한 응답인 셈이었다.

그 당시에는 해상가스관 사업으로 제안서를 제출한 프랑스의 메이저사인 토탈(Total)에게 개발권이 넘어가 안타깝게 기회를 놓쳤던 대우로서는 미얀마 정부가 제의해 온 이 기회를 놓칠 수가 없었다. 김우중 회장은 즉시 ㈜대우의 석유탐사 전문가를 미얀마 현지로 보내 사업 추진에 대한 타당성을 조사하도록 하였다.

당시 ㈜대우의 에너지개발팀장으로서 미얀마 석유개발사업 추진 책임자로 미얀마에 파견되었던 나에게 부여된 임무는 "미얀마에서 석유를 찾아라!"는 막중한 특명(特命)이었다.

석유개발을 할 수 있는
기업의 조건

지금은 유가 하락으로 다소 주춤해진 듯하지만, 지난 수십 년간 에너지자원개발의 중요성은 모든 국가, 많은 기업의 관심사로서 너무나 치열한 경쟁이 세계 곳곳에서 전개되어 왔다.

에너지자원을 확보하기 위해서라면 국경과 국적을 초월할 정도였고, 우리나라도 정부 차원에서 매우 중요한 정책 과제로 다루어 왔다. 한 마디로 21세기의 영토 확장이란 말을 실감할 수 있을 만큼 에너지자원개발에 대한 관심이 뜨거웠다.

대우도 예외가 아니었다.

대우는 이미 수십 년 전부터 에너지자원개발에 많은 관심을 보이면서 사업 참여를 적극 추진해 왔다. 특히 김우중 회장은 우리나라 대기업의 최고경영자 중에서도 일찍부터 자원개발의 중요성을 깨닫고 석유개발사업 참여를 가장 적극적으로 추진해 온 분이 아닐까 생각한다.

1996년 나는 국영 기업체인 한국석유공사를 떠나기로 마음먹고 민간 기업 중에서 석유개발에 대한 꿈을 펼칠 수 있는 곳을 스스로 찾기 시작했다.

이때 두 가지를 가장 중요하게 고려했다.

첫째는 성공했을 경우 고수익이 보장되지만 위험부담도 높은, 즉 high-risk, high-return 사업인 석유개발은 도전정신을 가진 기업만이 할 수 있기 때문에 안정성보다는 도전과 개척을 중시하는 기업문화를 가진 회사라야 한다는 것이었다.

둘째는 대규모 투자가 요구되는 석유개발사업을 의욕적으로 추진하기 위해서는 그룹의 최고 책임자가 석유개발에 관심을 두는 회사라야 한다는 것이었다.

의사결정 방식 등 여러 가지 제약이 있는 국영 기업체를 떠나 의욕적으로 꿈을 펼칠 수 있는 민간 기업으로 옮기기로 결심한 나로서는 대우야말로 석유개발을 제대로 할 수 있는 우리나라 유일의 기업이라고 느꼈다.

당시 대우그룹의 주력 회사였던 ㈜대우는 석유가스개발사업은 물론이고 연관 사업인 LNG 사업 등에 활발히 진출하고자 문동민 부사장을 중심으로 조직을 확장해 나가고 있었다.

나는 1996년 6월 ㈜대우에 입사하여 에너지개발팀을 맡게 되었다.

Golden Gas Field in Myanmar

황금의 땅에서의
석유개발 추진

황금의 땅,
황금가스전

미안마를 황금의 땅이라고 일컫는 이야기를 많이 들었다.

엘도라도처럼 노천(露天)의 금광이 있는 것은 아니지만 도처에 황금의 불탑과 불상이 가득한 나라이며, 한때 태국과 캄보디아, 라오스를 지배했던 동남아시아의 강국으로서 부귀를 누렸던 이미지가 남아 있기 때문이 아닐까 싶다.

석유를 검은 황금이라고 일컫기도 하는데, 석유개발 때문에 황금의 땅 미안마를 찾게 되었고, 나중에 우리가 찾은 가스전의 이름이 황금가스전이 되었으니, 지금 와서 생각해 보면 1997년 미안마에 처음 발을 들여 놓은 것이 우연이 아니라 필연이었다는 생각이 들기도 한다.

미얀마
석유개발의 역사

영국은 버마와 인도 동부의 석유개발을 위해 1886년 BOC (Burmah Oil Company)의 전신인 Rangoon Oil Company를 설립하였다. 이때부터 미얀마 석유개발이 시작되었으니 역사는 이미 130년이나 되었다고 할 수 있다.

중동에서 유럽 열강들의 석유개발 이권을 둘러싼 세력다툼이 한창이었던 1909년, 영국은 이란의 석유개발에 진출하기 위해 BOC의 자회사로 APOC(Anglo Persian Oil Company)라는 회사를 만들었다. APOC는 후에 AIOC(Anglo Iranian Oil Compan)로 바뀌었다가 1954년 BP(British Petroleum)가 된다.

한편 미얀마 정부의 국유화 정책에 따라 1964년 미얀마 국영석유회사 MOGE(Myanma Oil and Gas Enterprise)가 설립되었고, BOC가 가지고 있던 미얀마의 유전과 가스전은 모두 MOGE로 넘어가게 된다. 세계에서 규모가 두 번째로 큰 메이저 회사인 BP와 미얀마 국영석유회사 MOGE가 같은 회사인 BOC에 뿌리를 두고 있는 셈이다.

미얀마의 지형은 크게 세 가지로 구분한다.

히말라야 산맥의 연장선인 서부 산악지대와 동부의 고원지대, 그리고 그 가운데에 미얀마를 남북으로 가로지르는 거대한 평원인 중앙분지가 있다. 이 중앙분지에서 19세기 말부터 많은 유전과 가스전이 발견되어, 미얀마는 인도네시아와 더불어 동남아시아 최대의 산유국으로 군림하였다.

1960년대 국유화 이후 미얀마의 대부분 유전과 가스전은 국영석유회사인 MOGE에 의해 운영되고 있었다. 1970년대에 일부 외국 회사들이 미얀마 육·해상광구에 참여하였고, 1980년대 말부터 미얀마 정부의 석유개발 광구 개방 정책에 따라 미국, 유럽, 호주의 회사들과 한국의 SK(당시 유공) 등 상당히 많은 외국 회사들이 활발한 탐사활동을 펼쳤지만 모두 사업에 실패하고 1990년대 중반에 대부분 철수하였다.

한때 수십만 배럴까지 생산되던 육상유전들이 지금은 거의 고갈되어 현재의 원유 생산량은 10,000배럴 정도에 머무르고 있는 실정이며, 육상가스전에서도 소규모의 가스만 생산되고 있다.

1997년에 내가 미얀마를 처음 방문할 당시, 해상에는 야다나(Yadana)와 예타군(Yetagun) 두 개의 가스전이 있었는데, 두 가스전의 위치는 모두 미얀마 남부 안다만 해상이다.

야다나 가스전은 미얀마 국영석유회사가 발견한 후 프랑스의 토탈이 인수하여 가스전을 개발하고 현재 가스를 생산 중이다. 예타군 가스전은 미국 텍사코가 발견하였으나 영국 석유회사 프리미어에게 지분을 팔고 철수하였으며, 프리미어가 가스전을 개발하였다. 그 후 다시 말레이시아의 국영석유회사 페트로나스(Petronas)에게 광권을 넘겨 현재 페트로나스가 운영권자로 가스를 생산하고 있다.

현재는 야다나 가스전과 예타군 가스전 그리고 대우인터내셔널이 생산하는 쉐 가스전과 태국의 국영석유회사 PTT가 생산하는 조티카 가스전 등 총 4개의 가스전 프로젝트에서 일산 약 20억 입방피트의 천연가스(원유 환산 약 35만 배럴)를 생산하고 있어 이들 가스전으로부터 나오는 수익금이 미얀마 국가 재정의 상당 부분을 차지하는 중요한 수입원이 되고 있다.

미얀마 석유개발
참여를 위한 자료 검토

양곤에 도착한 다음 날, 우리 일행은 미얀마 국영석유회사 MOGE를 방문하여 사장을 비롯한 모든 경영진과 담당 실무진이 배석한 자리에서 미얀마 석유 · 가스개발 현황과 참여가 가능한 광구에 대한 브리핑을 받았다.

주로 육상에 위치하고 있는 유전 · 가스전과 탐사광구에 대한 지질 특성 및 탐사 · 생산 현황에 대한 전반적인 설명을 들었다. MOGE 사장을 비롯한 모든 경영진들이 상당한 기대감을 표시하고 있다는 느낌을 받았다.

"미얀마에서 가장 활발하게 사업을 벌이고 있는 대우가 석유개발 분야로 진출을 고려하는 데 대해 환영합니다. 타당성조사를 위한 자료 검토에 최대한 협조하겠습니다."

"호의에 감사드립니다. 유망하다면 기꺼이 참여하겠습니다."

"미얀마 전역에 있는 모든 자료를 제공할테니 조사해서 좋은 광구를 선정하시기 바랍니다."

우리는 사전에 조사하여 확보한 정보와 현지에서 들은 설명을 근거로 평가에 필요한 제반 기술자료를 MOGE에 요청하였다. MOGE의 이런 협조는 당시 대우가 미얀마에서 영향력을 발휘하는 외국 기업이기 때문에 가능했던 것은 두말할 나위도 없다.

우리는 입수한 자료를 면밀히 분석해 가면서 어떤 지역의 석유개발에 참여할 것인지 신중하게 검토하였다. 무엇보다도 대우의 입장에서 가장 유리한 조건이 어떤 것인지 따져봐야 했다.

탐사광구의 경우 비교적 투자비가 적게 들고 일단 성공하면 높은 수익을 올릴 수 있지만, 탐사에 성공할 확률은 10~30%에 불과할 정도로 낮기 때문에 미얀마에서의 석유개발에 첫 발을 내딛는 대우로서는 모험인 셈이었다.

대우의 입장에서는 탐사가 별로 이루어지지 않아 그만큼 성공 가능성도 높지 않은 미개척 지역(frontier area)에 대한 탐사보다는 이미 발견된 유전을 취득하여 안정적으로 수익을 창출하면서 사업을 확장해 나갈 필요가 있었다.

아울러 발견된 유전과 함께 새롭게 탐사할 수 있는 유망 지역을 포함하고 있는 탐사광구를 확보하여 고수익을 창출할 기회를 노릴 수 있어야 했다.

MOGE 반대로
육상광구 참여 좌절

우리는 발견유전을 포함하고 있는 탐사광구 사업 참여를 추진하기로 전략적인 방향을 잡고, 유망한 육상광구 두 곳을 선정하여 정밀실사를 거친 다음 미얀마 정부에 정식으로 참여제안서를 제출하였다.

그러나 제안서를 제출하고 나서 꽤 오랜 기간이 지났음에도 소식이 없어 미얀마 현지의 대우 주재원을 통해 사정을 알아보았다.

"미얀마 정부로부터 회신이 없습니다."

그러면서 비공식적으로 알아본 상황을 전해주었다.

"따로 알아보니 미얀마 정부 에너지부에서는 대우의 제안서대로 발견유전을 포함하고 있는 육상 탐사광구 사업에 참여할 기회를 주려고 하는데, 산하기관인 국영석유회사 MOGE에서 반발이 심하다고 합니다."

"MOGE가 반대하는 이유는 뭐랍니까?"

"이미 발견한 유전은 MOGE가 직접 개발하여 생산하겠다는 것이고, 우리 대우는 위험부담이 큰 미개척지 탐사광구에 참여시키자는 것이지요."

국영석유회사의 입장을 이해하지 못할 바는 아니었다.

아무리 고위층에서 배려하는 사업일지라도 이미 발견한 유전은 손바닥 안에 들어온 보석으로 생각한다는 얘기였다. MOGE가 국익에 반하는 특혜를 주는 것이라는 명분을 앞세우면서 반발한다면 사업 추진이 어려울 터였다.

이러한 상황에서 우리가 선정한 두 개의 육상광구 외에는 우리 기준에 맞는 참여 대상 광구를 찾을 수 없어 미얀마에서 석유탐사에 참여하기는 어려울 것으로 보고 더 이상의 기대는 접었다.

미얀마 정부의
해상광구 참여 제의

　그런데 미얀마 석유개발사업은 꺼진 불이 아니었다.

　기대를 접고 나서 어느 정도 시간이 흐른 다음 미얀마 정부로부터 다시 제의가 들어왔던 것이다. 미얀마 서부 7개 해상광구 참여 제의였다.

　"서부 해상 지역에 A-1광구를 비롯하여 여러 개의 광구가 있으니 대우가 자료를 검토해 보고 어느 광구든지 선택하면 광권(鑛權)을 드리겠습니다."

　미얀마 정부에서 먼저 권하여 끌어들인 일인데, 기껏 참여제안서를 제출하자 빈손으로 돌려보내는 꼴이 되었으니 자못 배려하는 마음마저 읽혀졌다. 육상광구에서 해상광구로 바뀌긴 했지만 석유개발에 대한 의지를 가진 대우로서는 마다할 이유가 없었다.

　미얀마의 서부 해상에는 7개의 광구가 있었다.

　1970년대에 프랑스, 일본, 미국의 회사들이 이들 광구에서 활발한 탐사활동을 벌였다. 프랑스의 토탈이 2개의 탐사정을 시추(試錐)하였고, 일본 회사들이 공동으로 설립한 AODC라는 회사가 4개, 미국의 시티서비스가 1개의 탐사정을 시추하였다.

　시추 결과에 대한 평가는 부정적이었다. 일부 시추공에서 약간의 가스 징후가 있었으나 상업적 발견이라고 할 만한 원유나 가스는 발견하지 못했기 때문에 모두 철수하였다.

　탐사에 성공하지 못했다고 서둘러 판단한 가장 주된 이유는 이 지역에 저류암이 거의 없다는 사실 때문이었다. 미얀마 서부 해상에서 시추된 7개 탐사정에서 확인된 지하 지층에는 양호한 저류암인 사암이 거의 존재하지 않아 원유나 가스의 부존을 기대하기 어려웠던 것이다.

프랑스, 일본, 미국의 회사들이 1970년 후반에 모두 철수하면서 미얀마 서부 해상은 탐사 유망성이 없는 지역으로 알려졌고, 그 이후 약 20년 동안 이 지역은 외국 석유회사의 관심은 커녕 아예 버려진 지역으로 남겨져 있었다.

1980년대 후반과 1990년대 초반 미얀마에 다시 석유개발 붐이 일어났다. 메이저 석유회사를 포함한 미국, 유럽, 호주 등 전 세계의 많은 석유회사들이 미얀마 육상과 해상의 탐사광구에 참여하여 탐사작업을 활발히 벌였다.

그런데 미얀마의 석유개발 붐이 일어났던 그 당시에도 미얀마 서부 해상은 외국 회사들의 관심을 전혀 받지 못하는 지역이었다.

Golden Gas Field in Myanmar

믿음과 희망을 가지고
유망한 광구를 찾아내다

피 말리는
광구 선정 작업

대우가 미얀마 정부로부터 해상광구 참여 제의를 받은 다음, 나는 미얀마 서부의 7개 해상광구에 대한 기술자료를 분석하기 위해 다시 미얀마 국영석유회사 MOGE를 방문했다.

인연이 되려고 그랬을까? 그럴 만도 한데 이상하게도 미얀마 정부가 대우에게 '아무도 거들떠보지 않는 버려진 광구를 던져줬구나' 하는 느낌은 들지 않았다.

나 자신이 나름대로 최신의 기술력에 대한 자부심으로 충만해 있을 때라 프랑스, 일본, 미국이 쓸고 지나갔더라도 내 눈에는 뭔가 나타날 것 같은 느낌이랄까. 이상한 예감에 사로잡혀 있었다고 해도 틀린 말은 아닐 것이다.

석유개발에 참여하기 위해 산유국을 방문하여 주어진 자료를 검토한 다음, 참여 대상 광구를 선정하는 작업은 모래 속에서 진주를 찾아내는 일과 마찬가지이기 때문에 그야말로 피를 말린다는 표현이 어울릴 것이다.

대상 광구를 선정하기 위해 인공지진파 자료, 시추자료, 지질자료 등을 더 많이 검토할수록 좋은 것은 당연하지만, 대부분의 경우 주어진 시간은 고작 며칠에 불과할 정도로 시간이 절대 부족하기 때문에 애가 타게 마련이다.

그러므로 꼭 필요한 자료와 덜 필요한 자료를 신속히 구분하여 당장 필요한 자료는 현지에서 열람·분석하고, 나머지 중요한 자료는 추후에 추가분석을 하기 위해 현지에서 최대한 많은 자료를 입수해 와야 한다.

개발도상 산유국들의 경우는 자료 관리가 취약하여 자료의 목록이 제대로 되어 있지 않거나 제공되는 자료도 충분하지 못한 경우가 비일비재하다. 현지의 기술 인력이나 담당자로부터 최대한 많은 자료를 제때에 제공받고, 또 자료에 대해 필요한 기술적 설명을 들으려면 기술평가 능력 못지않게 짧은 시간에 숙련된 현지 기술진과 좋은 인간관계를 유지하는 것도 매우 중요하다.

물론 기술자료 분석은 현지에서 돌아온 다음 추가로 수행하기도 하지만, 대부분의 경우 현지에서 결론을 내리는 대로 결정되는 경우가 많다.

현지에서 자료를 검토하여 여러 개의 대상 지역 중 하나를 선택하여 참여를 결정하면 적게는 수백만 달러, 많게는 수억 달러의 투자를 하게 되므로, 자료 열람 기간 동안의 심적 부담은 상상을 초월할 정도로 엄청나다고 할 수 있다.

그러나 그만큼 기대치가 큰 것도 사실이다. 이 기간의 작업 결과에 따라 회사의 새로운 역사를 만들 수도 있기 때문에 자부심과 책임감을 동시에 느끼면서 기술자료의 평가작업에 혼신의 힘을 기울이게 된다.

"버려진 광구는 아니겠죠?"

다시 방문한 MOGE 자료실에서 본격적으로 자료 검토를 시작하기에 앞서 나는 MOGE의 기술진에게 질문을 던졌다. 어쩌면 스스로에게 던지는 질문일 수도 있었다.

"서부 해상 7개 광구에서는 그동안 원유나 가스가 발견되지 않았는데, MOGE에서는 여전히 그곳이 유망하다고 봅니까?"

일찍이 외국 회사들이 탐사를 진행하다가 중지하고 떠나 버렸던 서부 해상광구의 유망성에 대한 질문이었다.

"상업적인 가스전은 발견되지 않았지만 시추공 분석 자료에서 가스의 징후는 나타났습니다. 따라서 A-1광구를 비롯하여 서부 해상광구의 탐사 가능성은 유망하다고 봅니다."

"서부 해상광구를 탐사했던 다른 외국 회사들이 양호한 사암층이 없다는 이유로 실패라고 결론을 내리지 않았습니까? 사암층의 존재

가능성은 있다고 봅니까?"

"대우가 기술력을 발휘하여 잘 찾아보기 바랍니다."

탐사광구 참여를 제의하는 입장에서는 당연히 유망하다고 얘기하겠지만, 구체적인 유망성과 함께 어떤 광구가 유망한지는 MOGE 기술진도 충분한 지식을 갖고 있지 못했다.

어쨌건 새로운 기회가 주어진 셈이었다.

비록 외국 회사들이 유망성이 없다며 포기하고 떠난 미얀마 서부 해상 지역이지만, 우리는 그들이 미처 보지 못한 가능성을 새롭게 찾을 수 있다는 믿음과 희망을 가지고 작업을 시작하였다.

MOGE로부터 서부 해상 7개 광구에 대한 기술자료를 최대한 많이 입수한 다음, 나는 우리 기술진과 함께 자료를 면밀히 분석하면서 유망성에 대한 조사를 꼼꼼하게 진행하였다.

A-1광구에서
bright spot 발견

미얀마 서부 해상 중의 북부 지역은 비록 상업적 생산이 가능한 가스전 발견에는 실패했지만, 다른 회사가 시추한 시추공에서 가스의 징후는 나타났다. 따라서 이 지역에는 가스를 만들어내는 근원암이 존재할 뿐만 아니라 이 근원암에서 생성된 가스가 어딘가에 존재한다는 것은 확실하였다.

문제는 가스를 함유할 수 있는 사암과 같은 다공질 암석인 저류암이 존재하느냐 하는 것이었다.

그러던 중 가장 북쪽에 있는 A-1광구의 인공지진파 자료상에 가스층의 가능성을 지시하는 bright spot이 희미하게 나타났다.

이것은 수 년 전 한국 대륙붕에서 가스층을 발견할 때 보았던 것과 매우 흡사한 특징으로, 가스층이라고 단언할 수는 없지만 상당한 가능성을 제시하는 중요한 증거라고 할 수 있었다.

우리는 미얀마 서부 해상의 7개 광구 중 bright spot이 나타난 A-1광구에서 가스전을 발견할 가능성이 충분하다고 보고 A-1광구의 광권을 취득하기로 하였다.

당시 미얀마 해상광구의 광권 계약 조건에 의하면 미얀마는 다른 나라와 달리 탐사광구에 참여하더라도 의무적으로 시추를 할 필요는 없었다.

1차 탐사기(계약서상 정식 명칭은 Study Period) 동안 기존 탐사자료를 재분석하여 원유나 가스가 존재할 가능성이 있으면 2차 탐사기로 진입하여 신규 인공지진파 탐사를 실시한다. 그런 다음 인공지진파 탐사자료를 취득하고 분석하여 시추할 만한 유망구조가 있다고 판단되면 3차 탐사기에 진입하여 시추를 하게 된다.

미얀마 해상광구는 미개척 지역 탐사광구로서 리스크(risk)는 높지만, 각 탐사기 동안의 작업에서 광구의 유망성이 없다고 판단되면 해당 탐사기가 끝나는 시점에 얼마든지 철수할 수 있기 때문에 큰 부담 없이 사업을 추진할 수 있는 프로젝트였다.

그래서 우리는 A-1광구의 광권 취득을 추진하기로 하고, 1998년 2월 미얀마 정부에 참여제안서를 제출하였다.

Golden Gas Field in Myanmar

우여곡절 끝에 A-1광구 광권 계약 체결

갑자기 닥쳐 온 대우사태

이런 와중에 전혀 예상하지 못했던 일이 벌어졌다.

1997년 말부터 닥쳐 온 아시아 금융위기와 더불어 소위 말하는 '대우사태'가 시작되었다. 그룹을 살리기 위한 절박한 노력에도 불구하고 정부의 구조조정에 의해 결국 대우그룹은 해체되고, 1999년 나의 소속 회사인 ㈜대우는 채권단의 관리 아래 들어가게 된다.

앞에서도 언급했듯이 석유개발에 대한 꿈을 펼칠 수 있는 기업의 조건으로 도전과 개척 등 모험심을 중시하는 기업 풍토와 기업 최고 책임자의 적극적인 관심과 의지라는 두 가지가 중요하며, 내가 한국석유공사를 떠나 대우로 옮길 때도 그런 조건을 우선으로 꼽았다고 했다.

그런데 꿈을 펼쳐 보기도 전에 대우그룹이 해체되고 ㈜대우가 난관에 봉착하는 사태를 맞았던 것이다.

구조조정이라는 이름으로 많은 임직원들이 자의 반, 타의 반으로 회사를 그만두었고, 남아 있는 사람들도 한국 최고의 기업에서 근무한다는 자긍심에 심한 상처를 받으며 회사의 장래에 대해 정부와 채권단의 처분만을 기다리게 되었다.

내가 책임자였던 에너지개발팀은 당시 투자 위주의 사업만을 하는 조직이었기에 상황은 더욱 심각하였다.

이전에 우리 회사의 회계감사를 맡기도 했던 회계법인이 우리 회사를 청산할 것인지, 회생시킬 것인지 저승사자처럼 평가하는 일까지 벌어졌다. 부서의 책임자들은 물론 대부분의 임직원들도 이 회계법인에서 나온 회계사들에게 회사의 잔존가치가 충분하다는 것을 입증하여 회사를 살리기 위해 안간 힘을 써야 했다.

안정적인 국영 기업체인 한국석유공사를 스스로 박차고 나와서 대우에 둥지를 틀었던 나로서는 청천벽력과도 같은 상황이었다. 더욱이 채권단의 관리 체제에 들어가 해외투자가 철저하게 통제를 받는 상황에서 리스크가 높은 석유탐사에 대한 신규 투자는 불가능해 보였다.

그렇지만 이제 겨우 첫 단추를 꿰기 시작했는데 이대로 주저앉을 수는 없었다. 우리는 미얀마 서부 해상광구 탐사 프로젝트가 밑바닥까지 추락한 회사의 회생(回生)에 디딤돌이 될 수 있다는 신념으로 사업 참여를 추진하기로 하고, 채권단에서 파견한 경영관리단을 설득해 나가기 시작했다.

성공불융자 앞세워
경영관리단 설득

"미얀마의 A-1광구 탐사사업은 반드시 추진해야 합니다."

"해외 신규사업은 안 됩니다. 대우그룹 해체 이후 신규 투자를 제한하는 것은 잘 아시지 않습니까? 특히 리스크가 높은 석유탐사사업은 곤란합니다."

"이것저것 가리지 않고 아예 싹을 잘라 버리면 어떻게 회생을 합니까? 미얀마 탐사사업은 광권을 취득하더라도 1차 탐사기에 들어가는 투자비가 소규모고, 1차 탐사기가 끝난 다음 유망성이 낮을 경우 다음 탐사기에 진입하지 않고 철수할 수 있기 때문에 투자비 부담이 크지 않습니다."

"투자비가 어느 정도입니까?"

"1차 탐사기에는 기존 자료를 분석만 하면 되니까 투자비는 6십만 달러 정도입니다."

"그 이후 투자비는 얼마나 됩니까?"

"유망성이 확인되었을 때 참여를 결정하는 2차 탐사기의 투자비는 서명 보너스를 포함하여 7백만 달러이며, 그 중에서도 70%는 정부의 성공불(成功拂)융자가 가능하므로 회사의 자체자금 투자는 2백만 달러 정도입니다."

성공불융자란 해외 석유개발을 촉진하기 위해 탐사사업의 경우 투자비의 70%까지 우리 정부가 융자해주는 것을 말한다. 성공했을 때는 원리금에 추가하여 특별분담금을 정부에 납부하고, 실패했을 때는 원리금을 감면받을 수 있기 때문에 '성공불융자'라고 한다.

"만약 탐사에 성공하면 회사에 엄청난 이익을 가져 옵니다."

처음에는 쇠귀에 경 읽기였다.

대우그룹이 존재하고 김우중 회장이 건재하던 시절에는 정말 의욕적으로 추진하던 미얀마 석유개발사업이 아니던가. 그런데 이제 그룹이 해체되자 상황은 완전히 바뀌어 에너지개발팀의 하소연에 귀를 기울이는 사람이 없었다. 회사의 구조조정을 추진하던 경영진과 경영관리단에게 석유개발사업 따위는 전혀 관심 밖이었다.

그렇지만, 에너지자원 담당 임원이었던 홍동표 상무와 팀장이었던 나는 포기하지 않고 줄기차게, 그야말로 하소연을 했다.

"미얀마 A-1광구 1차 탐사기의 투자비는 수십만 달러에 불과한 소규모입니다. 각 탐사기 완료 후에 유망성이 없을 경우 철수할 수 있기 때문에 리스크가 높지 않으면서 사업에 성공할 때는 엄청난 수익이 보장됩니다."

우리는 경영관리단을 상대로 강조하고 또 강조하였다.

그때 지성이면 감천이란 말을 믿게 되었다. 처음에는 해외 신규 투자에 대해 소극적이다 못해 반대를 일삼던 경영관리단이 우리의 설득에 조금씩 귀를 기울이기 시작하였다.

비록 회사는 강도 높은 구조조정을 하고 있었지만, 큰 투자비 부담 없이 고수익을 올릴 가능성이 있는 사업에 투자하는 것을 굳이 반대할 이유가 없었으리라.

끈질긴 설득 끝에 마침내 사업 참여에 대한 경영관리단의 승인을 받아냈다.

산 넘어 산,
미얀마 정부와의 협상

한편으로 미얀마 정부와의 협상도 만만치 않았다.

미얀마는 다른 나라에 비해 초기 투자비가 적게 들고, 유망성이 없을 경우 쉽게 철수할 수 있는 장점이 있었다.

그러나 생산물분배계약(PSC: Production Sharing Contract)이라고 하는 광권 계약의 조건들은 외국 투자자들에게 그렇게 호의적이지 않았기 때문에 조금이라도 좋은 조건을 받아내기 위해 상당한 노력을 기울여야 했다.

더구나 당초 미얀마 측에서 제공한 생산물분배계약서 초안에 없던 조항을 미얀마 정부가 추가로 삽입하기를 주장하여 이로 인해 협상이 진전을 보지 못하고 교착 상태에 빠졌다.

1998년 2월 A-1광구 참여제안서를 미얀마 정부에 처음 제출한 이후 수도 없이 미얀마를 방문하면서 미얀마 에너지부와 협의를 진행하였다. 당시 현지에 있던 ㈜대우 미얀마 무역법인장 신태철 상무와 물자 담당 주재원이었던 이호대 부장이 미얀마 정부의 진행 상황을 수시로 점검하고 우리 측도 상당한 양보를 한 끝에 마침내 생산물분배계약서의 조건에 최종 합의할 수 있었다.

그 이후 회사의 내부 승인 절차와 미얀마 정부의 승인을 거쳐 2000년 8월 광권 계약인 'A-1광구 생산물분배계약'을 체결했다. 1998년 2월 미얀마 정부에 참여제안서를 제출한 후 무려 2년 6개월에 걸친 오랜 산고 끝에 마침내 운영권자로서 미얀마 석유탐사사업에 참여하게 된 것이다.

Golden Gas Field
in Myanmar

제2장

검은 황금은
신의 축복

Golden Gas Field in Myanmar
석유와 석유개발의 기본

석유란 무엇인가?

석유를 검은 황금에 비유하기도 한다. 동서고금을 통해 똑같은 가치로 중시하는 황금을 빌려와 석유를 표현한다는 것은 그만큼 석유가 중요한 자원이라는 의미다. 에너지원으로서, 또한 석유화학공업의 원료로서 석유가 차지하는 비중을 따져보면 황금의 비유가 오히려 가벼울 정도다.

석유(石油, petroleum)란 글자 그대로 암석(petra)에서 나온 기름(oleum)을 의미한다. 석유는 흔히 액체 상태로 존재하는 원유를 지칭하는데, 정제된 원유는 휘발유, 등유, 경유, 중유, 나프타 등으로 분리되어 에너지원으로서 자동차·항공기의 동력장치나 가정용의 난방·취사장치, 산업용 보일러 등의 연료로 쓰이고, 석유화학이라고 일컫는 합성화학의 원료로 폭넓게 쓰인다.

광범위한 의미에서의 석유는 화학적으로 탄소와 수소의 복합체로 구성되어 있는 탄화수소(炭化水素, hydrocarbon) 혼합물 모두를 말하며, 이는 액체 상태의 원유뿐만 아니라 기체 상태인 천연가스를 포함한다.

실제로 원유나 천연가스는 같은 과정을 거쳐 만들어져서 지층 속에 부존되어 있고, 단지 그 성분, 즉 탄소와 수소의 혼합비의 차이에 의해 원유나 천연가스로 구분된다. 같은 동물 중에서 암컷과 수컷의 차이라고 할까.

원유에는 그 성분에 따라 API 비중(실제 비중이 낮을수록 API 비중은 높아짐)이 높은 경질유와 API 비중이 낮은 중질유 등이 있으며, 천연가스에는 거의 기체로만 되어 있는 메탄가스와 무거운 성분이 들어 있어 액화가 비교적 용이한 프로판, 부탄 등이 있다.

석유개발에서 말하는 석유란 원유뿐만 아니라 천연가스도 포함한다. 원유나 천연가스는 탐사와 개발 과정이 거의 동일하며 단지 생산 후 처리하는 과정에서 차이를 보일 뿐이다.

석유를 신의 축복이라고 하는 것은 산지(産地)가 석탄이나 다른 광물에 비하여 극히 일부 지역에만 편재되어 있기 때문이다.

특히 중동(中東)은 석유 때문에 열강의 이해관계가 대립하여 화약고나 다름없는 분쟁지역이 되었다. 이런 것이 무슨 신의 축복이냐고 할 수도 있겠으나, 오일달러가 없었더라면 현재 많은 중동 국가들이 누리는 부가 가능했을까.

근원암, 저류암, 트랩, 덮개암
−석유 부존의 조건들

석유가 편재하는 이유는 지하에 석유가 부존할 만한 중요하고 필수적인 몇 가지 요소가 있기 때문이다. 근원암, 저류암, 트랩, 덮개암 등이 그런 요소들이다. 지층의 석유 부존(賦存) 요소들에 대해 좀 더 자세한 설명이 필요할 것 같다.

먼저 근원암(根源巖, source rock)에 대해 알아보자.

석유는 지하 심부의 퇴적층 속에 묻혀 있는 유기물질이 고온, 고압 상태에서 화학반응을 일으켜 만들어진다. 따라서 석유가 만들어지기 위해서는 플랑크톤이나 나뭇잎 등 유기물질을 많이 함유한 암석이 있어야 하는데 이를 근원암이라고 한다.

근원암에 함유되어 있는 유기물질의 종류에 따라 원유가 만들어지기도 하고 천연가스가 만들어지기도 한다. 또한 처음에는 원유로 만들어졌다가 고온, 고압 상태가 지속되면서 천연가스로 바뀌는 경우도 있다.

다음은 저류암(貯留巖, reservoir)에 대한 설명이다.

원유나 가스는 지하에서 동굴과 같은 큰 공간에 들어 있는 것이 아니라, 공극(空隙)이라고 하는 암석 내의 조그만 구멍들 속에 들어 있다.

예를 들어 입자가 굵은 모래로 만들어진 사암(沙岩)에 물을 부으면 암석 입자 사이에 빈 공간이 많아 물이 스며들고, 입자가 아주 작은 진흙으로 되어 있는 셰일에 물을 부으면 암석 입자 사이에 공간이 거의 없어 물이 스며들지 않고 흘러내린다.

 석유가 들어 있기 위해서는 사암과 같이 암석 내에 구멍이 많이 있어야 하는데 이런 다공질(多空質) 암석을 저류암이라고 한다. 저류암에는 사암 외에 석회암도 포함될 수 있으나 석회암의 경우 공극의 변화가 심하다는 단점이 있기 때문에 일반적으로 사암이 가장 양호한 탐사 대상 저류암이라고 할 수 있다.

 다음은 트랩에 대한 설명이다.

 석유가 모여 있게 하는 지층의 형태를 트랩(trap)이라고 한다. 지하에서는 깊은 곳에 있던 석유가 압력이 낮은 상부로 올라오는 특성이 있다. 그러므로 지하의 원유나 가스는 그릇을 엎어 놓은 것과

현미경으로 확대한 퇴적암의 사진. 암석입자들 사이의 틈, 즉 공극을 보여주는데 이러한 공극들 속에 원유나 가스가 들어 있다.

같은 돔 형태의 배사(背斜)구조에 모이는 것이 일반적이다. 이것을 구조트랩(structural trap)이라고 한다.

배사구조와 같은 구조트랩이 아닌데도 석유가 모여 있는 경우가 층서(層序)트랩이다. 저류층의 윗부분이 침식을 받아 깎여 나간 자리에 불투수(不透水) 셰일층이 퇴적되거나, 저류층이 퇴적되는 과정에서 점점 얇아지다가 없어지는 경우이며, 이것을 층서 트랩(stratigraphic trap)이라 한다.

덮개암은 저류암 위에서 막아주는 역할을 한다.

지하에서는 저류암 위에서 막아주지 않으면 석유가 위로 새나가 버린다. 석유가 저류암 내에 머물러 있도록 하려면 저류암의 상부에 유체가 지나갈 공간이 없는 셰일과 같은 불투수층 암석이 있어야 하는데 이를 덮개암(cap rock) 또는 실(seal)이라고 한다.

지하 지층 속에 석유가 모여있기 위해서는 근원암, 저류암, 트랩, 덮개암 등 석유 부존의 네 가지 조건을 모두 갖추어야만 한다. 그래서 석유탐사를 할 때는 어떤 지질 시대의 지층을 탐사 대상으로 하고, 어떤 근원암, 저류암, 트랩, 덮개암을 대상으로 하는지 결정하고 탐사에 착수하는데, 이것을 탐사개념(play concept)이라고 한다.

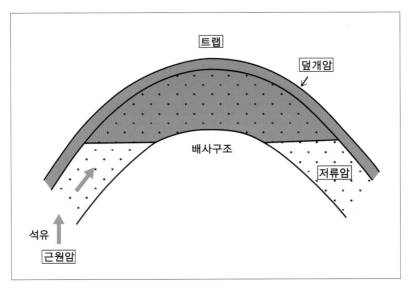

석유가 모여 있기 위해서는 근원암, 저류암, 트랩, 덮개암이 반드시 존재해야 한다. 지하의 근원암에서 만들어진 석유는 사암과 같은 저류암으로 이동하여 배사구조 형태의 트랩에 모이게 되며, 모인 석유가 위로 새어 나가지 않기 위해서는 불투수층인 덮개암이 위에 있어야 한다.

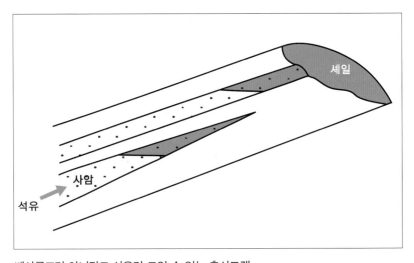

배사구조가 아니라도 석유가 모일 수 있는 층서트랩

석유개발의 과정
-탐사, 평가, 개발, 생산

석유개발 과정은 탐사(exploration), 평가(appraisal), 개발(development), 생산(production)의 네 단계로 구분된다. 우리나라에서는 이 네 단계를 통칭하여 석유개발이라고 하는데, 영미권에서는 Petroleum E&P(exploration & production)라고 부른다.

탐사는 말 그대로 석유를 찾는 단계다. 지질조사와 인공지진파 탐사를 통해 석유가 존재할 가능성이 있는 유망구조(prospect)를 찾아낸 다음, 유망구조에 탐사정 시추를 하여 석유의 부존 여부를 확인하는 과정이다.

평가는 탐사를 통해 석유를 찾아낸 지역(discovery)에 대해, 정확한 부존량을 평가하고 개발에 필요한 각종 자료를 취득하는 과정이다. 평가단계에서는 주로 3D 인공지진파 탐사와 함께 평가정 시추를 하고, 취득한 자료를 근거로 지질모델링, 저류층 시뮬레이션 등의 작업을 한다.

개발은 생산을 위한 각종 설비를 제작하고 건설하는 단계다. 기본설계와 상세설계를 거친 다음 생산 플랫폼 등 제반 생산설비와 파이프라인을 건설하고 생산정을 시추하는 과정이다.

생산은 개발을 끝내고 원유나 가스를 채굴하는 석유개발의 마지막 단계다.

Golden Gas Field in Myanmar

인공 지진파
탐사를 전공하다

고등학교를 졸업할 때까지만 해도 내가 석유개발과 연줄이 닿을 줄은 꿈에도 생각지 못했다. 우리나라의 청소년들 가운데 진로에 관한 교육을 제대로 받고 진학을 하거나 직업을 선택하는 사람이 그리 많지 않다는 사실로 미뤄보면 나만의 문제는 아닐 성싶다.

1975년에 서울대학교 사범대학 지구과학교육과에 입학했을 때만 해도 나는 지구과학의 영역이나 전공을 살리는 진로 선택에 대해 깊이 있게 생각해보지 못했다.

그러다가 3학년이 되어 역학(力學) 과목을 수강한 것을 계기로 물리학 분야에 관심을 갖기 시작했으며, 4학년 때 지구물리학을 수강하면서 지구물리학이라는 학문이 석유를 비롯한 자원개발과 밀접한 학문이라는 사실을 알게 되어 그때부터 전공 분야에 본격적인 흥미를 가지기 시작했다. 학부를 마치고 대학원으로 진학한 것도 그 연장선상이었던 셈이다.

인공지진파
탐사법

석유탐사단계에서 필요한 기술 분야는 지질학과 지구물리학이다. 지질학은 암석을 직접 분석하는 학문이며, 지구물리학은 물리적인 방법을 통하여 지구 내부를 조사하는 학문이다.

병원에서의 외과 진료처럼 외과적인 방법으로 직접 몸속을 들여다보는 것이 지질학이라면, 지구물리학은 엑스레이, 초음파, MRI 등 간접적인 방법으로 몸속을 조사하는 영상의학과와 유사하다고 할 수 있겠다.

지구물리학의 탐사 중 '싸이즈믹(seismic)' 탐사라고 하는 것이 석유탐사에 가장 많이 활용된다. '싸이즈믹(seismic)'은 '지진'을 의미한다. 인공으로 만든 지진파를 지하에 발사한 뒤 지층으로부터 반사되어 온 반사파를 분석하여 지층을 조사하는 방법이다.

이러한 인공지진파를 자연 상태에서 발생하는 지진파와 구분하기 위해 우리나라에서는 탄성파(彈性波)라고 번역하기도 한다.

인공지진파 반사법 탐사는 자료취득, 전산처리, 자료해석의 세 단계로 진행된다.

자료취득(data acquisition)은 현장에서 인공으로 지진파를 발생시켜 자료를 취득하는 과정이다. 지진파를 발생시키기 위해 육지에서는 다이너마이트나 진동기(vibrator)를 사용하고, 바다에서는 공기총(air gun)을 사용한다. 발생된 지진파는 지하 아래로 갔다가 지층의 경계면에서 반사되어 올라와서 지표 또는 해상에 설치된 여

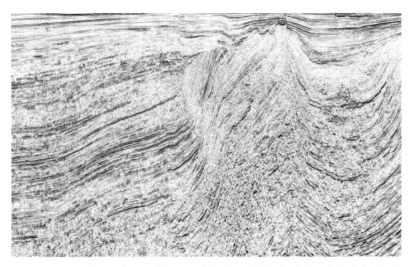

인공지진파 단면자료. 대형 공기총으로 지진파를 발생시켜 지하로 발사하면 지층의 경계면에서 지진파가 반사되어 올라오며, 반사되어 온 지진파는 전산처리 과정을 통해 그림과 같은 형태로 이미지화 된다. 이러한 인공지진파 자료를 해석하여 지질구조를 알아내고 지하 수천 미터 아래 암석의 종류를 추정한다.

러 개의 수진기(受振器)에 측정된다.

전산처리(data processing)는 다양한 전산처리 과정을 거쳐 인공지진파 자료를 실제 지층의 형태로 만들어내는 과정이다. 최근에는 전산기술의 급속한 발달로 자료의 해상도가 이전에 비해 많이 향상되었다.

자료해석(data interpretation)은 전산처리를 통해 지층 형태로 이미지화된 인공지진파 자료를 분석하여 지질구조와 지층의 퇴적 양상을 알아냄으로써 석유가 부존할 가능성이 있는 지역을 찾아내는 작업이다. 지구물리학적인 기법 뿐만 아니라 석유지질학, 퇴적학 등 지질학의 지식도 다양하게 활용해야 하는 과정으로서 석유탐사의 성공 여부를 좌우하는 핵심적인 기술이라고 할 수 있다.

텍사스 A&M 대학교
박사과정 유학

서울대학교에서 석사 과정을 마친 다음, 1985년 8월 나는 미국 유학을 떠났다. 석유개발 분야의 명문으로 알려진 미국 Texas A&M 대학교 지구물리학과에 입학하여 처음에는 인공지진파 전산처리 분야 연구를 하였다.

그러다가 인공지진파 해석 분야의 권위자이며 미국의 석유회사 걸프사의 부사장으로 근무하다가 Texas A&M 대학교로 부임한 Dr. Watkins 교수를 지도교수로 정해 본격적으로 해석 분야를 연구했다.

Watkins 교수는 미국의 여러 석유회사로부터 연구자금 지원을 받아 미국 멕시코만 전체의 지질구조와 층서를 밝히는 연구 과제를 수행하였으며, 나는 그 중에서 루이지애나 해상을 맡아 연구를 하였고 이 연구로 인공지진파 해석 분야 지구물리학 박사학위를 받았다.

박사과정 중 석유회사들이 지원한 연구 프로젝트를 하는 동안 석유회사들이 실제 석유탐사에서 획득한 인공지진파 자료로 연구를 하였다. 매 분기마다 석유회사 담당자들과 정기적인 회의를 가져 그 동안의 연구 결과를 발표하고 석유회사 전문가들과 의견을 교환하는 기회를 자주 가졌다.

연구실에서의 단순한 학문적인 연구가 아니라 실제 산업 현장에서 하는 연구를 하였기에 석유탐사에 꼭 필요한 인공지진파 해석 전문가의 소양을 기를 수 있었다.

탐사단계에서는 주로 2D 인공지진파 탐사를 활용한다.

2D 인공지진파 탐사는 한 방향의 측선을 따라 자료를 취득하여 그 수직 아래에 있는 지층의 자료를 취득하므로 2차원적으로 자료를 취득하게 된다. 2D 탐사에서는 한 방향의 자료를 취득하지만 격자 간격으로 배열된 여러 개의 2D 측선을 분석하면 지하 지층에 대한 입체적인 해석이 가능하게 된다.

탐사를 통해 원유나 가스를 발견한 다음, 평가단계에서는 주로 3D 인공지진파 탐사를 수행하여 얻은 입체 형태의 자료로 해석작업을 한다.

해상에서의 2D 탐사에서는 한 개의 공기총과 한 개의 스트리머(streamer)를 사용하는데 반해, 3D 탐사에서는 여러 개의 공기총과 여러 개의 스트리머를 사용해 입체적인 영상을 만들어낸다.

3D 인공지진파 탐사자료를 활용하면 자료해석이 용이하고 자료의 정밀도도 크게 향상된다. 최근에는 시추비가 워낙 많이 들기 때문에 시추하기 전에 보다 정확한 자료를 얻기 위해 평가단계가 아닌 탐사단계에서도 3D 인공지진파 탐사를 수행하는 경우도 종종 있다.

지하에서 위아래로 서로 맞닿은 두 개 지층 간의 물리적 특성에 큰 차이가 있는 경우 이 들 지층의 경계면에서 반사되어 온 인공지진파 반사파에 강한 진폭(amplitude)이 나타나는데 이를 bright spot이라고 한다. 두 개 지층 자체의 특성이 아주 다르거나 각 지층 내 들어있는 유체가 서로 다를 경우 이런 현상이 나타난다.

3D 인공지진파 탐사선의 가운데에 매달려 거품을 일으키는 것이 대형 공기총들이며,
노란 색으로 보이는 부표(buoy)들에 지진파를 측정하는 수진기를 연결한 스트리머라
고 하는 긴 줄들이 각각 매달려 있다.(자료제공:PGS)

원유가 들어 있는 지층의 경우에는 같은 액체 상태인 물이 들어
있는 지층과 물리적 특성에서 큰 차이가 없기 때문에 두 지층 간의
경계면에서 뚜렷한 현상이 나타나지 않는다. 그렇지만 지하의 지
층 속에 가스가 있을 경우, 가스는 액체인 물과 물리적 특성에서
큰 차이가 있으므로 가스가 있는 지층과 물이 들어있는 지층과의
경계에서 진폭이 큰 반사파, 즉 bright spot이 나타난다.

따라서 bright spot이 나타나면 그 하부 지층이 가스층일 가능
성이 높다. 그렇다고 bright spot이 나타나는 곳에 항상 가스층이
있는 것은 아니다. 여러 가지 다른 요인에 의해 bright spot이 발
생할 수 있으며, 실제로 가스탐사에 있어서 bright spot에 시추를
했다가 실망하는 경우가 종종 있다.

또한 같은 사암층 내에서도 상부에 가스가 있고 하부에 물이 있

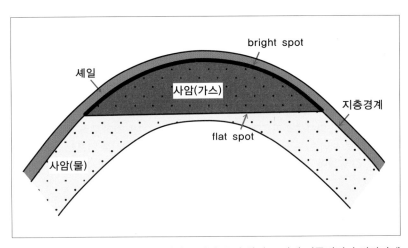

지하 지층의 암석이나 암석 내 유체의 물리적 특성 차이로 인해 인공지진파 반사파에
bright spot이나 flat spot이 나타날 수 있다.

을 경우에는 기체인 가스와 액체인 물의 물리적 특성의 차이로 인해 상부의 가스층과 하부의 물과의 경계면에 수평을 이룬 형태의 반사파가 발생하기도 하는데 이를 flat spot이라고 한다.

짧은 교직 경험과
바다와의 인연

나는 1979년 대학원 석사과정에 입학하여 공부를 하면서 1년 동안 양정고등학교 교사로 학생들을 가르쳤다. 1980년 3월부터 1983년 6월까지 3년 4개월 동안 해군 장교로 군 복무를 하고 나서 다시 석사과정에 복학한 1983년 2학기부터 2년 동안에는 서울 영동고등학교에서 제자들을 가르쳤다.

사범대학을 나와 강단에 서서 나름대로 학생들을 열심히 가르쳤으나, 기간이 너무 짧았던 데다 대학원 석사과정과 동시에 한 교직 생활이었기에 헌신적으로 교사직을 수행하지 못했다는 것이 아쉬움으로 남는다.

교사로사의 사명을 제대로 하지는 못했지만 3년간의 교직생활이 훗날 자원개발 업무를 하는데 있어서 상당한 도움이 되었다. 석유공사와 대우에서 일하는 동안 교직 경험을 바탕 삼아 직원들을 대상으로 석유탐사·개발에 필요한 석유지질학과 지구물리학을 열정적으로 가르쳤다. 이론 교육뿐만 아니라 실습도 실시하였고 석유개발의 중요성에 대해서도 꾸준히 강조해 가면서 전문가로서의 소양과 자부심을 갖도록 하였다.

나는 바다와 깊은 인연이 있는 것 같다.

항구도시인 부산에서 태어나서 부산중학교와 부산고등학교를 다니는 동안에는 바다가 훤히 내려다보이는 교실과 교정에서 6년 동안 학창 시절을 보냈다.

해군 장교로 복무하면서 동해 관할 해역사령부와 서해 관할 해역사령부, 그리고 코앞에 북한이 보이는 연평도 인근 무인도의 해군기지에서 근무를 했다. 잠깐이긴 하지만 영화 〈연평해전〉에서도 나오는 서해의 고속정 전진기지 바지선(barge)에서 근무하기도 했다.

미국 유학 시절에는 멕시코만 루이지애나 해상의 지질에 대한 연구 과제를 수행했고, 그 결과를 정리한 논문을 발표하여 박사학위를 받았다.

귀국한 다음 첫 직장으로 한국해양연구소(현 한국해양과학기술원)에 근무하면서 한 달 동안 태평양 심해저 망간단괴 탐사를 나갔던 적도 있다.

석유개발 관련 일을 하면서 내가 관여했던 프로젝트 가운데 해상광구인 베트남 11-2광구와 국내대륙붕 6-1광구에서 성공을 거두었는데, 마침내 미얀마 해상광구인 A-1, A-3, AD-7광구에서 대박을 터뜨리게 되었다. 모두 바다에서 이루어진 일들이다.

석유개발의
외길을 걷다

1985년 8월 미국으로 유학을 떠난 이후 5년 반의 미국 생활을 끝내고 1991년 초에 한국으로 돌아왔다. 텍사스 A&M 대학교에서 인공지진파 해석 분야 지구물리학 박사학위 논문이 통과되고 난 직후였다. 그 해 5월에 예정되어 있던 학위수여식에는 참석하지도 못한 채 한국해양연구소부터 선임연구원 채용 통보를 받고 바로 돌아왔던 것이다.

한국해양연구소에서 인공지진파 탐사 전용 선박을 진수시켜 인공지진파 자료를 직접 취득하고 전산처리를 할 수 있게 되었으나 정작 해석 전문가가 없었기 때문에 서둘러 채용이 되었고, 나는 당연히 전공 분야와 부합하는 일을 할 수 있겠다는 기대를 가지고 귀국하였다.

한국해양연구소에서 근무를 하고 있을 때, 한국석유공사의 제의로 베트남 해상광구 입찰을 위한 인공지진파 탐사자료 해석 용역을 몇 개월 동안 수행하였다.

그렇게 해서 해양연구소에 근무하는 동안 한국석유공사와 인연을 맺었고 그 이후 석유공사를 거쳐 대우로 옮겨와서 지금까지 줄곧 자원개발, 특히 그 중에서도 석유개발이라는 외길을 걸어온 셈이다.

석유자원이 산업화 중심의 현대문명에서 얼마나 큰 비중을 차지하는지 모르는 사람은 없다. 그런데 우리 대한민국은 흔히 '기름 한 방울 나지 않는 나라'로 표현된다. 그러니 '신의 축복'이라는 '검은 황금'에 대한 열망은 당연한 셈이다.

특히 에너지개발 분야에서 일하는 사람들은 몽매에도 산유국(産油國)의 꿈을 꾸고 있거나 해외에서 원유나 가스를 개발하여 자원 빈국인 우리나라의 자원 확보에 기여하고자 하는 포부를 가지고 있다는 사실을 많은 분들에게 알려 드리고 싶었다.

이 책을 통해 독자들과 자원개발의 중요성에 대해 공감하는 기회를 갖고자 하는 것도 같은 맥락이며, 이런 취지에서 독자들의 이해를 돕기 위하여 석유자원개발이 처음부터 끝까지 어떻게 이루어지는지 쉽게 설명해 보려고 했다.

Golden Gas Field in Myanmar

베트남
해상광구

베트남 입찰
기술평가 참여

　해양연구소에 근무할 때 한국석유공사와 인연이 닿았다.

　당시 한국석유공사는 그동안 추진해왔던 국내대륙붕 탐사사업에서 성공하지 못하고 해외사업으로 눈을 돌릴 때였는데, 국내의 민간 회사와 함께 컨소시엄을 구성하여 베트남 해상광구 입찰 참여를 추진하고 있었다. 그런데 석유공사는 석유개발과 관련된 여러 분야의 전문가들이 있었지만 정작 중요한 인공지진파 탐사자료를 해석할 전문가가 없다는 것이었다.

　나는 석유공사의 용역 제의를 기꺼이 받아들여 베트남 탐사광구 입찰 참여를 위한 기술평가를 하게 되었다.

수교(修交) 전의
베트남 하노이 방문

요즈음은 디지털 자료를 제공받아 자료 분석을 하기도 하지만, 당시에는 광구 입찰에 참여하기 위해서는 산유국을 직접 방문하여 국영석유회사 자료실에서 종이에 프린트된 인공지진파 자료와 각종 지질자료, 시추자료를 분석해야만 했다.

1991년 여름 나는 한국석유공사에 근무하던 미국인 기술고문, 공사 및 민간 회사의 기술진과 함께 베트남 하노이를 방문했다.

한국과 베트남은 1992년에 정식으로 수교를 하였기 때문에 그 때는 국교가 맺어지지 않은 상태였다. 또 지금은 중국이든 베트남이든 공산주의 국가에 대한 거부감이 거의 없지만, 당시만 하더라도 공산주의에 대한 두려움이 잠재하고 있던 시절이라 약간의 불안감과 함께 설렘을 가지고 베트남 하노이를 방문하였다.

당시의 하노이는 한적한 소도시에 불과했다. 도로에는 자동차보다 자전거와 오토바이가 더 많았고, 도심 한가운데도 고층 빌딩을 찾아보기 어려운 대신 프랑스 식민지 시절에 건설했던 나지막한 건물들이 대부분이었다.

우리 일행은 베트남 정부가 제공한 게스트하우스에 묵으면서 2주일 동안 자료 분석 작업을 하였다. 베트남 국영석유회사인 페트로베트남(PetroVietnam)에서 자료를 제공하고, 기술 인력까지 지원하고 있었다.

월남전이 끝난 지 십 수 년에 불과하였기 때문에 우리는 베트남,

특히 과거 월맹이었던 하노이 지역의 베트남인들이 한국인에 대한 적대감을 가지고 있을 거라는 선입견으로 다소 마음이 불안했는데 기우에 불과했다. 이외로 베트남 사람들은 한국의 발전상에 대해 매우 부러워하면서 우리 일행에게도 아주 호의적이었다.

1주일 동안의 자료 검토 끝에 우리는 입찰에 나온 여러 베트남 남부 해상광구 가운데 11-2광구와 4-3광구를 우선 선정하였고, 그이후 다시 한 차례 페트로베트남 자료실을 방문하여 정밀 자료 분석을 한 결과 11-2광구에 참여하기로 결정하고 입찰서를 제출하였다.

베트남 11-2광구 광권 취득과 가스전 개발

한국석유공사를 운영권자로 하는 한국 컨소시엄은 외국 회사들과 치열한 경합을 벌인 끝에 11-2광구의 광권을 취득하게 되었으며, 여러 해 동안의 탐사 결과 2개의 가스전 발견에 성공하여 현재 가스를 생산 중이다.

베트남 11-2광구의 경우, 국내업체가 운영권자로 해외 석유탐사에 참여하여 최초로 성공한 사업이라는 데서 큰 의미를 찾을 수 있다. 한국석유공사는 여기서 얻은 경험을 활용하여 그후 베트남 15-1광구에서 대규모 유전을 발견하는 개가를 올리게 된다.

하지만 수익 측면에서는 베트남 11-2광구 사업은 다소 아쉬운

면이 있다.

미얀마 쉐 가스전의 경우는 생산된 가스의 상당량을 중국에 수출하며 가스가격이 유가와 물가지수에 연동되어 있는 데 반해, 베트남 가스전은 모든 가스를 수출용이 아닌 국내 소비용으로 공급하여 가스가격이 높지 않아 수익성이 아주 좋은 편은 아니다. 게다가 가스가격이 고정되어 있어 지난 수년간의 고유가 시절에도 유가 상승에 따른 수익 상승 효과를 보지 못했다.

가스개발의 경우 가스전을 발견하는 것 못지않게 수요처가 어디이며 가스판매계약을 어떻게 하느냐에 따라 수익성에 큰 차이가 난다는 것을 보여주는 대표적인 예라고 하겠다.

Golden Gas Field in Myanmar

산유국
대한민국의 꿈

해양연구소에서
석유공사로 옮기다

한국석유공사의 미국인 기술고문과 함께 베트남 광구 입찰을 위한 기술평가에 참여했던 나는 약 3개월에 걸친 평가작업의 수행과 입찰이 끝난 후, 공사로부터 입사 제의를 받았다. 베트남 탐사자료 기술평가를 나에게 의뢰했던 김성훈 박사를 통한 제의였다.

"해양연구소의 연구원으로 용역을 맡아 수행할 것이 아니라 아예 우리 회사에 들어와서 같이 일해 보시면 어떻겠습니까?"

"제가 석유공사에서 어떤 일을 할 수 있겠습니까?"

"공사의 기술실에서 지구물리 책임자를 찾고 있습니다."

당시만 해도 해외에서 박사학위를 받은 사람들은 대부분 학교나

연구소로 갔고, 비록 국영 기업체라고는 해도 박사학위 소지자가 연구소에서 기업체로 옮기는 경우는 극히 드물었다.

그렇지만 나의 경우는 달랐다.

인공지진파 탐사자료해석이라는 내 전공 분야는 순수 자연과학 분야가 아니라 기업에서 응용하는 분야이므로 연구소보다는 기업이 낫겠다는 생각이 들었던 것이다.

한국석유공사에 근무하기로 결심하게 된 또 다른 이유도 있었다.

베트남 프로젝트를 수행하면서 공사에 들러 국내대륙붕 기술자료를 접할 기회가 자주 있었는데, 당시 거의 사업 포기 상태였던 국내 대륙붕 6-1광구에서 상업성 있는 가스전을 발견할 가능성을 보았던 것이다.

산유국의 꿈, 그것은 우리 국민 모두의 염원이었다.

미국 유학 도중 막연하게나마 기대했던 산유국의 꿈을 실현할 수 있는 가능성을 보았고, 그 꿈을 위해서라면 공사에서 근무해야겠다는 생각이 들어, 10개월 남짓의 해양연구소 근무를 끝내고 1991년 11월 한국석유공사에 입사하였다.

자원량 부족으로
경제성에 못미친 돌고래 지역

내가 산유국의 꿈을 펼치고자 했던 우리나라의 대륙붕 6-1광구는 1970년대 미국의 석유회사 쉘(Shell)이 광권을 취득하여 인공지진파 탐사를 했고, 돌고래-1 탐사정 시추에서 소량의 가스를 발견하기도 했지만, 경제성 있는 자원량에 미치지 못해 개발을 포기하였다.

시간이 지난 후 1980년대 후반에는 한국석유공사가 직접 탐사를 시작하여 돌고래 배사구조 지역에 몇 개 공(孔)을 시추하여 가스를 발견하였으나 역시 자원량이 경제성에 미치지 못하는 소규모라서 개발을 추진하지 못하였다.

이처럼 시추를 해서 원유나 가스 발견에 성공했지만 개발을 포기하는 까닭은 무엇보다도 석유자원의 양 때문이다. 자원량이 경제성을 충족시키지 못할 경우 당연히 석유개발은 불가능하다.

자원량과 매장량의 정의에 대해서는 뒤에서 알아보기로 하고, 여기서는 시추에 대해 살펴보자.

Golden Gas Field in Myanmar

시추에 관한
기본 지식

시추작업
과정

시추(試錐)는 굴착을 통해 지하에 원유나 가스가 존재하는지를 확인하는 작업이다. 시추 파이프에 굴착기를 달아 지층을 뚫고 들어간 다음, 케이싱(casing)이라고 하는 파이프를 집어넣고 케이싱과 시추공의 벽면 사이의 공간에는 시멘트를 투입하여 고정시킨다.

초기에는 직경 약 1미터 가량의 구멍을 뚫어 나가다가 지하 깊이 들어갈수록 시추공의 직경을 점점 줄여 지하 3,000미터 아래의 목표 지층에서는 시추공의 직경이 약 20센티미터로 줄어들게 된다.

굴착할 때 시추 파이프 속으로 이수(泥水), 즉 진흙물을 집어넣는다. 시추 파이프 속으로 들어가서 굴착되는 지점까지 갔다가 시추공 내부 공간을 따라 올라오는 이수는 굴착기에 의해 파쇄(破碎)된

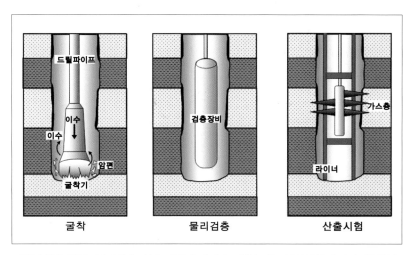

굴착	물리검층	산출시험

시추작업은 굴착, 물리검층, 산출시험의 과정을 거치는데 이 중 굴착작업이 대부분을 차지한다. 굴착이 진행되는 동안 시추 파이프를 통해 이수가 계속 공급되며 굴착과정에서 생긴 암편이 이수와 함께 지표로 올라온다. 굴착작업이 끝나면 물리검층과 산출시험을 실시한다.

암편(岩片)을 지표까지 올리는 역할을 한다.

이때 암편과 함께 올라오는 이수의 화학성분을 분석하면 시추작업이 진행되는 동안 1차적으로 원유나 가스의 존재 여부를 알 수 있다. 이것을 이수검층(泥水檢層, mud logging)이라고 한다.

또한 이수는 마찰이 심하게 일어나는 굴착지점에서 윤활유 역할을 하며, 진흙의 농도를 조절하여 하중을 가함으로써 높은 압력의 지하 내부 유체가 지표로 분출해오는 것을 막아주는 역할도 한다.

목표 지층까지 굴착을 끝내면 굴착기를 지표로 끌어올린 다음 검층 장비를 따로 내려 물리검층(物理檢層, wireline logging)을 실시한다. 여러 가지 물리적 특성을 측정할 수 있는 장비를 줄에 달아 시추공 속으로 집어넣어 비저항, 속도, 밀도 등을 측정하여 암석의

시추선에서의 굴착작업 모습

종류와 원유·가스의 존재 여부를 조사한다. 석유탐사의 성공 여부는 대부분 이 과정에서 판명이 나게 된다.

물리검층에 의해 원유나 가스의 존재가 확인되면 시추공 벽을 케이싱이나 라이너(liner)라고 하는 파이프로 막은 후 해당 지층에 옆으로 구멍을 뚫어 산출시험을 하는데, 이는 원유나 가스를 최종적으로 확인하고 또 그 성분과 압력 등의 자료를 측정하기 위해 거치는 과정이다.

시추공의
종류

시추공(試錐孔)도 여러 종류가 있다.

석유를 찾기 위해 시추하는 것을 탐사정(exploration well)이라고 하며, 일명 '야생 고양이'란 뜻을 가진 'wild cat'이라고도 한다.

탐사정에 의해 석유의 존재가 확인되면 정확한 자원량(資源量)을 평가하기 위해 탐사정 인근에 수개 공(孔)의 시추를 하는데 이를 평가정(appraisal well)이라고 한다.

자원량이 확정되고 나서 실제로 생산을 하기 위해 뚫는 시추공을 개발정(development well) 또는 생산정(production well)이라고 한다.

시추선의
종류

시추선(drilling rig)도 여러 종류다.

시추선에는 해저면(海底面)에 고정되어 있는 잭업(jack-up) 시추선, 물에 반쯤 떠 있는 반잠수식(半潛水式) 시추선, 선박을 이용하는 시추선박(drill ship) 등이 있다.

물에 반쯤 떠 있어 반잠수식 시추선이라고 하며, 해상 시추에서 가장 많이 활용하는 시추선 종류다.

잭업 시추선은 주로 수심 100미터 이내의 천해(淺海) 지역에 많이 이용되며, 반잠수식 시추선은 비교적 수심이 깊은 곳에서 작업이 가능하다.

시추선박은 천해는 물론 수심 1,000미터 이상의 아주 깊은 곳에서도 작업이 가능하지만, 파도에 민감하기 때문에 대체로 기상 조건이 좋은 해역에서만 이용한다.

미얀마 가스전 탐사의 경우 대상 지역의 수심이 100미터를 훨씬 넘었기 때문에 잭업 시추선은 이용할 수 없어, 처음 탐사정 시추에서는 시추선박을 이용했고 그 이후에는 주로 반잠수식 시추선을 이용했다.

Golden Gas Field in Myanmar

국내대륙붕
층서트랩 발견

이전의
국내대륙붕 탐사

쉘과 한국석유공사가 시추했던 지역은 6-1광구의 동부 지역으로서 지층의 구조 운동에 의해 배사구조와 단층들이 발달한 곳이다. 그동안의 탐사에서 상업성을 갖춘 가스전 발견에 실패했던 주요 원인은 배사구조의 규모가 작고 저류암 역할을 하는 사암층이 얇아서 충분한 양의 가스를 함유할 수 있는 조건이 아니었기 때문이다.

1990년대에 접어들면서 한국석유공사는 국내대륙붕에서의 활발한 석유탐사 대신 해외 석유탐사를 적극 추진하기로 방향을 바꾸어, 국내대륙붕 탐사는 사업 중단의 위기에 놓여 있었다.

한국석유공사로서는 지금까지 해 왔던 대륙붕 탐사를 바로 접기도 어렵고, 그렇다고 지금까지 실패해 온 지역에 계속 시추를 할 수도 없는 입장이었다.

인공지진파
층서분석

한국석유공사의 베트남 프로젝트 용역을 수행하는 동안 나는 미국에서 전공한 '인공지진파 층서분석(seismic stratigraphic analysis)'이라는 새로운 기법을 적용하여 대륙붕의 유망성을 재평가하겠다고 공사에 제의한 바 있었다.

이전에는 석유탐사에 있어서 배사구조를 찾는 데 집중하였는데, 배사구조가 있다고 하더라도 지층 내에 사암이 없으면 석유의 부존 가능성도 희박하다.

1970년대 후반부터 인공지진파 층서학(seismic stratigraphy)이라는 학문이 도입되어, 인공지진파 탐사자료의 특성을 면밀히 분석하여 지층 내의 퇴적암 분포 양상을 분석함으로써 어느 지층에 사암이 존재하는지 예상할 수 있게 되었다.

한국해양연구소에서 한국석유공사로 옮긴 이후 나는 국내대륙붕의 모든 자료를 마음껏 분석할 수 있게 되었고, 기존의 탐사 대상이었던 6-1광구 동부의 배사구조 지역뿐만 아니라 6-1광구 전체 지역을 분석하여 퇴적층의 분포 양상을 조사하였다.

6-1광구 전체의 인공지진파 탐사자료를 혼자서 해석한다는 것은 쉬운 일이 아니었다. 더구나 과거에 취득한 인공지진파 탐사자료는

디지털 형태가 아니었기 때문에, 큰 도면상에 그려져 있는 수십 장의 인공지진파 탐사자료에 색연필로 일일이 지층을 표시해 가며 작업하고, 시추공에서 취득한 시추자료들을 분석하면서 온 정성을 다하여 유망성을 찾아내기 위해 노력하였다.

인공지진파 탐사로
층서트랩을 찾아라

그 결과, 실낱같은 돌파구가 나타났다.

과거 지층의 퇴적 당시에는 천해 지역에 해당하였던 6-1광구 서부 지역에 두꺼운 사암층이 있을 가능성을 알게 되었다.

그런데 이 지역은 과거에 시추한 돌고래 구조대에 비해 두꺼운 사암층의 발달 가능성은 높았으나, 구조운동을 비교적 적게 받아 배사구조가 형성되어 있지 않았다.

가스전이 부존되어 있을 유망구조를 찾으려면 층서트랩이 있는 곳을 찾아내는 것이 과제였으며, 층서트랩을 찾기 위해서는 신규로 인공지진파 탐사를 수행할 필요가 있었다.

우선 공사의 경영진을 설득하여 6-1광구에 대해 신규 2D 인공지진파 탐사를 하기로 한 후 정부를 설득하기 시작했다. 그러나 거의 포기하다시피 했던 국내대륙붕 탐사를 재개하는 데 대해 정부는 선뜻 동의하지 않았다.

"6-1광구에서 가능성을 발견했기 때문에 추가로 인공지진파 탐사가 필요합니다."

"그동안 시추할 만한 곳은 다 해봐서 실패하지 않았습니까? 그런데 6-1광구에 더 투자할 필요가 있을까요?"

"6-1 광구의 서부 지역에 층서트랩의 가능성이 충분히 있습니다."

추가 탐사에 대한 설득 과정을 한두 마디의 대사로 설명하기는 어렵다. 누구도 산유국의 꿈에 반대하지 않았지만, 실제로 돈이 들어가고 가시적인 성과도 따라야 하는 일이었다.

"산유국의 꿈을 실현하기 위해 꺼져 가는 대륙붕 탐사의 불씨를 되살려 반드시 경제성 있는 가스전을 발견하겠습니다."

우리의 간절한 설득에 정부에서도 어렵사리 예산을 배정해 주었다.

정부의 예산 지원에 의해 대륙붕을 계속 탐사하여 6-1광구 서부 지역을 중심으로 2D 인공지진파 탐사자료를 취득했고, 엄격한 전산처리 감리 과정을 거쳐 양질의 인공지진파 탐사자료를 얻게 되었다.

전산처리가 완료된 최종 인공지진파 탐사자료를 가지고 약 2개월간 자료해석작업을 면밀히 한 결과, 마침내 6-1광구의 서부 지역에서 5개 유망구조를 발견하였다.

5개 유망구조 찾아내고
'고래'라 명명

5개의 유망구조는 이름부터 '고래'라고 새롭게 지었다.

이전에 사용하였던 '돌고래'라는 유망구조의 이름은 더 이상 쓰지 않기로 하고, 대규모 자원량을 기대하는 마음을 담아 유망구조의 이름을 '고래'라고 지었다. 이렇게 하여 1993년에 6-1광구의 5개 유망구조, 즉 고래-1부터 2, 3, 4, 5가 탄생했던 것이다.

고래 지역 탐사에서는 기존의 돌고래 지역 탐사를 할 때 적용하였던 탐사개념과는 완전히 다른 개념으로 탐사를 재개하게 되었다.

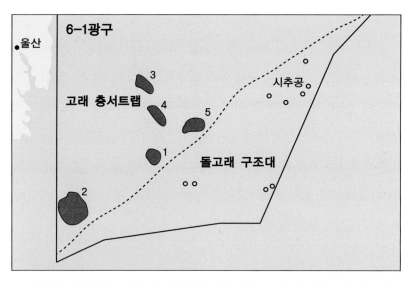

6-1광구의 남동부에는 심한 구조운동으로 인해 습곡과 단층이 발달되어 있는 돌고래 구조대가 존재하며, 북서부는 구조운동을 거의 받지 않은 지역으로서 가스층이 층서트랩 형태로 존재한다. 고래 5 층서트랩에서 가스가 발견되어 후일 동해-1 가스전이 된다.

여러 공(孔)을 시추했던 기존의 6-1 광구 동부 돌고래 지역 탐사에서는 구조트랩인 배사구조가 탐사 대상이었다. 그리고 저류암으로는 심해에 퇴적된 터비다이트가 대상이었으나, 터비다이트 사암층이 얇고 사암의 질이 좋지 않았다.

여기에 반해 6-1광구 서부 고래 지역에 새로 적용된 탐사개념은 층서트랩을 대상으로 하고, 저류암으로는 퇴적 당시 얕은 바다에서 퇴적된 사암층을 예상하였다.

한국과 미얀마에서 적용한 새로운 탐사개념

이때로부터 약 10여 년 후에 이루어진 미얀마 탐사에서 비슷하면서 조금 다른 상황이 발생하였다.

미얀마에서도 기존의 탐사개념과는 전혀 다른 새로운 탐사개념을 도입하였다.

탐사 대상을 구조트랩에서 층서트랩으로 바꾸었고, 인공지진파 층서분석기법을 적용하여 퇴적 양상을 조사하고 사암이 존재할 지역을 추정해내어 결국은 쉐 가스전의 발견에 성공했던 것이다.

두 경우 모두 층서트랩에서 가스층을 발견하였다는 것은 동일하지만 탐사 대상인 저류암에서는 차이점이 있다.

국내대륙붕 6-1광구는 기존 탐사 대상이었던 심해 퇴적물에 사암층이 빈약하게 발달되어 새로운 탐사 대상을 천해 퇴적물로 바꾼

데 반해, 미얀마 A-1광구는 천해 퇴적물에 사암층이 거의 발달하지 않아 심해에 해저선상지 형태로 퇴적된 터비다이트 사암층을 새로운 탐사 대상으로 삼았다는 것이다.

미얀마 가스전의 탐사개념에 대해서는 뒤에서 자세히 설명이 된다.

Golden Gas Field in Myanmar

대륙붕 가스 발견과
그 이후의 평가정 실패

6-1광구 층서트랩에서
가스층 발견

6-1광구에서 발견한 5개의 유망구조 가운데 고래-1 유망구조
가 가장 유망성이 높았다. 무엇보다도 가스층을 지시하는 bright
spot이 보였던 것이다.

신규로 인공지진파 탐사자료를 얻기 전에 기존 자료로 해석할 때
는 이 bright spot을 가스층의 하단에 나타나는 flat spot이라고
생각하였다.

그런데 새로 취득한 인공지진파 탐사자료로 정밀 해석한 결과, 강
한 진폭을 보여주는 것이 flat spot이 아닌 것으로 확인되었다. 침
식을 받아 움푹하게 패인 부분이 구조운동으로 휘어져 완만한 경사
를 보여 마치 수평 형태의 flat spot인 것처럼 보였던 것이다.

인공지진파 탐사자료상에 나타난 뚜렷한 bright spot은 가스층의 하단이 아니고 가스층의 상단을 지시하는 것으로 해석되었고, 그 하부에 가스층의 하단을 지시해 주는 희미한 flat spot이 보였다. 침식을 받은 사암층 상부의 침식계곡(incised valley)에는 셰일층이 두껍게 발달되어 덮개암 역할을 할 것으로 예상되었다.

그 후 고래-1 유망구조에서 가스를 발견한 다음 평가정을 시추하는 과정에서, 여기에 나타난 bright spot이 가스층의 하단이냐 상단이냐에 대해 어처구니없는 논쟁을 벌이게 된다.

고래-1 유망구조에 대한 자원량 평가와 경제성 분석을 거친 결과,

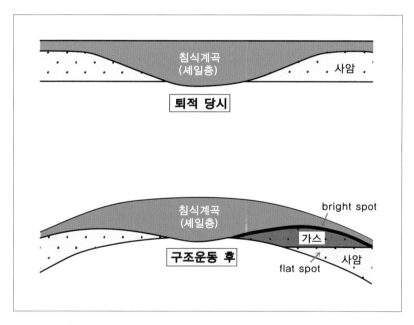

고래-1 발견가스전의 퇴적 당시 모습과 구조운동을 받은 후의 모습. 퇴적 당시 움푹 패였던 침식계곡이 완만한 모양으로 바뀌어 bright spot이 다소 편평 한 모습으로 나타난다.

상업성 있는 가스전 발견 가능성이 충분하다고 보고 1994년 여름에 고래-1 탐사정 시추를 하였다. 돌고래 구조 지역에서 시추에 실패한 이후 4년 만에 국내대륙붕 시추를 재개했던 것이다.

시추 결과는 성공이었다. 당초 예상한 대로 목표 지층인 '가' 사암층에서 20m에 이르는 가스층이 발견되었다.

그동안 돌고래 시추공에서는 목표 지층 내에서 실질적인 사암층의 두께가 수 미터에 그쳤으나, 이곳 고래-1 시추공에서는 이전과는 전혀 다른 형태로 양질의 사암층이 나타났다.

그런데 '가' 지층 하부를 시추하는 과정에서 높은 압력이 나타나는 지층을 만났다. 이를 통제하기 위해 많은 양의 이수를 투입하였으며, 그 결과 과압력 상태에서 이수가 '가' 사암층에 깊숙이 진입하여 가스가 빠져나올 수 없는 상황이 되어 버렸다.

굴착이 끝난 후 물리검층을 실시하고 나서 '가' 가스층에 대한 산출시험을 실시하였는데, 산출시험을 시작하고 나서 오랫동안 가스가 산출되지 않아 포기 직전까지 갔다. 그러다가 상당한 기간 동안여러 번 시도한 끝에 마침내 가스 산출에 성공하게 되었다.

국내대륙붕 6-1광구 층서트랩에서 상업적 생산 가능성이 있는 가스층을 발견하게 되었던 것이다.

고래-1 발견가스전
평가 실패

고래-1 탐사정 시추 직후 정확한 평가를 위해 고래-1 지역에 3D 인공지진파 탐사를 실시한 후, 탐사자료를 면밀히 분석하여 2개 평가정 위치를 선정하였다.

첫 번째 평가정으로 선정된 고래-1-1 시추공은 고래-1 탐사정의 동쪽 '가' 가스층이 다소 얇아지는 지역에 시추하여 자원량을 정확히 평가하는 것이 주목적이었고, 동시에 '가' 가스층의 상부에 또 다른 bright spot이 나타나는 '다'층을 관통하여 가스 부존 여부를 확인하는 것이었다.

고래-1-1 평가정 시추 결과 이 지역까지 '가'층의 가스가 연장되어 있는 것이 확인되었으나, 가스 사암의 두께는 당초 예상보다 수 미터 얇은 것으로 나타났다.

그리고 '다'층에서는 매우 뚜렷한 bright spot이 있음에도 불구하고 가스층은 존재하지 않았다. bright spot이 가스층의 존재를 보장하는 것이 아니고 가능성을 제시할 뿐이라는 것을 다시 한 번 확인할 수 있었다.

'가' 사암층이 예상보다 다소 얇게 나타났으며 '다' 사암층에서 가스 발견에 실패하자, 이때부터 한국석유공사 경영진과 일부 내부 기술진 사이에서 비판적인 의견이 나오기 시작했다.

두 번째 평가정은 당초 사암층을 깎고 지나간 침식계곡의 반대편에 나타나는 bright spot에 시추하기로 계획되어 있었다.

그런데 첫 번째 평가정 결과가 당초 예상에 못 미치는 것으로 나타나자, 공사 경영진은 나를 포함한 국내대륙붕 기술평가팀의 기술력에 의문을 품고 미국 석유회사에서 근무했던 경력을 가진 재외 한국인 기술자를 초빙하여 고래-1 지역 인공지진파 재해석을 의뢰하였다.

불과 며칠 만에 자료를 분석한 후, 그분은 전혀 엉뚱한 해석을 하였다. 우리가 당초에는 가스층이 있을 것이라고 예상했으나 그 뒤 신규 취득한 2D 인공지진파 자료에 의해 이미 가스층이 아닌 침식 계곡 내의 셰일층이라고 밝힌 곳을 그 분은 가스층이라고 주장하는 것이었다.

가스층의 상단이라고 해석했던 bright spot이 가스층의 상단이 아니고 가스층의 하단, 즉 flat spot이므로, 이미 1조 입방피트 이상 되는 상당한 자원량의 가스전을 찾아 놓고는 엉뚱한 곳에 첫 번째 평가정 시추를 했다는 것이다. 2D 자료는 물론이고 고래-1 시추 결과와 그 이후 취득된 3D 인공지진파 탐사 결과에 의해 이미 검증된 너무나 명확한 사실인데도 터무니없는 해석을 내놓았다.

엄청난 양의 가스를 이미 찾은 것이라는 해석 결과에 솔깃한 공사 경영진은 결국 두 번째 평가정인 고래-1-2 평가정을 어처구니없는 곳에 시추하는 사태가 발생하고 말았다.

그리하여 고래-1-2 평가정 위치는 가장 두꺼운 가스층이 있다고 주장하는 곳으로 결정되었지만, 실제로는 셰일층이 가장 두껍게 퇴적된 지역에 시추하는 실로 황당한 일이 벌어졌던 것이다. 나는 가스층 대신 100미터보다 더 두꺼운 셰일층이 나타날 것이라고 단언하였는데, 시추 결과는 내가 예상했던 대로였다.

이러한 어처구니없는 사태로 인해 석유공사를 떠나 대우로 간 것이 훗날 미얀마 황금가스전이라는 대성공을 이루는 계기가 되었으니 아이러니한 일이 아닐 수 없다.

Golden Gas Field in Myanmar

셰일가스
이야기

수압파쇄를 이용한
셰일가스 개발

여기서 셰일과 셰일가스에 대한 이야기를 해두어야겠다.

석유탐사가 세계 곳곳에서 100년 이상 진행되다 보니 이제는 전통적인 방법에 의한 탐사는 거의 한계에 도달하게 되고, 최근에는 수심이 1,000m 이상 되는 심해에 대한 탐사나 셰일가스 등 비전통 석유개발이 대세를 이루고 있는 추세이다.

셰일은 입자가 아주 작은 진흙으로 구성된 퇴적암으로서 근원암 역할을 할 수 있는 암석이다. 셰일 지층이 퇴적될 당시에 석유의 재료 역할을 하는 유기물이 같이 퇴적될 경우, 그 유기물이 지하의 고온, 고압 상태에서 석유로 만들어져서 셰일 암석 속 빈 공간, 즉 공극에 모여 있게 된다.

근원암이 되는 셰일 지층 속에는 원유나 가스가 들어 있다 하더라도 공극이 워낙 작아서, 원유나 가스가 암석 입자 사이의 틈을 빠져 나오지 못하여 그동안은 채굴을 할 수 없었다. 그런데 1990년대부터 이러한 셰일 지층에 대한 개발이 시작되었다.

셰일 지층 속에 있는 원유나 가스가 지층 밖으로 빠져 나올 수 있도록 지층 내 인위적으로 틈을 만들어 주는 기술을 개발했던 것이

셰일가스 개발모식도. 암석 사이에 틈이 없어 원유나 가스가 빠져 나오지 못하는 셰일층에 수평시추를 한 다음, 수압파쇄를 통해 틈을 만들어 줘서 원유나 가스가 나오게 한다.

다. 지하로 수직정을 뚫어 셰일 지층에 도달하면 그 지층을 따라 수평정을 시추한 후, 아주 강한 압력의 물을 주입하여 암석을 깨주는 방식이다. 이것을 수압파쇄(hydraulic fracturing)라고 한다. 이 때 물과 함께 모래와 화학물질을 같이 주입한다.

초기에는 주로 가스가 들어 있는 셰일층을 대상으로 수압파쇄를 실시하여 가스를 생산하였다. 이런 식으로 생산된 가스를 셰일가스라고 하며, 동일한 방법으로 원유를 생산할 경우 이를 셰일오일이라고 한다.

세일가스
혁명

셰일가스는 석유개발에 있어서 실로 혁명적인 전환을 가져왔다. 셰일가스 개발은 미국에서 시작되었으며 현재도 미국에서 가장 활발하게 진행되고 있다.

최근 저유가로 인해 셰일가스 개발이 다소 주춤해지고 많은 셰일가스 업체가 타격을 받고 있지만 여전히 미국에서는 엄청난 셰일가스와 셰일오일이 생산되고 있다.

원유와 가스의 상당량을 생산하고 있지만 워낙 방대한 소비량으로 인해 원유를 외국으로부터 수입하고 장거리 가스관을 통해 가스를 캐나다로부터 도입할 뿐만 아니라, 그것도 모자라 멕시코만과 캘리포니아 해안에 LNG 터미널을 건설하여 LNG를 외국으로부터 수입하려던 계획까지 세웠던 미국이 이제는 공급 과잉인 원유와 가스를 외국으로 수출하려 하고 있다.

셰일가스와 셰일오일 덕분이란 것은 두말할 나위도 없다.

세계 최고의 경제대국인 미국은 방대한 셰일가스와 셰일오일의 생산으로 에너지 가격이 대폭 내려갔으며 이로 인해 산업 전반에 걸쳐 경쟁력이 더욱 강화되어 경기가 살아나고 고용이 증가하는 등 더욱 경제가 발전해 나가고 있다.

물론 현재는 저유가로 인해 어느 정도 타격을 받고 있지만 셰일가스 혁명으로 미국 경제는 상당 기간 호황이 지속될 것으로 본다.

Golden Gas Field
in Myanmar

제3장

새롭게
시작하다

Golden Gas Field in Myanmar

석유공사에서 대우로, 그리고
이루어진 산유국의 꿈

석유공사를
떠나다

경영진의 잘못된 판단과 왜곡된 의사소통에 따라 고래-1 지역의 두 번째 평가정 시추가 진행되고 있을 때 나는 이미 석유공사를 떠나기로 결심하였다.

고사(枯死) 직전에 있던 국내대륙붕 탐사에서 아무도 상상조차 하지 못하였던 층서트랩의 가능성을 제시하고 바라던 대로 가스층을 찾아내 온 국민의 오랜 소망이었던 산유국의 꿈을 실현시키기 직전이었다.

그랬건만 외부 기술자의 섣부른 평가를 믿고 여러 번의 나의 읍소에도 불구하고 너무나 어처구니없는 판단으로 엉뚱한 곳에 평가정을 시추하기로 한 회사의 결정에 심한 좌절감을 느껴 더 이상 석유공사에 근무하고 싶은 의욕마저 달아나 버렸다.

훗날 미얀마에서 가스전을 탐사할 때 단독위험부담의 어려움에도 불구하고 자사 기술진의 의지와 기술력을 믿고 측면시추를 승인해 주었던 대우와는 너무도 대비가 되는 조치였다.

석유공사를 그만두기로 결심한 다음 국내의 석유개발 관련 민간 회사 가운데 어느 회사를 알아볼 것인지 고민하다가 대우에서 꿈을 펼쳐 보기로 했다.

석유개발에 있어서 무엇보다도 중요하다고 할 수 있는 그룹 회장의 각별한 관심과 투자 의지를 여러 경로로 확인할 수 있었고, 또 그동안 석유개발 프로젝트를 위해 앙골라와 알제리 등지로 해외 출장을 다니면서 만났던 대우 임직원들의 열정과 능력에 깊은 감동을 받았기 때문이다.

1996년 6월, 나는 약 5년 동안의 한국석유공사 근무를 끝내고 ㈜대우에 입사하여 에너지개발의 새로운 인생 역정을 시작하게 되었다.

대우로 옮겼던 것은 나에게 정말 행운이었다.

내가 옮겨갈 당시에는 ㈜대우였다가 대우사태 이후 대우인터내셔널로 이름이 바뀌었고, 2016년에 포스코대우로 다시 이름이 바뀌긴 했지만, 줄곧 석유개발을 중점 사업으로 운영해 나가는 것을 볼 때 당시의 내 판단과 선택은 옳았던 셈이다.

비록 석유공사를 떠나게 되었지만 석유공사에서의 5년간의 근무는 나에게 소중한 경험이 되었다.

미국에서 박사과정을 하는 동안 인공지진파 층서학이라는 최신의 학문을 연구하여 인공지진파 탐사와 석유지질학에 있어서는 국내 최고 수준의 전문가로 나름대로 자부하였다. 하지만 저류공학, 시추공학 등 석유개발의 다른 분야는 비록 Texas A&M 대학교를 다닐 때 강의를 들었지만 실질적인 업무를 배울 기회가 별로 없었다.

석유공사는 내가 입사할 당시 인공지진파 탐사 분야의 전문가는 거의 없었지만 석유개발의 다양한 분야의 전문가를 확보하고 있었다.

국내대륙붕 기술평가를 담당하고 여러 해외 신규사업을 추진하는 동안 석유공사 내 타 분야 기술진과 협업하면서 지식과 경험의 폭을 넓힐 수 있었으며 경제성분석 등 사업적인 측면에서도 소양을 쌓을 수 있었다.

이때의 경험이 훗날 대우에서 미얀마 가스전 사업을 전반적으로 운영하는데 큰 도움이 되었으며, 근무 당시 인연을 맺은 많은 분들이 석유공사는 물론이고 우리나라 석유개발 현장 곳곳에서 핵심적인 역할을 맡게 되어 그 분들과의 인연이 나중에 큰 힘이 되었다.

고래-5 유망구조
3D 탐사 지역 선정

한국석유공사를 그만두기 직전에 마지막으로 한 일은 이미 예산이 확보되고 작업 계획이 확정되어 있던 3D 인공지진파 탐사 지역을 정하는 것이었다. 5개의 유망구조 중에서 고래-1 다음으로 유망하다고 생각한 곳은 고래-2와 고래-5였다.

그런데 애초에 고래-5 유망구조를 선정할 때는 침식계곡 내에 사암이 발달해 있어서 이 사암층에 가스가 있을 것이라는 예상과 함께 침식계곡 지역을 유망구조로 선정하였다.

그러나 그 이후 진행된 고래-1 탐사자료해석과 시추를 통해 침식계곡에는 사암이 발달해 있지 않다는 사실이 확인되었다. 따라서 고래-5 유망구조의 탐사 대상은 처음 예상했던 침식계곡이 아니라 고래-1과 같이 침식계곡 하부의 사암층이며 침식계곡은 덮개암 역할을 할 것이라고 탐사개념을 바꾸었다.

이에 따라 유망구조의 위치를 변경하고, 변경된 유망구조를 모두 포함할 수 있도록 3D 인공지진파 탐사 대상 지역을 결정하였다. 석유공사는 내가 결정해준 대로 변경된 지역에 3D 인공지진파 탐사를 실시하였다.

산유국의 꿈
실현되다

고래-1에서 평가정 시추에 실패하고 내가 석유공사를 떠난 이후, 다시는 기회가 오지 않을 것 같았던 대륙붕 탐사의 실마리를 뜻밖에도 공사가 다시 살려냈다.

석유공사는 3D 인공지진파 탐사를 끝낸 후 고래-5 유망구조를 시추하기로 하고 예산을 배정받는 데 성공하여, 1998년 고래-5 유망 구조에 탐사정을 시추하여 가스를 발견하고 연이은 평가정 시추에 도 성공하였다.

고래-5는 가스전 개발 과정을 거친 다음 동해-1 가스전으로 명칭 이 변경되어 2004년 마침내 생산을 개시하였다.

마침내 대한민국이 산유국의 꿈을 이룬 것이다.

2002년 울산에서 개최되었던 동해-1 가스전 개발 기공식에 초대 받아 한국석유공사의 성공을 축하해 주었다.

이유야 어떠했든 나는 성공을 일구어내지 못한 채 포기하고 떠났 는데, 이후의 담당자들이 고래-5 탐사와 평가를 실수 없이 잘해냄 으로써 드디어 우리나라가 산유국의 대열에 끼게 되었으니 갈채를 받아 마땅한 일이었다.

물론 포기 직전이었던 국내대륙붕 탐사에 층서트랩을 도입하고 상업적 가스전으로 판명된 고래-5 유망구조를 최초로 도출한 장본 인인지라, 내가 VIP 단상에서 가스전 개발의 영광을 함께 누릴 수 없다는 사실에 일말의 섭섭한 마음이 없지는 않았지만, 산유국의 꿈이 이뤄졌다는 사실만으로도 충분한 보상이 되고도 남았다.

Golden Gas Field in Myanmar

미얀마에 진출하기 전
대우의 해외 자원개발

대우는 미얀마에 진출하기 전에도 해외에서의 자원개발 사업 참여를 적극적으로 추진하고 있었다. 해외의 자원개발 역시 최전선에서 사업을 펼쳐 나가는 사람은 김우중 회장이었다.

자원개발만을 위해 진출한 것은 아니었지만, 대우그룹은 김우중 회장의 진두지휘 아래 아프리카의 여러 나라에서 사업을 활발하게 펼치고 있었다.

아쉬웠던
앙골라 탐사사업

특히 앙골라는 원유가 많이 생산되고 있었으며 세계적인 석유회사들이 진출해 있는 나라였다. 한국석유공사에서 근무할 당시 대우를 통하여 앙골라 사업 참여 제의를 받고 앙골라의 국영석유회사인 손앙골(Sonangol)을 방문하여 석유탐사와 개발 현황에 대한 브리핑을 받고 참여 가능한 광구를 조사하였다.

당시 앙골라는 이미 북쪽에 위치한 콩고민주공화국 인접 지역인 카빈다(Cabinda) 해상을 비롯한 해상광구들에서 상당한 양의 원유를 생산하고 있었다. 한국석유공사는 ㈜대우와 함께 앙골라 해상 지역의 탐사광구 참여를 추진하였다. 그 결과 프랑스 Total이 운영권자로 탐사작업을 하고 있던 앙골라 해상 2/92 탐사광구에 1993년부터 참여하게 되었다.

앙골라 2/92광구에서는 여러 개 공(孔)의 탐사정 시추를 통해 원유 부존 지층을 확인하고 4개 공에서 시험생산에도 성공하여 상당한 기대를 하였으나, 그 이후 실시한 평가정 시추 결과 발견된 자원량이 충분하지 않아 상업적 개발에는 실패하고 1999년 광권을 반납한 후 철수하였다.

비록 2/92광구 탐사에는 실패하였지만 앙골라 해상 지역의 원유 부존 가능성은 매우 높아서 앙골라에서의 또 다른 신규사업을 발굴하고 싶었지만 대우그룹 해체로 인해 투자를 추진할 여건이 되지 못해 꿈을 접을 수밖에 없었다.

후일담이지만 1990년대 후반부터 앙골라 해상 심해 지역에서 대규모의 유전들이 많이 발견되어 앙골라는 현재 일산 180만 배럴의 원유를 생산하고 있어 나이지리아에 이어 아프리카에서 두 번째로 큰 산유국이 되었다.

내가 한국석유공사에 근무할 당시 ㈜대우와 함께 앙골라 사업을 비롯하여 여러 건의 아프리카 사업을 같이 추진하면서 대우와 대우인들에게 강한 인상을 받았으며 이것이 나중에 내가 대우로 옮기게 되는 계기로 작용했다는 것은 앞에서 이야기했던 대로다.

우선 김우중 회장이 자원개발 사업을 키우고자 하는 강한 의지를 가지고 있었고, 산유국을 상대로 여러 분야에 걸쳐 사업을 할 때마다 석유개발 참여에 대한 관심을 직접 표명하면서 임직원들에게도 참여를 적극 독려하였다.

또한 남아프리카공화국, 앙골라, 알제리, 수단 등 아프리카 현지의 대우 주재원들은 치안이 불안하고 생필품이 부족하여 생활하기 여간 어렵지 않은 열악한 오지에서 근무함에도 불구하고, 세계시장을 개척해 나가는 선봉장이라는 자부심을 가지고 열정적으로 업무를 수행하고 있었으며, 현지인들과도 돈독한 관계를 유지하면서 원활히 사업을 이끌어 나가고 있었다.

열정과 능력을 겸비하고 전 세계를 대상으로 열심히 일하는 대우인들에게 받은 감동이 결국 나를 대우로 이끌었다고 할 수 있다.

페루 8광구, 유가 상승과 매장량 증대로 황금 알을 낳다

한국석유공사를 사직하고 대우에 들어와서 처음 추진했던 사업은 석유공사에서 근무할 당시부터 추진해 왔던 페루 육상의 8광구와 8X광구 사업이었다.

8광구와 8X광구는 페루 북동부에 위치한 도시인 이키토스 (Iquitos) 인근의 아마존 지역에 위치한 광구들로 8광구는 생산유전을 가진 광구였고 8X광구는 생산유전 인근의 탐사광구였다.

　탐사광구인 8X광구는 여러 개의 탐사정을 시추하여 모두 실패하고 말았지만, 생산유전을 갖고 있는 8광구 참여는 대단히 성공한 사업이 되었다.

　우리 회사는 지분 11.67%로 참여하면서 광구 매입비로 약 1,500만 달러를 투자하였다. 당시 환율이 800원대였으므로 원화로 약 120~130억 원쯤인데, 1996년 사업에 참여한 이후 거의 20년 간 매년 100~200억 원의 순이익을 창출하였다. 황금 알을 낳는 거위가 된 셈이다.

　일반적으로 탐사광구에서 성공할 경우 큰 수익을 올리게 되는 데 반해, 생산유전에 투자하여 투자 대비 10배 이상의 수익을 올리는 경우는 흔치 않다. 그런데도 페루 8광구에서 대박을 터뜨릴 수 있었던 데는 운도 상당히 작용했다고 생각한다.

　페루 8광구에 투자할 당시 경제성 평가에서 유가를 20달러 이하로 가정하였는데, 지난 20년간 유가가 많이 상승했던 것이 큰 수익을 올리게 된 하나의 요인이 되었다.

　한편으로 생산유전의 매장량을 평가할 때, 불확실성의 정도에 따라 확정(proven), 추정(probable), 예상(possible) 세 가지로 매장량을 구분하는데, 매장량 평가에서도 우리 대우에 행운이 따랐던 셈이다.

　회사에 따라 산정 기준이 다르지만, 확정매장량은 거의 확실한 매장량이므로 가치를 산정할 때 매장량의 90~100%를 인정하며, 추정매장량은 상당히 가능성이 높지만 불확실성이 없지 않으므로 매장량의 50~70%를 가치로 인정한다.

예상매장량은 가능성이 있지만 불확실성이 높아 가치를 산정할 때는 거의 매장량으로 인정하지 않는다.

1996년 우리가 페루 8광구에 참여할 당시 채굴할 수 있는 잔존매장량을 6천만 배럴로 가정하였으나, 참여한 이후 실제로 생산한 원유가 1억 6천만 배럴을 넘었다.

불확실성이 있어 추정매장량 또는 예상매장량으로 보았던 것들이 확정매장량으로 바뀌게 되었던 것이다.

사업 참여 당시에는 전혀 예상하지 못했던 큰 폭의 유가 상승과 불확실했던 매장량이 모두 확정매장량으로 전환된 것이 대규모 수익 창출의 결과를 낳았던 것이다.

미얀마 황금가스전 이전에도 이익을 창출했던 에너지자원개발

대우사태로 회사의 재무 상황이 극히 악화되었을 때 페루 8광구의 수익이 회사에 큰 도움이 되었음은 두말할 나위도 없다. 그 이후 최근까지 오만 LNG 사업에서 나오는 배당수익과 함께 매년 200~400억 원의 순이익을 창출하여 회사의 이익에 기여를 해 왔다.

우리 회사에 근무하는 임직원들조차도 미얀마 가스전에서 수익을 창출하기 이전에는 석유개발 조직이 이익을 창출하는 profit center가 아니라 투자비만 발생시키는 cost center라고 알고 있는 사람이 많다.

그런데 실제로는 2013년 미얀마 가스전에서 수익이 발생하기 이전에도 석유개발 조직이 거의 20년간 대우인터내셔널의 전체 이익 가운데 30% 이상의 수익을 창출해 왔던 것이다.

Golden Gas Field in Myanmar

기술력이 석유탐사의
성공률을 높인다

탐사활동
시작

2000년 8월 미얀마 정부와 A-1광구 생산물분배계약을 맺고 나서 본격적인 탐사 활동을 시작하였다.

1996년 한국석유공사에서 대우로 직장을 옮긴 후 2~3년 동안 은 회사의 적극적인 지원을 받으며 석유개발사업을 활성화하기 위해 기술직 직원들을 많이 채용하여 기술력을 키워 나갔다.

회사는 에너지개발 부서를 2개 팀으로 확대 개편하여, 석유개발 팀과 가스사업팀으로 나누어 운영했다.

그러다가 대우사태가 발생하자 불확실하고 암울한 회사의 처지로 인해 많은 직원들이 퇴직을 하였고, 남아 있던 직원들도 석유개발 사업 축소로 인해 다른 부서로 전출되어 갔다.

막상 미얀마의 A-1광구를 취득했던 당시에는 당장 탐사작업에 투입할 기술 인력조차 제대로 없는 실정이었다.

㈜대우는 무역부문과 건설부문으로 나누어져 있었는데, 2000년 12월 정부에 의해 대우그룹 구조조정 최종안이 확정되어 ㈜대우는 ㈜대우 잔존회사, 대우건설, 대우인터내셔널의 3개 회사로 분리가 되었다.

과거 대우실업으로 출발하여 실질적으로 대우그룹의 모(母)회사 역할을 해왔던 ㈜대우 무역부문은 ㈜대우가 분리되면서 대우인터내셔널로 이름을 바꾸게 되었다.

에너지개발팀의 재정비와 인력 충원

미얀마 A-1광구 계약을 체결한 후, 우리는 거의 해체 직전까지 갔던 에너지개발팀을 재정비하고 인력 충원에 들어갔다.

비록 회사는 여전히 워크아웃 상태였으나 경영진에 상당한 권한이 위임되었던 덕분이다.

지질, 지구물리, 자원공학, 회계 등 석유개발에 필요한 인력들을 신입 사원 또는 경력 사원으로 채용하였다. 회사의 위상이 예전 같지는 않았지만, IMF 금융위기 때인지라 취업난이 만만치 않아 그래도 우수한 직원들을 채용할 수 있었다. 입사한 직원들에게 자부심과 책임감을 불러일으키는 것이 가장 필요했다.

"우리나라의 민간 기업 중에 석유개발 투자를 하는 회사는 많이 있지만 자체 기술력으로 직접 광구 운영을 주관할 수 있는 회사는 우리 대우인터내셔널밖에 없습니다."

"잘 알고 있습니다. 자부심을 가지고 열심히 업무를 익혀 나가겠습니다."

"여러분의 경쟁 상대는 국내 기업이 아니라 유수한 외국 석유회사이니만큼 외국의 어떤 석유회사에도 뒤지지 않는 기술력을 갖추도록 노력해야 합니다."

우리나라의 경우 석유개발사업이 활성화되어 있지 않아서 지질학이나 자원공학을 전공해도 대학에서 석유탐사나 개발에 대한 지식을 배울 기회가 별로 많지 않은 실정이었다.

우리 회사는 자체 프로그램을 통해 기술직 직원들에게 석유탐사의 전문지식을 교육시켰고, 해외연수를 통해서도 전문지식을 쌓을 수 있도록 수시로 기회를 제공하였다.

에너지개발팀의 모든 직원은 우리 힘으로 기필코 미얀마 탐사를 성공으로 이끌어, 우리나라 석유개발의 새 장을 열면서 어려움에 빠진 회사를 부활시켜 보겠다는 신념을 가지고 열심히 전문지식을 배우고 업무를 익혀 나갔다.

일반적으로 광구를 취득하면 현지에 사무소를 개설하고 탐사팀이 현지로 파견을 나가서 탐사작업을 진행하지만, 그 당시 우리의 사정은 현지 사무소를 개설할 처지가 못 되었다. 회사의 상황도 여의치 않았고 제한된 인력을 나누어 서울 본사와 미얀마 현지 사무소에 분산 배치하기도 어려웠다.

그래서 탐사단계에는 서울 본사에서 작업을 진행하면서 필요하면 수시로 미얀마로 출장이나 파견을 가기로 하고, 가스 발견에 성공하면 평가단계부터 미얀마 현지에 사무소를 개설하기로 결정하였다.

기술력과 경험에 있어서는 최고의 기업이 되자

지하 수천 미터 아래에 있는 석유를 찾기 위해서는 고도의 기술과 경험이 요구된다. 최근에는 기술이 더욱 발달하고 3D 인공지진파 탐사기법이 개발되었지만 여전히 석유탐사의 성공률은 30%를 넘지 않는다. 특히 인근에 유전이나 가스전이 없는 미개척 지역에서 새로 탐사를 할 경우 그 성공률은 10%가 되지 않는다.

유수한 외국 석유회사들이 모든 기술력을 총동원하여 최상의 위치를 선정하고 시추했을 때도 상업적으로 생산 가능한 유전이나 가스전을 발견할 확률이 이 정도에 불과하다는 것이다. 충분한 기술과 경험을 갖추지 않은 상태에서 탐사를 하게 되면 그 성공률은 훨씬 더 떨어지게 마련이다.

석유탐사에 있어서 행운도 필요하지만, 기술력이 뒷받침되지 않은 상태에서 단지 운이 좋아 석유를 찾게 될 가능성은 거의 제로에 가깝다고 할 수 있겠다.

외국 석유회사의 경우에는 탐사나 개발 운영사업에 직접 참여하여 충분한 경험을 쌓은 사람들 중에서도 뛰어난 사람을 선발하여 회사의 미래를 결정할 신규사업을 맡긴다.

그동안 우리나라도 많은 회사들이 석유개발사업에 참여해 왔다. 그런데 기술력을 바탕으로 한 정확한 사업평가 없이 석유개발 경험이 많지 않은 사람들의 판단에 따라 사업에 참여하다 보니 성공한 경우가 더 드물었던 것인지도 모르겠다.

어쨌거나 석유탐사와 개발에 있어서 가장 중요한 요소는 기술력이라고 단언할 수 있다.

그런 점에서 대우인터내셔널은 미얀마 가스전 사업을 계기로 지금은 기술 인력과 사업 및 관리 인력을 포함하여 한국 직원 석유개발 인력을 100명 이상 확충하여 운영권자로서의 충분한 역량을 갖추게 되었다.

인원수에서는 한국 최대의 석유개발 조직이 아니지만, 기술력과 경험에 있어서는 자타가 인정하는 한국 최고 수준의 석유개발 기업이라고 할 수 있다.

Golden Gas Field in Myanmar

새로운 탐사개념을
도입하다

희망의
bright spot

우리는 과거 프랑스의 토탈이 A-1광구 지역을 운영할 당시 취득하였던 1970년대의 인공지진파 탐사자료와 시추자료를 미얀마 국영석유회사로부터 인수하여 분석을 시작하였다.

인공지진파 탐사자료에 대한 전산처리 기술이 이전에 비해 급속도로 발전하였기 때문에 1970년대에 취득하여 전산처리가 된 기존 자료에 대해 새로운 전산처리 기술을 적용한 전산재처리 작업을 실시하여 자료의 해상도를 대폭 향상시켰다.

인공지진파 전산재처리를 마치고 자료를 입수한 이후부터는 나는 본격적인 해석작업을 위해 회사에 출근하자마자 하루 종일 워크스테이션 앞에 앉아 인공지진파 자료와 씨름하며 직접 해석작업을 진행하였다.

광구를 취득하기 이전, 광구 선정 작업을 위해 미얀마 국영석유회사를 방문하여 자료를 열람할 때 아날로그 인공지진파 단면 자료상에서 발견했던 bright spot이 전산재처리를 실시한 디지털 자료상에서는 더욱 뚜렷이 나타났으므로 가스 부존의 가능성이 충분하다고 생각되었다.

그러나 bright spot 현상이 반드시 가스층의 존재를 보장하는 것은 아니기 때문에 이 지역에서의 가장 큰 탐사 리스크인 저류암(貯留巖)이 없을 것이라는 주장을 반증할 만한 자료를 찾는 것이 필요했다.

벵갈 해저선상지의 터비다이트에 주목

우리는 A-1광구가 속해 있는 인도양의 광역(廣域)지질에 주의를 기울였다.

인도양의 해저에는 전 세계에서 규모가 가장 큰 벵갈 해저선상지(海底扇狀地, submarine fan)라고 하는 부채꼴 모양의 거대한 지질 형태가 존재한다.

바다에서 퇴적암이 퇴적될 때, 입자가 큰 물질은 무거워서 해안선 가까이에 퇴적되고, 입자가 작은 물질은 가볍기 때문에 물에 떠서 먼 바다까지 이동하여 퇴적되는 것으로 알려져 있었다. 따라서 먼 바다에 쌓인 퇴적물들은 대체로 암석을 구성하는 입자가 작고 암석 내의 공극(孔隙)도 작기 때문에 저류암의 역할을 할 수 없다고 생각하였다.

그런데 의외로 미국 남쪽에 위치한 멕시코만의 먼 바다에서 시추를 한 결과, 먼 바다 지역임에도 불구하고 큰 입자로 구성된 저류암이 퇴적되어 있는 것으로 밝혀졌고, 여기서 대규모 유전과 가스전이 많이 발견되었다.

미시시피 강의 앞 바다에 발달한 대규모의 해저선상지 지층에 대해 지질학자들이 연구한 결과 새로운 사실을 발견하였다.

육지에서 강을 따라 운반된 퇴적물들이 바다로 들어와서 해류와 조류에 의해서만 운반되는 것이 아니라, 저탁류(底濁流, turbidity

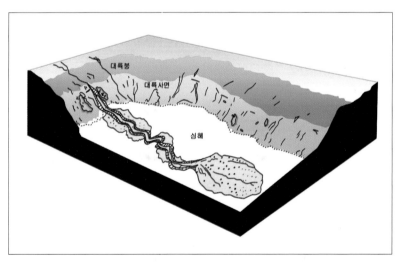

입자가 큰 퇴적물이 대륙붕과 대륙사면을 지나 저탁류에 의해 먼 바다까지 이동되어서 해저선상지 형태로 퇴적되는데, 이 때 퇴적되는 암석을 터비다이트 사암이라고 한다.

current)라고 하는 해저면을 따라 흐르는 아주 강한 해류에 의해 운반되어 대륙붕과 대륙사면을 지나 먼 바다에까지 퇴적되는데, 이때 입자가 큰 사암이 수십 또는 수백 킬로미터까지 이동될 수 있다는 것이다.

이러한 사암을 turbidity current에 의해 퇴적되었다고 하여 터비다이트(turbidite)라고 하는데 해저선상지에 발달한 이 터비다이트가 양호한 저류암 역할을 하여 1980년대 이후 해양 석유탐사에서 아주 중요한 탐사 대상이 되었다.

미국 멕시코만, 아프리카 서부 해상, 브라질 해상 등의 대형 유전과 가스전이 대부분 터비타이트 사암층에서 발견되었던 것이다.

미국에서 인공지진파 층서학이라고 하는 새로운 분야를 전공하여 터비다이트 퇴적층의 중요성을 알고 있었던 나는 탐사 담당 직원들에게 탐사작업의 방향을 제시하여 주었다.

"인도양에 광범위하게 분포하고 있는 벵갈 해저선상지가 A-1광구까지 연장되었을 가능성을 생각해 봅시다."

"해저선상지의 연장 가능성이란 것이 어떤 의미가 있습니까?"

"만약 해저선상지가 A-1광구에 발달되어 있다면, 양호한 사암을 가진 터비다이트 지층이 퇴적되어 있을 테니까 미얀마 서부 해상 석유탐사의 최대 리스크인 저류암에 대한 걱정은 없겠지요."

그래서 A-1광구의 인공지진파 자료를 분석하여 퇴적지층들의 두께를 조사해 보니, 1970년대 탐사작업에 실패한 외국 회사들의 탐사 대상이었던 A-1광구 동부(연안 지역)는 미얀마 육상으로부터 해상으로 퇴적물들이 유입된 것을 보여주는 데 반해, A-1광구 서부에

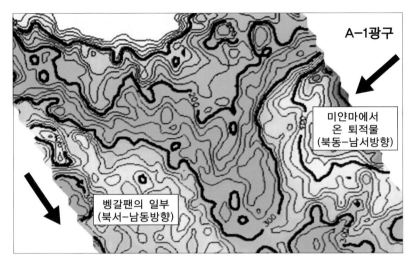

퇴적층의 두께를 보여주는 그림으로서, A-1광구의 동부에는 미얀마에서부터 온 북동-남서 방향의 퇴적물이 존재하며, 서부에는 벵갈팬의 일부인 북서-남동 방향의 퇴적물이 존재함을 알 수 있다. 서부에 위치한 뱅갈팬에 터비다이트 사암이 퇴적되어 있으며 이것이 A-1광구 가스전의 저류암 역할을 한다.

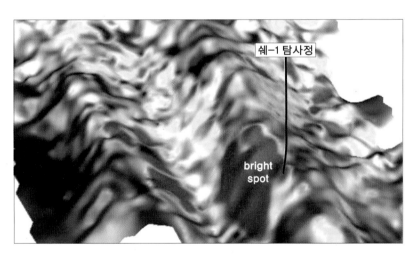

지층의 형태를 보여 주는 입체 도면 위에 인공지진파 반사파의 강도를 보여주는 진폭이 표시되어 있는데, 노란 색은 사암층, 빨간 색은 가스층의 가능성을 지시한다. 북서쪽에서부터 운반된 사암층이 층서트랩 형태로 놓여 있으며, 가스층으로 예상되는 빨간 색의 bright spot 동쪽 끝에 쉐-1 탐사정이 시추된 것을 볼 수 있다.

는 북서쪽으로부터 유입된 퇴적물의 존재가 뚜렷이 나타남을 볼 수 있었다.

이것이야말로 인도양에 광범위하게 분포하고 있으며 멀리 히말라야 산맥으로부터 유입되어 온 퇴적물로 구성된 광대한 벵갈 해저선상지의 일부라는 증거가 될 수 있다.

또한 탐사 대상 지층의 입체적인 지질구조와 진폭을 같이 보여주는 도면을 만들어 보니 북서쪽에서부터 오는 지층의 존재가 뚜렷이 나타났다. 따라서 이 지역에 양호한 저류암인 터비다이트 사암층이 존재힐 가능성이 상당히 높다는 사실을 보여준 것이나.

층서트랩을 찾아라

그런데 자료를 분석하던 직원들이 걱정스럽다는 듯이 입을 열었다.

"해저선상지가 연장되었을 것으로 예상되는 A-1광구 서부 지역은 원유나 가스가 부존되어 있을 가능성이 높은 배사구조가 존재하지 않습니다."

이미 A-1광구 광권 취득 과정에서 인공지진파 자료에 나타난 bright spot을 통해 층서트랩의 가능성을 알고 있었고, 수 년 전 국내대륙붕 6-1광구에서 층서트랩 시추를 통해 가스층을 확인한 바 있었던 나는 오히려 직원들을 독려했다.

"bright spot이 나타나는 지역에 층서트랩의 형태로 가스가 부존되어 있을 가능성이 크니까 잘 찾아봅시다."

기존의 다른 외국 석유회사들이 미얀마 연안 지역에 시추한 탐사정들은 모두 배사구조에 시추되었다.

지구상에서 발견되는 대부분의 원유나 가스는 주로 돔 형태의 배사구조에서 발견되고, 아주 드물게 배사구조가 아닌 층서트랩에서 원유나 가스가 발견되기도 한다.

따라서 주로 배사구조를 대상으로 석유탐사를 하는데, 우리가 저류암이 있을 것으로 예상하고 탐사를 하고자 하는 A-1광구 서부 지역은 배사구조가 존재하지 않았던 것이다.

우리는 층서트랩의 가능성을 염두에 두고 인공지진파 자료를 면밀히 해석하여 마침내 A-1광구에서 bright spot이 나타나는 층서트랩 유망구조를 몇 군데 찾아내는데 성공했다.

새로운
탐사개념 정립

우리 탐사 기술진은 과거에 취득된 것과 동일한 자료를 활용하였지만, 외국 석유회사들이 이 지역에 적용했던 기존의 개념과는 다른 새로운 탐사개념을 적용하였다.

과거 다른 외국 회사들이 천해(淺海) 퇴적물을 탐사 대상으로 삼았던 것과는 달리, 심해(深海) 퇴적물인 벵갈 해저선상지가 미얀마 서부 지역까지 연장되어 터비다이트 사암이 저류암 역할을 할 것으로 예상했다는 것과, 배사구조는 없지만 충서트랩 형태로 가스가 부존할 가능성을 염두에 두었다는 것이다.

　이렇게 새로운 탐사개념을 정립하는 데는 세 가지 중요한 요인이 있었다.

　첫째, 최신의 기술을 활용한 전산재처리를 통해 해상도를 높인 자료를 사용할 수 있었다.

　둘째, 인공지진파 충서분석이라는 새로운 해석기법으로 자료를 분석하여 광구의 지질을 정확히 예측하였다.

　셋째, 광구 선정을 위한 자료 검토 과정에서 발견하였던 인공지진파 bright spot을 다양한 지구물리학적 기법으로 정밀하게 분석하였다는 것이다.

Golden Gas Field in Myanmar

2차 탐사기 진입과
공동투자자 유치

경영진 설득하여
2차 탐사기 진입

　1차 탐사기 동안의 작업 결과 가스전 발견 가능성이 충분하다고 판단됨에 따라 2차 탐사기에 진입하기로 결정하고 경영진을 설득하기 시작하였다. 2차 탐사기에는 인공지진파 탐사를 의무적으로 직접 실시해야 하기 때문에 본격적으로 자금을 투입해야만 했다.

　당시에도 여전히 워크아웃 기간이라 경영관리단의 통제를 받고 있었을 뿐만 아니라 해외 신규 투자를 제한하던 시기였기 때문에 경영진을 물론이고 회사 내 투자 심의를 담당하는 부서를 설득하기도 쉽지는 않았다.

　"기존 자료 분석 결과 유망성이 높아서 2차 탐사기로 진입하고자 합니다."

"해외 신규 투자는 계속 통제를 하고 있습니다."

회사의 형편이 형편인지라 투자 담당 부서의 반응은 신중했다.

"비록 2차 탐사기에 들어가더라도 인공지진파 탐사단계에서는 투자비 규모가 크지 않습니다. 우리 정부로부터 성공불융자도 받을 수 있으니까 자체 투자비는 비교적 소규모입니다."

"탐사 성공 여부를 알기 위해서는 결국 3차 탐사기에 들어가서 탐사정 시추를 해야 하는데, 이 경우 투자비가 천만 달러를 훨씬 넘지 않습니까?"

"의무직으로 시추까지 해야 하는 3차 탐사기에 들어가기 전에 반드시 공동투자자를 유치하도록 하겠습니다."

설득 과정은 쉽지 않았지만 투자 담당 부서와 경영진을 설득하여 마침내 승인을 받아냈다.

2001년 7월 2차 탐사기에 진입하자마자 공동투자자로 사업에 참여할 파트너의 영입에 나섰던 것은 물론이다.

우리나라 기업 상대의 설명회에서는 부정적 견해

탐사사업의 경우 리스크가 높기 때문에 자금 여력이 충분한 메이저 회사들도 미개척 지역을 탐사할 때는 공동투자자를 찾아 투자비와 리스크를 분담한다.

우리 회사의 경우에는 한국 정부로부터 받는 성공불융자로 투자비를 줄일 수 있었지만, 투자비를 더 절감하고 탐사의 리스크를 분담하기 위해 적극적으로 파트너 유치에 나서야 했다.

우리는 공동투자자를 유치하기 위해 우선 석유개발사업에 투자하고 있는 우리나라 회사들을 대상으로 광구 설명회를 하였다.

광구의 유망성에 대해 설득할 수 있는 자료를 밤새워 준비했는데도 부정적인 견해가 대부분이었다.

"벵갈 해저선상지가 미얀마의 A-1광구까지 연장되었다는 주장은 한낱 가설에 불과하지 않습니까?"

"그렇습니다마는 우리가 작성한 지층의 두께 도면과 진폭 도면상에 나타난 북서 방향의 퇴적층은 벵갈 해저선상지로 볼 수밖에 없습니다."

"층서트랩에 가스가 부존된 경우도 매우 드물지 않습니까?"

"A-1광구에 bright spot이 뚜렷이 나타나므로 층서트랩의 가능성이 충분히 있습니다."

"대우가 과연 운영권자로서 탐사사업을 수행할 수 있을까요?"

광구 설명회에 참석한 대부분의 한국 회사들은 A-1광구의 유망성에 대해 회의적이었고, 우리가 제시한 새로운 탐사개념에 대해서는 더욱 부정적이었다.

게다가 대우인터내셔널은 운영권자로서 석유탐사사업을 해본 적이 전혀 없었을 뿐만 아니라 대우그룹의 해체로 회사의 장래가 어떻게 될지도 알 수 없다는 사실이 앞을 가로막았다. 이런 회사의 석유개발사업에 누가 기꺼이 공동투자자로 참여하려고 하겠는가? 맥이 빠지는 일이었지만 어쩔 수 없는 현실이기도 했다.

한국 회사를 파트너로 영입하는 데 실패한 우리는 그동안 친분을 쌓아 왔던 프랑스, 영국, 말레이시아 등 외국 석유회사들을 미얀마 A-1광구의 파트너로 영입하기 위해 국내에 초청하여 설명회를 가지는 등 온갖 노력을 기울였다.

외국 석유회사들의 반응도 한국 회사들과 크게 다르지 않았다. 우리가 제공한 자료를 검토하고는 모두들 유망성이 낮다면서 참여하지 않겠다고 통보해 왔다.

인도의 국영석유회사 상대로 지분 양도 추진

우리는 마지막으로 인도 회사에 지분 양도를 추진하기로 하였다.

그 당시에는 우리가 가스를 발견할 경우 가스를 판매할 곳은 인도라고 생각했기 때문에 인도 회사들이 이 프로젝트에 관심을 보일 것으로 예상하였다. 광구 설명회 자료를 가지고 인도를 방문하여 인도의 석유 관련 국영 회사인 ONGC, GAIL, IOC를 방문하였다.

원래 인도의 국영 기업체 가운데 ONGC는 상류 부문인 석유탐사와 개발을 맡았고, GAIL은 중류 부문인 가스관 건설과 운영 사업, IOC는 하류 부문인 정유공장과 석유제품 판매를 하는 것으로 업무가 구분되어 있었다.

그러다가 인도 정부가 석유와 관련된 국영 기업체의 업무 다각화를 추진하여 ONGC뿐만 아니라 GAIL과 IOC도 상류 부문에 진출할 수 있게 되었기 때문에 우리는 세 군데 모두 접촉을 했다.

세 회사 중에서는 인도 내에서 가스관 건설과 운영 등의 사업만 해오다가 이제 막 석유개발사업을 시작한 국영가스회사 GAIL이 적극적으로 관심을 표명하였다. 미얀마에서 가스가 발견될 경우 인도로 가스를 도입하는 것을 GAIL이 주도할 수 있다는 생각에서였다. GAIL은 해외 석유개발의 첫 사업으로 우리 미얀마 프로젝트 참여를 고려했던 것이다.

석유탐사의 경우 어떤 회사가 광권을 취득한 후 지분을 매각하게 되면, 지분을 인수하는 회사는 해당 지분에 대한 투자비보다 더 많은 투자비를 부담하는 조건으로 참여하는 것이 일반적이다. 일종의 프리미엄을 지불하는 셈인데, 관심을 표시하는 GAIL과도 이런 참여 조건을 협의하였다.

"지분 참여 조건은 2차 탐사기 동안의 인공지진과 탐사비용과 3차 탐사기 동안의 시추비용에 대해 지분비의 2배에 해당하는 투자비를 내는 것입니다."

"탐사가 거의 되지 않은 미개척 지역의 지분 참여 조건으로는 너무 과합니다."

인도 국영가스회사인 GAIL과 협상을 계속한 끝에 마침내 지분의 10%를 GAIL에 양도하기로 합의하였다.

가스전을 발견하려면 3차 탐사기에 진입하여 탐사정 시추를 해야만 하며, 3차 탐사기 진입 조건으로 이미 경영진에게 공동투자자 유치를 약속했던 상황에서 막상 투자자 유치가 여의치 않아, 당초보다는 다소 후퇴한 조건이었으나 여전히 지분 인수자가 투자비를 상당히 더 많이 부담하는 조건이었다.

GAIL이 참여를 결정하자 얼마 뒤 인도 국영석유회사인 ONGC가 GAIL의 미얀마 광구 참여 소식을 전해 듣고 참여 의사를 표명해 왔다.

"인도에서 석유개발이 주 업무인 국영 기업체는 ONGC입니다. 우리가 파트너로 참여하면 많은 도움을 줄 수 있을 것입니다."

"이미 마감은 하였습니다만, 굳이 참여하겠다면 GAIL과 합의한 조건 이상을 제시해야 합니다."

"같은 국영 기업제가 동일한 프로젝트에 참여하는데 다른 조건으로 참여하기는 곤란합니다."

"그렇다면 더 이상 협의할 필요가 없겠습니다."

우리의 강경한 입장에 ONGC는 결국 GAIL의 참여 조건보다 더 많은 투자비를 부담하는 조건으로 참여하여 지분 20%를 인수하는 데 합의하였다. 인도의 두 국영 회사와의 파트너십은 이렇게 시작되었고, 이후 이들 회사와는 상당한 우여곡절을 겪게 된다.

한국가스공사의
프로젝트 동참

한국가스공사가 지분 참여에 동참한 것도 이 무렵이었다.

한국가스공사는 한국 회사들을 대상으로 한 광구 설명회 당시에는 관심을 가지지 않았지만, GAIL과 ONGC이 참여를 결정했다는 소식을 듣고 지분 참여를 원했다.

당시 사업 책임자였던 가스공사의 정재현 해외사업단장은 대우인
터내셔널의 미얀마 가스 탐사사업이 우리나라 최초이자 유일한 동
해 가스전의 탐사개념을 만들어내고 유망구조를 제시했던 장본인
에 의해 주도되고 있다는 사실을 전해 듣고는 사업 참여를 강력히
추진하였다.

한국가스공사도 GAIL과 마찬가지로 그동안 국내의 가스관 건설
과 운영, LNG 도입 등의 사업만 해왔으나, 그 즈음에 석유개발사
업으로 사업 영역을 확장하기로 하고 아이템을 찾던 중이었다.

2001년 12월 한국가스공사와 지분 10% 양도 계약을 체결했다.
그리고 2002년 1월 한국에서 인도의 ONGC와 GAIL의 경영진이
참여한 가운데 지분 양도 서명식을 가졌다.

이렇게 되어 미얀마 A-1광구 컨소시엄에는 대우인터내셔널이
지분 60%를 보유하는 운영권자로 참여하고, 인도의 ONGC가
20%, GAIL이 10%, 한국가스공사가 10%의 지분을 가지는 비운
영권자로서 사업에 참여하게 되었다.

몇 년 후 미얀마 쉐 가스전의 성공으로 인해 그 이전에는 주로 가
스 관련 중류 부문 사업만을 해 왔던 한국가스공사와 GAIL은 첫
번째로 참여한 상류 부문, 즉 석유개발 해외사업에서 대성공을 맛
보게 된다.

Golden Gas Field in Myanmar

신규 인공지진파 탐사로
3개 유망구조 도출

3개 유망구조
도출

2차 탐사기에 진입한 후 유망 지역을 중심으로 신규 인공지진파 탐사를 실시하기로 했다. 우선 약 4,000킬로미터에 이르는 2D 인공지진파 탐사자료를 취득하고 최신 기술을 이용하여 전산처리를 실시하였다.

신규로 인공지진파 탐사를 한 결과 기존의 자료로 전산재처리를 했을 때보다 훨씬 양호한 자료를 얻어낼 수 있었다. 이 자료를 사용하여 정밀한 해석작업을 수행한 끝에 가스 발견 가능성이 높은 3개의 유망구조를 도출하게 되었다.

새롭게 도출한 3개 유망구조에 대한 가스 발견 가능성 여부를 보다 정확하게 확인하기 위해 AVO(Amplitude Variation with Offset), inversion, 진폭과 주파수 분석 등 최신 인공지진파 처리 및 해석기법을 적용하여 자료를 분석하였으며, 그 결과 가스층의 존재 가능성은 더욱 높아졌다.

황금, 즉 '쉐'라는 이름의 탄생

석유탐사 시추 대상이 되는 유망구조의 이름은 탐사를 수행하는 운영권자가 정하는 게 관행이다. 대개는 산유국의 지침에 따라 유망구조에 동일한 종류의 이름을 짓는 경우가 많다. 미얀마에서는 주로 보석 종류에 해당하는 미얀마어로 유망구조를 명명하였다.

막상 보석으로 명명(命名)하려고 하니 좋은 보석의 이름은 이미 사용되고 있었다. 그렇다고 유망구조의 이름을 대단치 않은 보석의 이름으로 대충 지을 수는 없었다.

그러던 중 한 직원이 의견을 제시하였다.

"미얀마어로 금이란 뜻을 가진 '쉐'로 지으면 어떨까요?"

"금(金)은 보석이 아니고 귀금속이 아닌가요?"

"꼭 보석으로 지으라는 법이 있겠습니까? 다른 나라에서도 그렇겠지만 특히 미얀마에서는 금을 대단히 귀중하게 생각합니다."

그러고 보니 미얀마를 대표하는 세계적인 유적인 원형불탑 쉐다곤을 비롯하여 이 나라 곳곳에 '쉐'라는 단어가 매우 많이 사용되고 있다는 것을 알았다.

"좋은 생각입니다. 우선 미얀마에서 '쉐'가 유망구조 또는 시추공의 이름으로 사용된 전례가 있는지 알아봅시다."

조사해보니 미얀마에서는 보석 이름만 사용하였지 여태껏 귀금속 이름으로 유망구조나 시추공을 명명한 적은 없었다.

그래서 우리는 3개의 유망구조 이름을 각각 금, 백금, 은을 뜻하

미얀마의 가장 상징적인 명승지인 쉐다곤 파고다의 야경. '다곤'은 양곤의 옛 이름이며 '쉐'는 황금을 뜻한다. 미얀마 가스전의 이름을 미얀마에서 가장 중요한 의미를 가진 '쉐' 가스전으로 명명하였다.

는 미얀마어 쉐(Shwe), 쉐퓨(Shwe Phyu), 응웨(Ngwe)로 지었다. 물론 가장 가능성이 높은 유망구조의 이름은 '쉐'라고 지었다.

이렇게 해서 훗날 '황금가스전'이 되는 '쉐' 유망구조의 이름이 지어졌다.

3차 탐사기 진입, 탐사정 시추 결정

2년에 걸친 2차 탐사기 동안 신규 인공지진파 탐사자료취득, 전산처리, 자료해석을 모두 끝내고 시추의 의무가 있는 3차 탐사기 진입을 확정하게 되었다.

우리는 A-1광구에서 도출한 3개의 유망구조 중 가장 가능성이 높은 쉐 유망구조를 첫 번째 탐사정 시추를 하기로 결정하고 쉐 유망구조에 대한 시추 준비에 돌입했다.

우리가 시추를 추진하고자 했던 A-1광구는 가스 부존을 위한 모든 조건을 갖추고 있었다.

우선 과거의 시추자료를 보면 지층 속에 가스의 징후가 많이 나타나므로 근원암의 리스크는 없었다. 그리고 이 지역에 존재하는 심해(深海) 퇴적층의 경우 대부분의 퇴적물이 불투수층인 셰일층이므로 덮개암의 리스크도 전혀 없었다.

한편으로 그동안 저류암의 존재가 이 지역 탐사의 주된 리스크였으나, 양호한 저류암인 터비다이트 사암층을 가질 것으로 예상되는 해저선상지가 A-1광구 지역까지 연장되어 있는 것이 확인되었다. 또한 층서트랩 형태로 가스가 부존해 있을 것으로 예상되었기 때문에 가스 부존을 위한 모든 조건이 갖춰진 셈이었다.

무엇보다도 쉐 유망구조에서는 가스층의 존재 가능성을 높여주는 bright spot도 나타났다. 우리는 쉐 유망구조에서 상업적 규모의 가스전을 발견할 가능성이 매우 높다는 판단을 하고, 자신 있게 3차 탐사기에 진입할 수 있었다.

철저히 계획하고 준비하다

물론 이 모든 조건을 다 갖추고도 확률적으로는 탐사에 실패할 가능성이 성공할 가능성보다 높다는 것은 알고 있었다.

석유개발사업을 제대로 이해하지 못하는 일부 주변 인사들 중에는 '미얀마 가스전 사업 자체가 무모한 투자였는데, 마치 로또에 당첨되는 것처럼 행운이 따랐기 때문에 성공할 수 있었다'고 폄하하는 사람들이 간혹 있다.

과연 그렇게 무모한 투자였고 오로지 행운에만 기댄 사업이었을까?

처음부터 대규모 투자비가 소요되는 사업이 아니라 초기 투자비 수십만 달러의 소규모로 시작한 사업이었고, 각 탐사기가 끝날 때마다 철수할 수 있었지만 유망성을 증명할 수 있었기 때문에 계속

사업을 진행할 수 있었다.

또한 대규모 투자비가 소요되는 시추를 앞두고는 지분 비율을 초과하는 투자비를 부담하는 조건으로 파트너를 영입하여 탐사정 시추를 가능하게 하였던 것이다.

더욱이 광권 취득 단계에서부터 철저한 분석으로 유망 광구를 선정하지 않았던가.

1차 탐사기의 기존자료 분석은 말할 것도 없거니와 2차 탐사기에 신규 인공지진파 탐사자료 분석 작업을 할 때는 최신 기법을 최대한 활용하여 유망구조를 도출해냈다.

그리고 마침내 3차 탐사기 시추 단계에 진입하여 여러 가지 자료 분석의 결과를 바탕으로 가장 유망한 지역을 선정하여 탐사정 시추를 실시할 수 있었던 것이다.

치밀한 전략과 뛰어난 기술력, 그리고 강력한 의지가 없었다면 결코 사업을 진행시킬 수 없었을 뿐만 아니라 아예 행운을 기대할 수도 없었을 것이다.

Golden Gas Field
in Myanmar

제4장

긴박했던
쉐 탐사정
시추과정

Golden Gas Field in Myanmar

3차 탐사기에
진입하다

밤늦게까지,
주말도 잊으며

3차 탐사기에 진입하여 본격적인 시추 준비에 들어갔다.

이 무렵에는 기술 인력의 충원도 어느 정도 이루어졌다. 신입 사원을 지속적으로 채용하여 자체교육을 시키거나 해외연수를 통하여 기술력을 증진시켜 나갔고, 지질 전문 경력 직원도 보강하여 탐사팀의 기술력이 상당히 구축된 상태였다.

지질학이나 자원공학을 전공한 신입 사원들을 포함하여 미얀마 탐사업무를 담당한 모든 직원들은 국내 민간 기업으로서는 유일하게 해외 광구의 운영권자로서 사업을 수행하는 회사에 근무한다는 자부심을 가지고 있었다. 그래서 모두들 열심히 전문 지식을 익히면서 밤늦게까지 그리고 주말도 잊으며 열정적으로 탐사작업과 시추 준비에 전념하였다.

비록 회사 자체로는 석유탐사 운영권사의 경험이 없었지만, 미국에서 석유탐사의 선진 기술을 익히고 한국석유공사에서 실제 탐사 운영을 경험해 본 국내 최고 수준의 전문가가 진두지휘하는 가운데 우리 직원들은 인공지진파 탐사와 지질 분석 업무를 수행하면서 기술력을 키워 나가고 있었다.

전문가의 수가 많은 것은 아니었지만 여러 해 동안 탐사작업을 진행해 나가면서 기술력의 수준은 급속도로 발전했다.

쉐-1 탐사정 위치와 시추 경로 결정

우리는 쉐 유망구조 내에서 가장 적절한 시추 지점을 찾기 위해 인공지진파 탐사자료를 면밀히 검토하였다. 그동안 취득한 특수전산처리 결과물들을 다시 분석하고 워크스테이션 컴퓨터를 활용하여 인공지진파 자료를 다양하게 분석하는 작업이었다.

쉐 유망구조에는 4개의 목표 지층이 있었다.

이 모든 지층들의 가스 부존 여부를 가장 효과적으로 확인할 수 있는 시추 지점과 시추 경로를 정해야 했다. 시추 위치를 정할 때는 가스가 있을 가능성이 가장 높고 동시에 가스전의 탐사자원량을 평가하기에 가장 적절한 지점을 선택해야 한다.

쉐 유망구조에 있는 4개 목표 지층의 가스 부존 여부를 평가하기에 가장 적절한 곳으로 첫 번째 시추공인 쉐-1 탐사정의 시추 위치를 최종 결정했다.

당연히 인공지진파 탐사자료를 면밀히 분석한 결과였다.

다른 국내 회사들의 경우 운영권자로서 탐사사업을 수행하더라도 인공지진파 탐사자료 해석작업 자체를 외국 용역회사에 맡기는 경우가 많다. 그러나 우리 회사는 석유를 찾는 데 있어서 가장 핵심적인 작업인 인공지진파 탐사자료를 해석하는 것은 물론 유망구조 도출과 시추 위치 선정을 외부 용역회사나 외국 컨설턴트에 의뢰하지 않고 직접 수행하였다.

그것이 바로 우리의 기술력이고 강점이라고 할 수 있었다.

뿐만 아니라 쉐 가스전 발견 이후에 행해진 가스전 평가정의 위치 선정과 시추 후의 평가작업도 모두 우리 회사 자체의 기술력으로 수행하였다.

전문 인력 보강과 시추 준비

석유지질 분야와 인공지진파 탐사 분야 못지않게 탐사의 성공을 좌우하는 중요한 요인인 시추 분야에 대한 전문 인력도 보강해야 했다. 시추를 전담하는 시추 매니저와 시추선 현장에서 작업할 시추 기술자, 시추 자재 보급을 담당할 전문 인력들을 고용하여 쉐-1 탐사정 시추 준비를 차근차근 진행시켜 나갔다.

시추작업에는 시추선 운영회사를 비롯하여 수많은 용역회사들이 작업에 참여하게 되므로 상당한 기간의 준비가 필요하다. 시추가 진행되는 동안 각 과정을 담당하는 용역회사가 서로 다르고 자재들을 공급하는 회사들도 대부분 다르기 때문에 1개의 공을 시추하기 위해서는 수십 개의 용역 계약을 체결해야 한다.

우리 회사의 경우 3차 탐사기는 2003년 7월에 진입하였지만 실질적인 시추 준비는 훨씬 이전부터 시작되었다.

우선 시추에서 가장 중요한 역할을 하고 비용도 가장 많이 드는 시추선을 확보하기 위해 시장조사를 하고 사용 가능한 시추선을 일일이 수배하여 우리 시추에 적합한지 알아보았다.

우리가 시추하고자 하는 쉐 유망구조는 수심이 110미터 이상 되기 때문에 잭업 시추선은 작업이 불가능하여 반잠수식 시추선과 시추선박을 대상으로 시추선을 찾던 중 에너지서처(Energy Searcher)라고 하는 시추선박을 구하게 되었다.

시추선 확보와 함께 시추에 필요한 모든 용역 계약도 체결하였다.

시추선박 에너지서처 호는 싱가포르에서 시추에 필요한 각종 자재를 선적한 뒤 미얀마 서부 해상 A-1광구의 시추 지점에 도달했고, 2003년 11월 15일 드디어 쉐-1 탐사정의 시추를 개시하게 되었다.

시추작업을 하는 동안 우리는 양곤에 임시사무소를 개설하고 우리 회사의 지질 책임자였던 조준수 과장을 현장 책임자로 1차 파견하여 작업을 감독하게 하였으며, 시추를 담당할 외국 기술자와 우리 회사의 지질·시추 담당 기술 인력을 양곤에 파견하였다.

Golden Gas Field in Myanmar

쉐-1 탐사정 시추의
난관

당초 시추
계획

쉐-1 탐사정은 당초에 경사정으로 계획되었다.

시추 대상은 4개의 지층이었는데 상부의 3개 지층(D1, D2, G1)은 배사구조 형태로 되어 있었으나, 가스 부존 가능성이 가장 높고 최하부에 위치한 G5 지층은 층서트랩 형태로 놓여 있어 수직정으로 시추할 경우 4개 지층을 모두 관통할 수 없었다.

따라서 목표로 삼은 4개 지층으로 모두 관통하도록 하기 위해 수직으로 뚫고 들어가다가 2,200 미터 지점에서부터는 경사정으로 시추하기로 하였다.

검보 현상
발생

쉐-1 탐사정의 시추가 진행되는 동안 많은 난관에 봉착하였다.

미얀마 서부 해상의 해안선 부근 연안 지역에는 이미 다른 회사들이 여러 공을 시추했기 때문에 그 지역 지층의 특성에 대한 자료가 있었다. 그러나 해안선에서 다소 멀리 떨어진 우리의 쉐-1 탐사정 시추 지점은 이전에 시추한 지역과는 완전히 다른 지층이 놓여 있는 곳이었다.

이 지역은 연안 지역 지층에 비해 지질학적으로 오래 되지 않은 젊은 지층이라는 것은 알았으나, 인근 지역에 뚫은 시추자료가 없어 지층의 특성을 정확히 알 수는 없었다.

시추작업이 개시된 지 얼마 되지 않아 미얀마의 현장 책임자로부터 서울로 보고가 들어왔다.

"시추작업이 순조롭지 않습니다. 검보 현상이 일어나고 있습니다."

검보(gumbo)란 미국 루이지애나 주의 뉴올리안즈에서 유명한 해산물 요리다. 각종 해산물을 진하게 우려내어 국물이 아주 걸쭉한 해산물 스프의 일종이다.

시추가 진행되는 동안 지하에서 주성분이 진흙이면서 지질학적으로 오래되지 않아 충분히 고화(固化)되지 않은 무른 지층을 만날 경우, 마치 자동차가 진흙탕에 빠져 바퀴가 헛도는 것과 같이 시추 굴착기가 헛도는 현상이 일어나는데, 검보의 짙은 색깔과 진한 국물이 마치 진흙탕과 같아, 시추 중에 발생하는 이러한 현상을 검보 현상이라고 한다.

"시추가 상당히 느리게 진행되고 있군요?"

"와이퍼 트립(wiper trip)을 해 나가면서 굴착하기 때문에 시추 속도가 매우 느립니다."

시추 중 지층 내에 문제가 생길 때 굴착기를 시추공 내에서 아래위로 움직이면서 시추공 벽을 청소하는 것을 와이퍼 트립이라고 한다.

"굴착기가 헛돌 뿐만 아니라, 굴착기를 달고 내려가던 드릴 파이프가 수시로 시추공 벽에 들러붙습니다."

"시추 속도가 다소 느리더라도 시추공 벽을 깨끗이 유지하면서 목표 지층까지 잘 들어가도록 해 봅시다."

전 세계에서 해마다 수없이 많은 시추작업이 이루어지고 있는데, 시추 도중 기계적 문제가 생기거나, 지층에서 예상치 못한 과압력 현상이 나타나거나, 우리처럼 굴착기가 헛도는 현상이 발생하여 이것을 해결하지 못하고 시추를 중단하는 경우도 종종 있다.

우리는 어떻게든 시추를 성공시켜야 한다는 일념으로 초조한 심정을 억누르며 조금씩, 조금씩 시추를 진행시켜 나갔다.

드릴 파이프 속으로 유입하는 이수의 비중을 높이고 굴착기를 아래위로 내리며 시추공 벽을 청소하는 작업을 수시로 진행하면서 조금씩 목표 지층을 향해 내려갈 수 있었다. 그나마 다행스러운 일이었다.

일단 수직시추으로 시추한 후 측면시추하기로

나는 시추가 한참 진행되던 2003년 12월초부터 양곤 사무소로 갔다. 그때부터 모든 작업은 내가 직접 총괄하였다.

우여곡절 끝에 수직으로 굴착한 시추가 지하 2,200미터 지점에 도달하여, 예정대로 이 지점부터는 경사정을 뚫기 위해 옆으로 굴착을 시도하였는데 지층을 뚫고 옆으로 들어갈 수가 없었다. 여전히 검보 현상이 일어나고 있었던 것이다.

여러 번 시도하였으나 굴착은 진행되지 않고 굴착기와 드릴 파이프가 시추공 벽에 들러붙는 현상이 계속 발생하여 시추를 중단할 수밖에 없었다.

"계속 시도해 보는 것은 무의미하고 시간만 낭비하는 일입니다."

현장의 시추 책임자는 옆으로 뚫고 들어가는 경사정 시추를 중단하고 다른 방도를 찾아야 한다고 제의하였다.

"다른 방법이 있겠습니까?"

"지금 우리는 물을 섞은 이수(water-based mud)를 사용하는데 기름

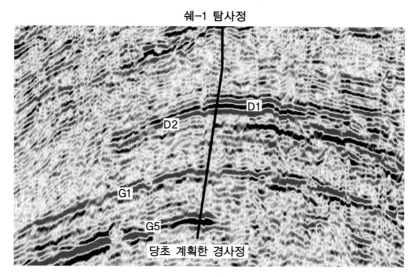

당초 계획한 경사정 시추 경로. 상부 3개 층(D1, D2, D3)은 배사구조 형태이나 가장 유망한 지층인 G5층은 층서트랩이므로, 수직정이 아닌 경사정을 시추해야만 4개 지층의 유망한 지점을 모두 관통할 수 있었다.

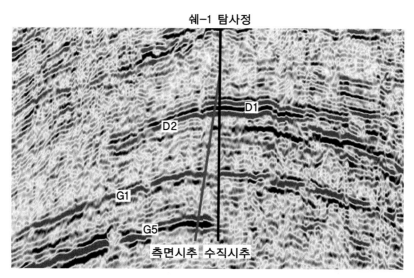

시추상의 문제로 당초 계획한 경사정을 시추하지 못하고 일단 수직시추를 하여 상부 3개층을 확인한 후, 나중에 인도 회사들이 빠져 나간 상태에서 단독위험부담으로 측면시추(청색)를 실시하여 G5층에서 대규모 가스층 발견에 성공하였다.

149

을 섞은 이수(oil-based mud)를 사용하면 옆으로 뚫고 들어가는 것이 가능할 듯합니다."

그동안의 수직정 시추에는 물을 섞은 이수를 사용하였는데, 이수에 들어 있는 물이 지층 속에 있는 진흙 성분과 반응하여 진흙을 부풀게 함으로써 시추를 더욱 어렵게 하였던 것이다.

"기름 섞은 이수를 당장 구할 수가 없지 않습니까?"

시추 중 장비나 자재의 문제로 시추를 중단할 경우 가만히 앉아서 하루에 수십만 달러의 비용을 잃게 되므로 걱정이 안 될 수가 없었다.

"일단 수직정 시추를 계속하여 상부의 3개 목표 지층을 우선 굴착해보고 그동안 기름 섞인 이수를 구해 보도록 하겠습니다."

시추 책임자의 건의에 따라 우리는 당초 계획했던 경사정 시추를 계속 시도하는 대신, 일단 수직정을 뚫어 상부 3개 목표 지층의 가스 부존 여부를 먼저 확인하기로 하였다.

제일 깊은 곳에 위치한 G5층은 수직정으로 관통할 수 없어 나중에 sidetrack이라고 하는 측면시추를 시도하기로 계획을 변경하였다. 다행히 수직시추가 진행되는 1주일 동안 기름을 섞은 이수를 말레이시아로부터 수송해 올 수 있어서 시간과 비용을 허비하는 일은 생기지 않았다.

상부 3개 지층에서
가스 발견 실패

수직시추로
3개 목표층 굴착

상부 3개 지층에 대한 수직시추는 별 탈 없이 잘 진행되었다.

첫 번째 목표 지층 D1에 점점 다가갈수록 초조한 심정으로 기다리고 있는데, 마침내 시추선에서 연락이 왔다.

"D1과 D2를 뚫고 들어갔는데 시추 중에 나오는 이수검층(泥水檢層) 기록상에 가스가 있는 것으로 나왔습니다."

"암편 중에 사암은 많이 나왔습니까?"

"가스의 징후는 뚜렷한데 사암은 별로 보이지 않습니다."

이수와 함께 올라온 암편에는 사암 성분이 별로 없어 우려도 있었지만, 두 개의 목표 지층에서 올라온 이수에 가스 성분의 기록이 워낙 뚜렷하게 나타났으므로 상당한 기대감을 가지고 계속 작업을 진행시켰다.

세 번째 목표 지층 G1까지 뚫고 들어간 다음 계속 밑으로 들어가 G5층까지 굴착하였다. G5층까지 수직시추를 끝낸 후 굴착기를 지표로 끌어올리고 시추공 속에 물리검층 장비를 내려, 굴착된 목표 지층 암석의 종류와 특성, 그리고 지하 유체의 종류를 측정하기 위한 물리검층 작업을 실시하였다. 그런데 물리검층 결과는 매우 실망스러웠다.

실망스러운
3개 지층 물리검층 결과

가스 기록이 뚜렷이 나타났던 D1과 D2 지층에서 사암은 별로 보이지 않고 진흙이 퇴적된 셰일층이 두껍게 발달한 것으로 나타났다. 굴착 중 올라온 이수검층 자료상에 가스의 기록이 나타난 것은 셰일층 사이에 아주 얇은 사암층이 있었는데 그곳에 가스가 일부 모여 있었기 때문이다.

마지막 최하부인 G5층에서는 우리의 예상대로 두꺼운 셰일층이 나타났다.

수직시추 결과 비록 상부의 3개 지층에서 가스를 발견하는 데 실패하였지만, 가스가 있으리라고 예상되는 가장 유망한 지층인 G5층이 남아 있었다. G5층은 애초의 계획을 변경하여 경사정이 아닌 수직정을 뚫어 가스 부존이 예상되는 목표 지점에서 떨어진 지점을 굴착하였기 때문에 목표는 그대로 남아 있는 셈이었다.

우리는 앞으로 측면시추를 통하여 G5층의 원래 목표 지점을 시추하면 가스를 발견할 수 있으리라는 기대와 희망을 가지고 예정대로 준비를 진행시켜 나갔다.

인도 회사들의
시추 참여 중단 결정

그런데 전혀 예상하지 못했던 일이 일어났다.

갑자기 연락을 해 온 인도 회사 ONGC가 측면시추에 대해 이의를 제기했다.

"우리는 수직시추에서 목표 지층인 G5층을 관통했다고 봅니다."

"무슨 얘기입니까? G5층을 뚫었지만 그 지점은 목표 지층의 가스 사암이 있는 지점이 아니고 인근 셰일을 관통했을 뿐입니다."

"마지막 굴착 지점 얼마 전에 나타난 사암층이 G5층인 것으로 해석됩니다."

수직으로 뚫고 들어간 지층 중에 G5층이 있으리라고 예상한 깊이보다 얕은 지점에서 얇은 사암층이 나타났다. ONGC는 이 사암층이 바로 우리가 목표 가스층이라고 예상했던 G5사암층으로 해석한다는 주장이었다.

우리는 굴착 후 물리검층에서 얻은 각종 기술자료를 제공하면서, 그 얇은 사암층의 깊이는 G5지층의 예상 깊이와 전혀 다르므로 우리가 굴착한 G5지층은 가스 사암이 있는 것으로 예상되는 지점이 아니라고 설명하였다.

"우리가 굴착한 곳은 당초 계획했던 G5 목표 지점에서 다소 떨어진 곳이며 그곳에서 두꺼운 세일을 확인하였습니다. 이 세일은 층서트랩의 덮개암 역할을 하는 것이고, 변경된 계획대로 측면시추를 하면 G5 목표 지점에서 가스를 발견할 가능성이 충분히 있습니다."

"우리의 의견은 다릅니다. G5층이 가스가 없는 얇은 사암층인 것으로 확인되었습니다. 쉐-1 탐사정은 가스 발견 실패로 결론이 났으니 시추를 종료해야 한다고 생각합니다."

ONGC는 자기네들 기술진이 해석한 결과를 확신한다면서 측면시추를 승인할 수 없다고 통보해 왔다. 당초에는 경사정 시추를 계획하였으나 시추상의 문제로 계획을 변경하여 일단 수직으로 뚫은 후 측면시추를 하기로 했으므로, 컨소시엄에서 승인받은 예산을 초과하게 되어 파트너들로 구성된 운영위원회의 승인을 다시 받아야 했다.

공동운영계약서에 의해 지분 30%를 가지는 인도의 2개 회사가 승인하지 않을 경우 부결되기 때문에 어떻게든 한 회사로부터라도 측면시추에 대한 승인을 받아야 하는데 설득이 되지 않았다. 시추가 중단될 절박한 위기 상황이 찾아왔던 것이다.

Golden Gas Field in Myanmar

위기의 쉐-1
탐사정 시추

단독위험부담(sole risk)에 의한
시추를 검토하다

미얀마 프로젝트와 같이 컨소시엄을 구성하여 사업에 참여할 경우 광구 운영에 대한 제반 권리와 의무는 공동운영계약서에 규정되어 있다.

여기에는 Sole Risk, 즉 단독위험부담에 대한 규정도 있다. 이것은 탐사와 관련된 중요 작업에 대해 일부 참여사가 반대하여 운영위원회로부터 승인을 받지 못할 경우, 작업을 원하는 참여사가 단독으로 투자비를 부담하여 작업을 진행할 수 있는 권리에 대한 규정이다.

인도 회사들로부터 측면시추를 승인할 수 없다는 의견이 처음 나왔을 때, 우리는 공동운영계약서의 규정에 나와 있는 단독위험부담을 통해 수백만 달러의 추가비용이 예상되는 측면시추를 독자적으로 추진해 볼 것인지 협의를 하였다.

"여기까지 왔는데 가장 유망한 목표 지층을 확인도 하지 못하고 중단할 수 있겠습니까? 단독위험부담을 해서라도 측면시추를 진행해야 하지 않겠습니까?"

"컨소시엄으로 구성된 탐사사업에서 단독위험부담으로 작업을 하는 예가 흔하지는 않지요. 또한 경험 많은 인도 국영석유회사가 유망성이 없다고 판단하여 사업 철회를 결정했는데, 우리가 단독으로 강행하기에는 위험부남이 너무 크지 않을까요?"

"단독위험부담으로 추진하려면 경영진과 이사회의 승인도 받아야 하는데, 승인을 받기 위해 작업을 중단하고 며칠을 기다릴 경우 하루 수십만 달러씩 들어가는 비용도 걱정입니다. 상당한 비용 지출을 감수해야 합니다."

단독위험부담을 과감히 추진해 보자는 일부 의견도 있었지만, 회사가 운영권자로서 처음 추진하는 해외 탐사사업에서 단독위험부담까지 해 가면서 실패할 경우 나중에 감당하기 어려운 책임 문제가 제기될 수 있었다. 그렇게 되면 향후 다른 사업의 추진에도 악영향을 미칠 수 있을 것이라는 신중론이 대세였다.

나 역시 단독위험부담으로 밀어붙이기는 무리라는 생각을 했다. 측면시추에 들어가는 수백만 달러의 추가 비용 중에서 나중에 감면을 받을 수 있는 성공불융자를 고려하면 회사 자체 부담이 1~2백만 달러에 불과했지만, 당시 회사가 처한 상황에서는 결코 적은 돈이 아니었다.

더욱이 무엇보다 큰 부담이 되었던 것은 다른 참여사가 실패라고 결론을 내렸음에도 우리가 단독으로 추진한다는 사실이었다. 본사의 담당 팀에서도 경영진과 이사진으로부터 단시일 내에 추가예산에 대한 승인을 받기가 쉽지 않을 것 같다는 의견이었다.

그래서 단독위험부담에 의한 측면시추 추진은 포기하고 인도 회사를 어떻게든 설득해 보도록 노력하고, 설득이 되지 않으면 어쩔 수 없이 시추를 중단할 수밖에 없다고 잠정 결론이 났다.

인도 회사 설득하지 못해 측면시추 중단하기로

ONGC는 진작 측면시추를 승인할 수 없다고 통보를 해 왔다. 측면시추에 대한 문제 제기는 애당초 ONGC에서 비롯된 일이었다.

ONGC와는 달리 GAIL은 그래도 설득의 여지가 조금은 있었다. 그 당시 GAIL의 미얀마 사업 담당자였던 Mr. B. P. Singh은 우리 기술진을 믿고 사업을 계속 추진하고자 하는 의지를 가지고 GAIL 경영진을 설득해 보려고 했는데, 마침 경영진이 인도 국회에 출두하고 자리에 없었다.

2003년 12월 중순 밤늦은 시간에 그는 인도의 국회 밖에서 회의에 참석 중인 경영진과 연락을 시도하면서 계속 대기하고 있었고, 우리는 양곤의 사무소에서 저녁식사도 거른 채 소식이 오기만을 애타게 기다리고 있었다. 양곤 시각으로 저녁 10시가 다 되었을 때 인도 델리에서 연락이 왔다.

"닥터 양, 이제 막 국회 밖으로 나오신 사장님께 보고했는데 ONGC가 참여하지 않는 상황에서 GAIL만 참여할 수는 없다고 합니다. 따라서 GAIL은 측면시추를 승인할 수 없게 되었습니다. 미안합니다."

당시 GAIL은 국영 기업체로서 석유개발사업에 진출한 지 얼마 되지 않은 때였으므로, 석유개발사업에 경험이 많은 같은 국영 기업체 ONGC가 불참을 결정한 측면시추에 대해 GAIL이 단독으로 진행할 수는 없다는 이야기였다.

어느 정도 예상은 했던 상황이었다. 지푸라기라도 잡는 심정으로 GAIL의 최종 회신을 기다리고 있었는데, 결국 시추를 중단할 수밖에 없는 상황이 오고 말았던 것 이다.

희망이 꺾이는
참담한 좌절을 맛보다

델리에서부터 양곤의 사무실로 걸려온 전화를 받고 나서 사무실에 홀로 앉아 있으니 허전하고 답답한 심정을 가눌 수가 없었다.

미국에서 석유탐사 분야 박사학위를 받고 귀국하여 석유탐사에 몸담은 이후 숨 가쁘게 지내온 지난 십 수 년의 세월이 아무런 성과도 없이 물거품이 되고 마는 순간이었다.

한국석유공사를 거쳐 대우로 와서 의욕적으로 석유개발사업을 추진하던 것도 잠깐이었고, IMF 외환위기와 대우사태로 인해 회사가 비상체제로 들어가 석유개발사업의 철수와 매각이 계속되는 바람에 에너지개발팀은 거의 해체되다시피 하는 참담한 위기까지 겪었다.

그러면서 어렵게나마 참여하게 된 미얀마 A-1광구 사업을 계기로 석유개발의 재기를 다짐하고, 지난 수 년 간 실로 온갖 정성을 다하여 사업의 성공만을 위하여 노력하지 않았던가.

또한 회사로서도 해체와 구조조정의 와중에 비록 리스크가 높은 탐사사업이지만 미얀마 A-1광구는 성공 가능성이 높은 광구라는 우리의 확신에 대해 경영진과 직원들이 모두 신뢰를 가지고 아낌없는 지원을 해주지 않았던가.

우리 회사 대우인터내셔널이 미얀마 사업을 발판 삼아 회생할 수 있다는 희망을 가지고 사업의 성공을 간절히 소망해 오지 않았던가.

그런데 현실은 이렇게 사업을 접을 수밖에 없는 형편이었다. 정말 안타깝기 그지없었지만 그대로 받아들이지 않을 수도 없었다.

'인도 회사가 측면시추에 참여하지 않기로 최종 결정하여 더 이상 시추를 진행할 수 없게 되었습니다. 탐사 성공을 이끌어내지 못해 죄송합니다.'

당시 쿠바에 출장 중이었던 본부장 임채문 상무에게 이메일을 보내 보고를 했다. 허탈하게 사무실에서 나와 호텔로 향하는 발걸음을 가누기조차 힘들었다.

모두가 심혈을 기울여서 지금까지 이끌어왔던 탐사 프로젝트인

데, 가장 유망한 목표 지층을 눈앞에 두고도 시추조차 해보지 못한 채 중단할 수밖에 없었던 것이다.

Golden Gas Field
in Myanmar

제5장

미얀마 바다에서
황금가스전을
찾다

Golden Gas Field in Myanmar

이대로
물러설 수는 없다

아내와의 통화와
젊은 직원의 당돌한 호소

그날 밤늦게 사무실에서 나와 숙소로 돌아온 나는 아내에게 전화를 했다.

"며칠 내에 한국으로 돌아갈 것 같소."

"가장 가능성이 높은 지층이 아직 남아 있다고 하지 않았어요? 얼마 후면 다시 시추를 시작할 것이라고 하지 않았어요?"

"인도 회사들이 시추를 계속하는데 반대하여 작업을 종료하게 되있소."

"대우가 운영권자라면서 혼자 하면 안 돼요?"

"외국 파트너들이 철수한 상태에서 우리가 단독으로 시추를 강행하여 가스 발견에 실패하게 되면 나 개인은 물론이고 회사 입장에서도 큰 부담이 될 거요."

"당신답지 않군요. 희망을 가지고 시도해서 꼭 성공해 보겠다고 하더니 왜 포기하려고 해요? 다시 고려해 볼 여지가 없는 거예요?"

미국에서 공부를 끝내고 돌아온 후에 많은 사람들이 일반적으로 추구하는 방향과 반대되는 길을 걸어온 나였다.

연구소와 국영 기업을 거쳐, 당시만 하더라도 박사학위 소지자들이 가기를 꺼리던 민간 기업으로 옮길 때도 아내는 묵묵히 내 결정을 존중해 주었다. 안정된 직장에 안주하기보다 새롭고 보람 있는 일에 도전하길 원하는 내 성향을 잘 알기 때문이었나.

그런 아내였기에 중요한 순간에 과감하게 밀어붙이지 못하고 주저앉으려 하는 내가 무척이나 안타까웠던 것이리라.

전화를 끊은 후 잠자리에 들었으나 잠을 잘 수가 없었다.

'왜 포기하려고 해요?'

잠을 이루지 못하고 뒤척이는 동안 아쉬워하는 아내의 목소리가 계속 귓전에 맴돌았다. 그러면서 마음 깊숙한 곳으로부터 어떻게든 해 봐야 한다는 생각이 치솟기 시작했다.

'다시 한 번 도전해 볼 수도 있지 않을까?'

바로 그때 탐사팀의 젊은 직원으로부터 전화가 걸려왔다.

"이사님, 지금까지 힘들게 왔는데 가장 유망한 목표 지층을 확인도 하지 못하고 단독위험부담이라는 이유로 포기해야만 합니까? 성공불융자를 받기 때문에 회사의 재정 부담도 그렇게 크지 않으니 경영진을 설득해 볼 수 있지 않습니까?"

아내의 안타까운 격려와 젊은 직원의 당돌한 호소는 오기를 작동시키기에 충분했다. 한 번 부딪쳐 봐야겠다는 생각이 불끈 솟구쳐 올랐다.

'그렇다. 이대로 주저앉을 수는 없어.'

IMF 외환위기, 대우사태, 사업 참여를 위한 경영진 설득, 미얀마 정부와 오랫동안의 협상, 시추 중에 발생한 여러 어려움들…그 많은 난관을 뚫고 여기까지 왔는데 어떻게 포기한다는 말인가?

엎어지지 않으려고
주저앉을 수는 없다

시추를 해서 가스 발견에 실패한다면 어쩔 수 없겠지만, 가장 유망한 목표 지층을 뚫어 보지도 못하고 사업을 접을 수는 없었다.

엎어지지 않으려고, 책임을 피하려고 시도조차 해보지 않는다면, 나 자신은 물론이고 회사 입장에서도 두고두고 아쉬운 일로 남을 것이라는 생각이 점점 강하게 들었다.

'모험을 하지 않고 안전한 방향으로 일을 처리하기보다는 가능성이 있다면 나중에 닥칠 어떠한 책임이나 비난을 감수하고서라도 도전해 봐야 한다.'

그런 생각이 나를 압도해 나가기 시작했다.

안정된 직장이었던 공기업을 박차고 나와서, 주변의 지인들이 모두 만류하던 민간 기업, 그것도 대우를 선택했던 것은 위험부담을 지더라도 목표를 이루어 보기 위해서가 아니었던가?

밤이 점점 깊어갈수록 단독위험부담을 감수하더라도 목표 지층에 대한 시추를 추진해 보아야겠다는 생각이 점점 확고해져 갔다.

마침내 결심을 하고 나자 마음이 급해졌다. 한밤중에 자리를 박차고 일어나 쿠바로 전화를 걸었다.

"본부장님, 제가 보낸 이메일 받으셨습니까?"

"받았습니다."

"시추를 종료하게 되었다고 이메일을 보냈지만 아무래도 포기할 수 없습니다. 단독위험부담으로 시추를 진행해 보았으면 합니다."

"그렇지 않아도 협의하려고 했는데 전화 연결이 되지 않았습니다."

본부장 입장에서도 실로 중요한 사항이어서 출장 중임에도 쿠바 현지에서 계속 상황을 확인하려고 했던 것이다.

"당초에 가장 유망하다고 예상하였던 지층입니다. 여기까지 와서 뚫어 보지도 못하고 포기하는 것은 너무 억울한 일입니다. 가능성은 충분히 있습니다."

먼저 본부장을 설득해야만 사업 추진이 가능하였다. 한동안 침묵이 흐른 다음 본부장의 목소리가 전화선을 타고 흘러왔다.

"좋습니다. 경영진은 내가 설득해볼 테니 한 번 해봅시다."

본부장은 기꺼이 내 결심에 동의를 하고 본사에 연락해서 필요한 모든 조치를 취하겠다고 했다. 새로운 역사가 만들어지는 순간이었다.

역시 대우였다,
대우였기에 가능했다

그날 아침에 본부장은 당시의 CEO 이태용 사장에게 보고하였다. 사안이 시급했던 만큼 본사에서는 CEO가 당시 주주로서 이사회 멤버였던 자산관리공사와 산업은행 관계자들을 일일이 찾아가서 설득하여 이사회 승인을 받아냈다.

승인 절차가 오래 걸려 시추작업을 중단하고 기다려야 할지도 모른다는 것은 쓸 데 없는 기우였다. 기술진을 믿고 힘을 실어준 경영진의 파격적인 지원이 있었던 것이다.

대우였기에 가능했던 것이다.

내부 승인 절차가 까다롭고 업무 추진에 있어서 내부 또는 외부 감사를 걱정해야 하는 회사였다면 이렇게 단시간 내에 중요한 결정을 내리고 승인을 받아낸다는 것은 불가능하였을 터였다.

비록 대우그룹은 해체되었지만 위기를 피하지 않고 정면으로 돌파하는 대우의 도전정신은 조금도 변하지 않았다는 것을 절실히 느낄 수 있었다.

회사의 최종 승인에 의해 단독위험부담으로 시추를 계속 진행하기로 결정한 후, 컨소시엄 파트너들에게 혹시 참여할 의사가 있는지 문의하였다.

인도 회사 ONGC와 GAIL은 당연히 참여할 의사가 없다고 통보해 왔는데 한국가스공사가 단독위험부담으로 하는 측면시추에 기꺼이 동참하겠다고 하였다.

결국 각각 지분 60%와 10%를 가진 한국의 기업 대우인터내셔 널과 한국가스공사가 측면시추에 소요되는 추가 투자비 전체를 부담하는 조건으로 쉐 유망구조의 G5 지층에 대한 시추를 진행하게 되었다.

Golden Gas Field in Myanmar

마침내 G5 가스층을 관통하다

성탄절에 전해온 감격적인 소식

측면시추가 진행되던 며칠 동안은 내 일생에서 가장 긴장된 나날이었다. 일찍이 그렇게 초조하고 간절한 심정으로 뭔가를 기다려 본 적은 없었다.

중학교부터 입시를 치른 세대라 수차례의 입학시험 결과를 초조하게 기다렸던 경험이 있지만, 시추 결과를 기다리던 그때만큼 간절한 심정은 아니었던 것 같다.

단독위험부담이라는 무리수를 두고 시도하는 시추에서 가스 발견에 실패한다면 무슨 면목으로 서울로 돌아갈 수 있을까?

워크아웃 아래 구조조정이 계속되고 있는데, 내 앞날도 걱정이지만 우리나라 석유개발의 개척자 역할을 하겠다며 나를 믿고 대우로 들어와 그동안 혼신의 노력을 다했던 우리 직원들의 앞날은 또 어떻게 될 것인가?

여러 가지 걱정으로 잠을 설치며 보냈던 며칠이었다.

측면시추가 시작되고 1주일이 경과하여 이제는 G5 목표 지층에 들어갈 때가 되어 결과를 초조하게 기다리고 있던 2003년 12월 25일 성탄절 아침이었다. 시추선 현장에 나가 있던 직원의 흥분된 목소리가 전화기를 통해 들려왔다.

"40미터 이상 되는 엄청나게 두꺼운 가스 층을 관통했습니다. 가스 함량도 매우 높습니다."

"사암이 나왔습니까?"

얼마 전 수직으로 시추하여 상부 3개 지층을 뚫었을 때 이수와 함께 올라온 자료상에 가스의 기록이 있어서 기대를 했으나, 사암이 존재하지 않아 가스 발견에 실패했던 경험이 있었다. 그래서 가스의 존재 못지않게 이수를 따라 사암의 암편(巖片)이 올라왔느냐 하는 것이 매우 중요했다.

"아주 양호한 사암 암편들이 같이 올라왔습니다."

굴착 중에 올라오는 1차 자료인 이수나 암편으로 원유나 가스의 발견 여부를 속단하기는 이르다. 그러나 이번 경우는 40미터 이상의 가스층에다가 가스 함량도 높으며 사암의 존재까지 확인되었기 때문에 드디어 꿈에 그리던 가스 발견이 이루어진 것이라고 확신할 수 있었다.

이번에야말로
가스 발견을 확신하다

인도 회사의 전문가들은 수직으로 시추한 결과자료를 보고 더 이상 가스층이 있을 가능성이 없다고 단정하였다. 그런데 아니었다.

인공지진파 탐사자료와 그동안의 시추자료를 보고 우리가 가스층이 있을 것이라고 예측한 바로 그 지점, 그 깊이에서 대규모 가스층이 발견되었다.

인도 전문가들이 틀렸고, 우리의 예측이 맞아떨어졌다.

며칠 전 동일한 깊이에 수직으로 뚫어 두꺼운 셰일이 나온 지점으로부터 옆으로 불과 300미터 떨어진 곳에서 우리가 예상했던 대로 두꺼운 사암이 발견되었고 그 속에 엄청난 천연가스가 들어 있었던 것이다.

그러나 가스를 발견했다는 결론은 아껴두기로 했다.

물리검층을 한 후에 결론을 내리기로 하고 흥분된 마음을 가라앉히며 작업 진행 결과를 지켜보았다. 지하 3,000미터까지 내려갔던 시추 파이프를 모두 지표로 올리고 물리검층 장비를 집어넣어 측정하기까지의 시간이 그렇게 길게 느껴질 수가 없었다.

물리검층 결과가 나와서 살펴보니 예상보다 훨씬 좋았다. G5층에서 공극률 22%, 가스포화도 75%에 이르는 두꺼운 사암층이 나타났으며, G5층의 상부에 인공지진파 자료상에서 인지할 수 없었던 새로운 가스층도 나타나 이를 G3층이라고 명명하였다. 가스전 발견에 더 이상 의심의 여지가 있을 수 없었다.

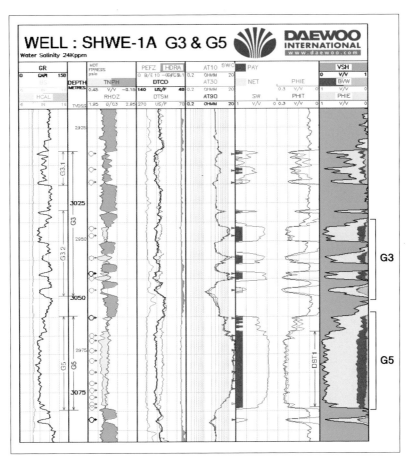

쉐-1 탐사정 물리검층 결과. 오른쪽 끝 그림에서 노란 색은 사암층, 빨간 색은 가스층을 지시한다. G3층과 G5층에서 두꺼운 가스층이 존재함을 볼 수 있다.

측면시추에 의한
성공

쉐-1 탐사정 시추는 당초에 2,200미터 지점부터 경사정(傾斜井)으로 시추할 계획이었다. 그러나 작업의 여건이 여의치 않아 일단 수직으로 시추한 후 측면시추를 하기로 했다.

그런데 수직시추 결과 4개의 목표 지층 중 상부의 3개 지층에서는 가스를 발견하는 데 실패하였고, 그 바람에 컨소시엄의 파트너들 중 인도 회사들이 측면시추에 반대하며 빠졌다.

결국 나중에 측면시추를 통해 가장 중요한 네 번째 목표 지층 G5층을 시추하여 대규모 가스층을 발견할 수 있었다.

이런 시나리오는 석유개발 전공자들이 아닌 일반인들은 쉽게 이해하기 어려울 정도로 다소 복잡한 과정을 거쳤다고 하겠다.

그러다 보니, 첫 번째 수직정 시추에서 가스 발견에 실패한 다음, 두 번째는 경사정으로 시추하기로 결정하고 대규모 투자비를 재투입하여 가스 발견에 성공한 것으로 와전되기도 하였다.

진실을 이야기하자면 쉐 가스전은 수직정과 경사정 두 개의 탐사정을 뚫어 성공한 것이 아니라, 하나의 탐사정에서 성공을 거두었던 것이다.

단지 계획이 일부 변경되어 우선 수직으로 뚫은 다음 측면시추를 하기로 하였고, 이를 위한 수백만 달러의 추가 투자비에 대해 파트너들의 승인을 받으려 했으나, 인도 회사들이 반대하여 단독위험부담으로 마지막 단계의 측면시추를 감행했다는 것이다.

Golden Gas Field in Myanmar

기적의
황금가스전 탄생

힘차게 분출한
천연가스

물리검층이 끝난 며칠 후 가스 산출시험을 실시할 때 미얀마의 에너지부 장관과 함께 시추선을 방문하였다. 산출시험은 물리검층을 통해 확인된 가스층으로부터 가스를 분출시키는 작업이다.

산출시험 중에 지표로 올라오는 가스는 시추선 상에서 태우게 되는데, 이 가스 불꽃이야말로 탐사작업의 성공을 알리는 신호이며, 이를 보기 위해 정부의 VIP들이 시추선을 방문하는 것이 관례가 되어 있다.

2004년 1월 미얀마의 에너지부 장관 일행과 함께 전세 비행기를 타고 양곤에서 시트웨라고 하는 라카인 주의 도시로 이동한 다음, 그곳에서 헬리콥터로 갈아타고 약 20분 정도 이동하여 시추선에 내

쉐-1 탐사정에서의 가스 발견을 최종 확인하는 산출시험(2004년 1월)

렸다.

새벽 이른 시간에 이미 밸브를 열고 가스 산출을 시작하여, 우리가 도착하였을 무렵에는 노란 불꽃을 띠고 있는 가스가 엄청난 소리를 내며 힘차게 뿜어져 나오고 있었다.

밸브로 조정을 하고 있었지만 산출되는 가스의 양과 압력이 엄청나서, 가스 불꽃에서 나오는 뜨거운 열로 인해 10미터 이내의 지점으로는 접근할 수가 없을 정도였다. 지하 3,000미터 깊이에서 수백만 년 동안 주인이 나타나기를 애타게 기다리던 천연가스가 지표로 힘차게 분출하고 있었다.

대우인터내셔널에 의한 황금가스전 발견이 최종 확정되는 순간이었다.

대우가 쏘아올린
불사조의 영혼

한국인 가운데 서울역 앞에 우뚝 선 대우빌딩을 모르는 사람이 있을까. 지금은 이름마저 바뀌었지만 외양은 그대로다.

대우그룹의 심장이었던 그곳. 그곳에서 대우인들은 한국 최고의 회사에 근무한다는 긍지와 우리나라 경제발전의 원동력이 되고 있다는 자부심을 가지고 불철주야 열심히 일했다.

흔히 대우빌딩을 두고 낮 풍경보다 밤 풍경을 이야기하면서 '불야성(不夜城)'이라고 일컬었던 것은 대우가 '세계경영'을 내세우며 24시간 세계와 교역하던 이미지 때문일 것이다. 그런 대우와 대우인들이 IMF 외환위기의 여파로 일어난 대우사태를 맞아 나락까지 추락해야 했다.

그런 점에서 미얀마 황금가스전의 발견은 대우, 그 중에서도 대우그룹의 모(母)회사이며 주력회사였던 대우인터내셔널의 새로운 중흥을 알리는 뜨겁고 힘찬 불꽃이었다.

남들이 포기하였던 미얀마 바다에서 아무도 예상하지 못했던 새로운 탐사개념을 적용하여 양호한 저류암이 A-1광구 지역에 존재할 것이라고 제시하였는데, 그것이 실제 시추에 의해 대규모 가스전 발견이라는 결과를 낳았던 것이다.

가스 발견 소식은 우리 회사 기술진은 물론이고 작업에 참여한 모든 용역회사 기술자들에게도 뜨거운 환희와 뿌듯한 자부심을 안겨주었다.

쉐 프로젝트 개발이 완료된 후 2014년 2월 대우의 전임 CEO들을 쉐 생산플랫폼에 초대하여 기쁨을 함께 나누었다.

당시 시추선에 근무하던 한 외국 기술자는 흥분을 감추지 못하면서 이렇게 말하였다.

"시추선에 근무해 오며 20년 동안 수십 개 공을 시추하면서 평가정이나 개발정에서 원유나 가스가 나오는 경우는 많이 보았지만, 와일드캣(wildcat, 탐사정)에서 원유나 가스를 발견하는 경험은 처음 해봅니다."

얼마나 석유탐사에 성공하기가 어려운지 여실히 말해준 체험담이었다.

기술력, 협상력, 그리고 천운

더구나 이 지역은 사암이 나타나지 않아 원유나 가스가 존재하지 않을 것으로 예측되어 아무도 관심을 갖지 않았던 곳이고, 인도 파트너들조차 시추 중간에 포기하고 떨어져나간 지역이었다.

하지만 우리는 이 지역에 북쪽 히말라야 산맥에서부터 운반되어 퇴적된 벵갈 해저선장지가 발달해 있어 양호한 터비다이트 사암이 있을 것이며, 그 속에 가스가 부존해 있을 것이라고 예측하였다. 그리고 그 예측은 정확하게 적중하였다.

우리의 기술력과 포기하지 않은 끈질긴 노력, 그리고 하늘의 도움에 힘입어, 대우가 운영권자로 참여한 첫 번째 석유탐사사업, 첫 번째로 뚫은 탐사정에서 대규모 가스전을 발견했던 것이다.

실로 기적이라고 하지 않을 수 없다.

석유개발사업을 성공으로 이끄는 세 가지 요소는 기술력, 협상력, 그리고 천운(天運)이라는 생각이 든다. 기술력과 협상력이 사람의 영역이라면 천운은 사람의 힘으로는 어쩔 수 없는 영역이겠는데, 그마저도 진인사대천명(盡人事待天命)의 법칙이 작용한다고 할 수 있지 않을까?

2000년 8월에 광권 계약을 체결하고 2004년 1월 산출시험 성공을 통해 대규모 가스전의 발견을 최종 확인하였으니, 광권 취득 후 약 3년 반 만에 탐사사업의 성공을 실현한 것이다.

물론 그 후에도 많은 시간이 흐른 2013년 7월부터 가스를 생산하여 판매하기 시작하였으므로, 실질적인 수익이 발생하기 시작한 것은 광권 취득 후 13년 만이다.

하지만 미얀마 가스 탐사는 3년 반 만에 성공을 확인할 수 있었으며, 이때부터 회사의 자산가치가 대폭 상승하게 된 것은 당연하다.

석유탐사에 있어서 성공하기까지는 10년 이상의 기간이 소요된다고 하는데 이는 정확한 표현이 아니다. 평가와 개발단계를 거쳐 최종 생산에 이르기까지는 10년 또는 그 이상이 걸릴 수도 있지만, 일반적으로 탐사사업 자체의 1차적인 성공 여부는 수년 만에 결정된다고 할 수 있겠다.

Golden Gas Field
in Myanmar

제6장

금상첨화, 연이어 발견된 가스전들

Golden Gas Field in Myanmar

A-3광구의 광권을
획득하다

A-1 성공 직후
A-3광구 광권 취득 추진

A-1광구에 대한 신규 2D 인공지진파 탐사를 실시할 때 A-1광구 남쪽에 위치한 A-3광구 북부의 일부 지역에 대한 자료도 취득하였다. 이때 취득한 A-3광구 자료에도 쉐 가스전에서 나타났던 현상과 유사한 bright spot이 나타났다.

쉐-1 탐사정 시추에 의해 이 bright spot이 가스층에 의한 현상이라는 것이 증명되었기 때문에 우리는 쉐 가스전을 발견한 직후 바로 미얀마 정부로부터 A-3광구의 광권 취득을 추진하기로 하였다.

한편 우리가 단독위험부담으로 쉐-1 탐사정의 측면시추를 추진할 당시, 가능성이 전혀 없다고 발을 뺐던 인도 회사 ONGC와 GAIL

은 공동운영계약서 규정에 의해 측면시추 투자비의 5배를 부담하는 조건으로 다시 A-1광구에 참여하게 되었다.

인도 회사들을 다시 파트너로 삼고 싶은 생각은 추호도 없었지만, 공동운영계약서의 규정에 따라 참여를 허용할 수밖에 없었다. 우리는 나중에 이 규정을 투자비의 10배를 부담해야 하는 것으로 수정하였다.

그런데 ONGC가 단독으로 A-3광구 광권을 취득하려고 노력 중이라는 정보가 입수되었다. 불과 얼마 전 유망성이 없다는 이유로 철수하겠다고 했던 미안마 서부 해상 지역인데, 우리가 난독위험부담을 감수하며 대규모 가스전을 찾고 나자 A-1광구에 슬그머니 다시 들어오더니 한 술 더 떠서 A-3광구를 넘보고 있었던 것이다.

인도 국영석유회사 ONGC와의 광권 취득 경쟁

이때부터 ONGC와 A-3광구 광권 취득을 위한 치열한 경쟁이 시작되었다.

우리는 미안마 에너지부에 참여제안서를 제출한 다음 장관은 물론 실무 책임자들을 수시로 접촉하여 설득을 계속했다.

"추가 가스전을 찾기 위해서는 기술력과 경험이 있어야 합니다. 외국의 어느 회사도 하지 못한 것을 대우의 기술력으로 해내지 않았습니까?"

"대우에게 주고 싶지만 상부에서는 A-3광구의 광권은 인도 회사에게 주는 것을 정치적으로 고려하고 있습니다."

말하자면 '정치적인 고려'가 장애물이었다. 그렇다면 우리는 끝까지 기술력과 '현실적인 고려'를 내세울 수밖에 없었다.

"인근에서 가스전을 찾는다 하더라도 운영권자가 서로 다를 경우 효율적으로 가스전을 개발할 수 있겠습니까? A-3광구도 A-1광구와 같이 우리 대우에게 광권을 주셔야 개발을 제대로 할 수 있을 겁니다."

우리의 끈질긴 노력으로 인해 미얀마 에너지부는 장관을 비롯하여 모든 실무 책임자들이 A-3광구를 대우에게 주어야 한다고 생각했지만, ONGC는 인도 정부의 전폭적인 지원을 받으며 정부 차원에서 광권 획득을 시도하였다.

ONGC의 사장과 임원들은 물론이고 인도 정부 관계자들까지 직접 미얀마를 방문하여 광권을 얻기 위해 동분서주하였다.

당시 미얀마는 미국을 비롯한 국제사회의 제재를 받고 있었기 때문에 외교적으로 미얀마를 도와줄 나라가 절실히 필요한 상황이었다. 그래서 국제적으로 인도 정부의 협조를 받을 수 있으리라는 기대를 가지고 인도 회사인 ONGC에게 광권을 주는 방향으로 기울어갔다.

ONGC가 인도 정부의 전폭적인 지원을 받는 것과는 달리, 대우인터내셔널은 혈혈단신 자신만의 노력으로 광권 취득을 추진할 수밖에 없었다. 미국의 경제제재를 받는 미얀마에 대해 한국 정부가 대표단을 보내 광권 취득을 추진할 수도 없었고, 설사 추진한다

고 하더라도 미얀마를 위해 어떠한 지원 약속도 할 수 없는 상황이
었다.

광권 취득과
지분 양도

그렇다고 쉽게 포기할 수는 없었다. 우리는 줄기차게 실무 책임자
를 접촉하며 설득을 계속했고, 우리 회사의 사장을 비롯한 경영진
이 미얀마를 방문하여 에너지부 장관과 관리들을 만났다.

"대우의 기술력으로 미얀마에서 황금가스전을 발견하지 않았습
니까? 우리와 광권 계약을 해야 성공할 수 있습니다."

우리는 거듭 성공을 거둔 황금가스전의 업적을 강조하면서 요청
하였다. 당시 에너지부의 우룬티(U Lun Thi) 장관은 우리 회사의 기
술력과 사업추진능력을 높이 평가하고 있었기 때문에, 대우에게
A-3광구를 주어야만 탐사에 성공할 수 있다고 미얀마 정부 내의
타 부처 관계자들을 설득했고 마침내 미얀마 정부는 우리에게 광권
을 주기로 하였다.

하필이면 경쟁 상대가 유망성이 없다며 측면시추를 포기하고 미
얀마 사업에서 철수하였던 회사라는 사실이 조금은 유리하게 작용
을 했을지도 모르겠다.

미얀마 정부는 A-3광구의 광권을 우리에게 주면서 전제 조건을
달았다.

"대우에게 광권을 주지만 인도 정부의 입장을 무시할 수 없으니, 인도의 ONGC와 GAIL에게 A-3광구에 참여할 수 있는 기회를 주어야 합니다."

"우리는 기꺼이 지분 참여의 기회는 주겠지만, 지분 참여 조건은 당사자들이 합의해서 결정할 사항이며, 지분 참여 조건에 대한 합의가 이루어지지 않아서 인도 회사가 A-3광구에 참여하지 못하는 것은 어쩔 수 없겠습니다."

"잘 알았습니다. 대우가 인도 회사들에게 지분 참여 기회를 제공한다면 지분 참여 조건에 대해서는 미얀마 정부가 일체 개입하지 않을 것입니다."

마침내 2004년 2월 미얀마 정부와 A-3광구의 광권 계약을 체결하였다.

쉐 가스전의 발견을 공표한 지 불과 한 달 만에 이루어진 일이다.

인도 정부의 집요한 노력을 뿌리치고 대우에 광권을 부여한 미얀마 정부의 결정이 현명했다는 것은 얼마 뒤 우리가 A-3광구에서 미야 가스전을 발견함으로써 증명되었다.

그 후에 인도 회사 ONGC, GAIL과 A-3광구 지분 참여 조건을 협상한 끝에 향후 투자비의 상당 부분을 지분 비율보다 더 많이 부담한다는 조건으로 2005년 10월 ONGC, GAIL과 지분 양도계약을 체결하였다.

한국가스공사에도 지분을 양도하여 A-1광구와 동일한 지분을 가진 참여사들로 구성된 A-3광구 컨소시엄이 구성되었다.

Golden Gas Field in Myanmar

미얀마에
둥지를 틀다

미얀마 E&P 사무소 개설과
미얀마 주재 시작

2000년 8월 A-1광구를 취득한 후 그동안의 탐사작업은 서울 본사 사무실에서 수행하였다. 필요할 때마다 수시로 미얀마에 출장을 다녔으며, 쉐-1 탐사정 시추작업을 하는 동안에는 양곤의 임시사무소를 3개월 간 운영하였다.

쉐 가스전을 발견한 이후 현지에서 탐사 업무를 진행하는 것이 업무의 효율성과 집중도를 높일 수 있다는 판단 아래, 2004년 5월 양곤에 미얀마 E&P 사무소를 개설했다.

E&P는 Exploration & Production의 약자로서 영어로 번역하면 '탐사와 생산'이지만 '석유개발'이라는 의미로 통용되는 단어다.

첫 번째 탐사정 시추 후반기부터 양곤 임시사무소에 파견 나와 있던 나는 그때부터 미얀마 E&P 사무소의 총책임자로 양곤에 주재하면서 미얀마 가스사업을 진두지휘했다.

양곤 시내의 이냐(Inya) 호수가 내려다 보이는 IBC 빌딩에 2004년 5월 사무소를 개설할 당시 한국 직원 7명과 미얀마 직원 10여 명으로 시작하였던 조직이 2016년 6월 현재는 한국 직원 40여 명과 외국 기술자, 미얀마 직원을 합하여 약 270명의 인원으로 증가하였다.

미얀마 E&P 사무소는 그동안 탐사, 평가, 개발 등 기술적인 업무는 물론이거니와 가스판매계약을 비롯한 각종 계약서 협상, 현지지원 프로그램 운영과 매년 수억 달러의 예산을 다루는 회계 등의 관리 업무를 수행하였다.

미얀마E&P사무소가 있는 IBC빌딩 앞의 이냐 호숫가에서 한국 직원들과 함께(2007년 4월)

전문 분야로는 지구물리, 지질, 자원공학, 시추공학, 저류공학 등 탐사 및 평가 관련 분야와 가스전 개발을 위한 생산공학, 기계공학, 해양공학, 전기전자공학, 조선공학 등 각종 공학 분야가 있다. 그밖에도 법률, 회계, 관리, 마케팅, 물류관리 등의 전문 분야에서 한국 직원들이 업무를 수행하였다.

미얀마 E&P 사무소는 조직, 인원, 인적 구성, 추진 업무, 소요 예산 등을 고려할 때 중급 규모의 독립 석유회사 수준이라고 할 수 있다.

E&P 사무소 설립 이래 대우인터내셔널 본사에서는 자금 지원은 물론이고 인원 충원을 비롯한 각종 지원을 아끼지 않았다. 그래서 미얀마 현지에서는 일체의 잡무에서 벗어나 오로지 가스전 탐사, 평가, 개발 및 가스판매 관련 업무에 전념할 수 있었고, 그 덕분에 실로 괄목할 만한 성과를 낼 수 있었다.

미얀마를 좋아하는 아내의 내조

양곤에 미얀마 E&P 사무소를 개설하여 내가 총책임자로 부임한 것을 무척 반기는 사람이 있었다. 아내였다.

조금은 남다르게 석유개발이라는 분야에 사로잡혀서 안정되고 편안한 직장 대신 사뭇 풍찬노숙(風餐露宿)이나 다름없이 동분서주하는 남편을 뒷바라지하느라 적잖게 속을 끓였을 텐데 한 번도 내색

하지 않고 한 결 같이 응원해준 아내였다.

자칫 주저앉을 수도 있었던 순간에 아내는 누구보다도 든든한 나의 후견인이 되어 단독위험부담의 어려움을 무릅쓰고 재도전하여 측면시추를 할 수 있도록 격려해주지 않았던가. 그러니 미얀마에서 황금가스전을 발견하는 데는 아내의 내조(內助)가 단단히 한 몫을 했다고 해도 공치사만은 아닐 것이다.

양곤에 E&P 사무소를 개설하면서, 당시 대학원을 다녔던 아들은 한국에 두고 아내와 중학생이었던 딸이 나와 함께 양곤으로 이주하여 생활하게 되었다. 양곤에 보금자리를 마련한 다음에는 안정된 환경에서 업무에만 전념할 수 있었다.

그러고 보니 아내와의 연륜도 어느덧 40년이 넘어섰다.

대학교 1학년 때 누나가 주선하는 첫 미팅에서 만난 후로 대학 4년을 포함한 6년간의 일편단심 열애 끝에 해군 소위 시절 결혼을 하였다.

아내는 나와 결혼하여 고생깨나 해야 했다. 신혼 초에는 초급 장교의 박봉을 견뎌내며 대학교 시간강사로 생활을 꾸려 나갔으며, 미국 유학 생활 동안 줄곧 아르바이트를 해가며 묵묵히 남편 뒷바라지를 해 온 아내였다.

석유공사와 대우에 근무하는 동안 나는 잦은 해외 출장과 무거운 책임감으로 일에 빠져 주말을 잊고 가장 노릇을 제대로 못하였다. 그럼에도 아내는 불평 한 마디 없이 늘 나에게 힘이 되어 주었고 가사 일과 애들 키우는 일을 조금도 소홀히 하지 않았다. 참으로 심성이 착하고 가정을 최우선으로 생각하는, 그야말로 천생 여자라는 생각이 든다.

아내는 순박한 나라 미얀마를 무척 좋아했다.

미얀마 현지인들과 잘 어울려 지냈고, 양곤에 있는 외국인 부인들과 교제도 하며, 한편으로는 부지런히 봉사활동도 했다.

미얀마를 떠나오고 나서도 현지를 방문하여 이전에 봉사활동을 하던 고아원을 찾아가 애들과 만나서 같이 시간을 보내는 일을 지금까지 계속하고 있다.

Golden Gas Field in Myanmar

쉐 가스전 평가정
모두 성공

3D 인공지진파 탐사
실시하기로

첫 번째 탐사정(探査井)을 시추할 때는 2D 인공지진파 탐사자료를 사용하여 유망구조를 선정하고 시추위치를 정하였다.

탐사정을 통해 가스전을 발견한 이후 평가정(評價井) 시추 위치를 정하기 위해서는 보다 정밀한 인공지진파 탐사자료를 사용해야 하므로 3D 인공지진파 탐사를 실시해야 했다.

우리는 이번에 발견한 쉐 가스전 지역뿐만 아니라, A-1광구 내에서 추가 가스전 발견이 예상되는 쉐퓨 유망구조까지 확장하여 3D 인공지진파 탐사를 실시하기로 하였다.

미얀마의 경우 매년 5월부터 10월까지 6개월 동안이 몬순 기간이다. 이 기간에는 비도 많이 오고 해상의 기상 조건이 좋지 않기 때문에 몬순이 오기 전에 탐사선에 의한 해상에서의 인공지진파 자료취득 작업은 완료해야만 했다.

쉐-1 탐사정 시추의 마무리 작업이 1월말에 끝날 예정이고, 3D 인공지진파 자료를 취득하는 데 2개월 이상의 기간이 소요되는 것을 고려하면, 시추가 끝나고 나서 바로 인공지진파 탐사를 시작해야만 몬순이 오기 전에 자료취득 작업을 끝낼 수 있었다.

쉐-1 탐사정 시추 전부터 3D 탐사선 수배

우리는 쉐 유망구조에서 가스를 발견할 경우를 가정하여 쉐-1 탐사정 시추가 시작되기 전부터 이미 3D 인공지진파 자료를 취득할 탐사선을 알아보고 있었다.

사용 가능한 탐사선들을 수배한 다음 가장 비용이 적게 들고 우리 지역 탐사에 적합한 탐사선을 선정하였다. 탐사정 시추에 의해 가스전을 발견할 경우 곧바로 3D 인공지진파 탐사를 수행한다는 전제 조건으로 미리 탐사선 운영회사와 계약을 해둔 상태였다.

이런 치밀한 계획과 준비 아래 모든 작업이 수행되었기 때문에 미얀마 가스전 탐사와 개발을 차질 없이 완료할 수 있었던 것이다.

물론 나중에 외부 요인에 의해 가스전 개발 방식이 바뀌고, 가스 판매 협상이나 승인이 지연되어 가스전 개발 일정이 당초 예상보다 다소 지연되었지만, 광구의 운영권자로서 우리의 통제 아래 있던 제반 업무는 사전에 계획된 일정대로 한 치의 오차나 차질도 없이 수행해 왔다고 자부한다.

쉐-1 탐사정 시추가 종료된 다음 2004년 2월 하순부터 4월 초까지 약 1,200제곱킬로미터에 이르는 넓은 지역에 3D 인공지진파 탐사를 실시하였다.

황금가스전 평가를 위한
5개 평가정 시추

3D 자료취득 후에는 전산처리가 끝나자마자 자료해석에 착수하여, 쉐 가스전에 시추할 평가정들의 위치와 쉐퓨 유망구조에 시추할 탐사정의 위치를 선정하는 작업에 들어갔다.

2004년 11월부터 2005년 8월까지 진행되었던 시추 캠페인 기간 동안 쉐 가스전 평가를 위해 5개의 평가정이 시추되었다.

시추가 진행되는 동안 작업이 순조롭게 잘 끝나는 경우도 있지만, 시추상의 문제로 시추가 잘 진행되지 않아 2~3일을 그냥 허비하기도 하고, 때로는 도저히 더 이상 시추를 진행하기 어려워서 옆으로 방향을 바꾸어 측면시추를 하기도 하였다.

탐사팀을 이끌었던 이홍범 부장과 시추를 담당했던 이정환 과장을 비롯한 모든 직원들이 혼연일체가 되어, 모든 난관을 극복하고 쉐 가스전에 대한 5개의 평가정 시추를 성공적으로 끝냈고, 5개 공(孔) 모두에서 가스층의 존재를 확인하였다.

쉐 가스전의 평가정 시추에서 가스층 확인에 성공한 후 산출시험을 실시하는 장면

　또한 시추를 통해 단순히 가스층을 확인만 한 것이 아니라, 물리검층, 코어링(coring), 산출시험 등으로 자원량의 평가와 향후 개발에 필요한 모든 자료를 성공적으로 취득할 수 있었다.

　평가정 시추가 끝난 다음 3D 인공지진파 탐사자료와 시추를 통해 얻은 각종 자료를 분석했고, 필요한 경우 외부 용역기관에 의뢰하여 정밀분석을 하였다. 또한 지질 모델링(geological modeling)과 저류층 시뮬레이션(reservoir simulation)이라는 작업을 거쳐 쉐 가스전에 대한 종합 평가를 완료할 수 있었다.

Golden Gas Field in Myanmar
쉐퓨 유망구조에서도
가스전 발견

쉐퓨-1
탐사정 실패

쉐 가스전과 쉐퓨 유망구조에 걸쳐 대규모로 실시하였던 3D 인공지진파 탐사를 해석하는 데 상당한 노력과 시간이 소요되었다. 쉐퓨 유망구조가 대규모로 넓게 분포해 있었고, 가스층 존재 가능성이 여러 층에서 나타났기 때문이다.

우리는 3D 인공지진파 탐사자료를 면밀히 분석하여 넓은 쉐퓨 유망구조 지역 중 가장 유망하다고 판단되는 지점에 쉐퓨-1 탐사정 시추를 하기로 했다.

쉐퓨 유망구조는 쉐에 비해 유망성이 다소 떨어진다고 판단하여 쉐 다음에 시추하게 된 두 번째 유망구조였다. 그럼에도 쉐와 마찬가지로 가스층의 가능성을 제시해 주는 bright spot이 나타났고,

그 규모는 쉐보다 훨씬 커서 상당한 기대를 하고 있었다.

그러나 기대와는 달리 가장 유망한 지점에 쉐퓨 탐사정 시추를 하였음에도 불구하고 첫 번째 쉐퓨 탐사정의 시추 결과는 가스가 전혀 없는 dry well(원유나 가스 발견에 실패한 시추정)로 판명이 났다.

석유개발업계에 종사하는 사람조차도 간혹 이런 질문을 하는 경우가 있다.

"아니 3D 인공지진파 탐사를 했는데도 가스를 못 찾았어요?"

3D 인공지진파 탐사는 자료의 해상도를 높여 시추공의 위치를 정확히 선정하는 데 도움이 되지만, 결코 원유나 가스의 발견을 보장하는 것은 아니다.

우리 대우인터내셔널의 경우 2D 인공지진파 탐사자료해석에 근거한 쉐 탐사정 시추에서는 가스 발견에 성공하였지만, 3D 인공지진파 탐사자료해석에 근거한 쉐퓨 탐사정 시추에서는 가스 발견에 실패한 것이 단적인 예라고 할 수 있겠다.

쉐퓨-2 탐사정에서 가스 발견 성공

쉐퓨에 대한 첫 번째 탐사정 실패 이후 3D 인공지진파 탐사자료와 첫 번째 탐사정인 쉐퓨-1의 시추자료를 면밀히 분석하여 쉐퓨 지역 탐사에 대한 재도전 여부를 고민하였다.

쉐퓨-1 탐사정 시추 결과 양호한 사암이 나타났으므로 저류암은 문제가 없었다. 그런데 저류암의 상부를 막아주는 트랩이 존재하지 않는 것으로 결론이 났다.

우리는 3D 인공지진파 탐사자료를 활용하여 쉐퓨 지역에 트랩의 형태가 잘 나타나는 지역을 찾는 데 주력하였다. 그 결과 해저협곡에 퇴적된 셰일층이 상부에서 막아줌으로써 저류암에 들어 있는 가스가 잘 보존되었을 것으로 예상되는 지역을 선택하여 쉐퓨-2 탐사정을 시추하기로 결정하였다.

결과는 성공이었다. 지난 번 쉐에서 가스가 발견된 지층과는 다른 새로운 지층 G2에서 가스가 발견되었던 것이다.

이렇게 하여 2005년 3월 쉐퓨 가스전이 탄생하게 되었다.미얀마어로 백금이라는 뜻을 가진, A-1광구의 두 번째 가스전이다.

Golden Gas Field in Myanmar

미야 가스전 발견과
추가 가스전 발견 실패

미야-1 탐사정 시추로
가스전 발견

인도 회사와의 치열한 경합 끝에 A-1광구 바로 남쪽에 붙어 있는 A-3광구를 취득한 후, A-1광구 쉐 가스전 평가와 쉐퓨 유망구조 확인을 위해 실시한 3D 인공지진파 탐사를 남쪽으로 일부 연장하여, A-3광구의 북부 지역까지 포함될 수 있도록 하였다. 이곳은 2D 인공지진파 탐사자료상에서 bright spot이 보였던 지역이다.

3D 인공지진파 탐사자료해석 결과 도출된 A-3광구의 유망구조의 이름을 미얀마어로 에메랄드라는 뜻인 '미야'로 지었다.

2005년 10월 인도의 석유부 장관이 참석한 가운데 ONGC, GAIL, 그리고 한국가스공사와의 A-3광구 지분 양도계약 및 공동운영계약 서명식을 우리나라의 어느 호텔에서 하였는데, 마침 서명

200

식을 한 호텔 회의실의 이름이 에메랄드룸이었다.

참석자 중 어느 분이 제의하였던 건배사가 생각난다.

"지금 우리가 서명식을 하고 있는 이 회의실이 에메랄드룸인데, 우리 다 같이 미얀마 A-3광구의 에메랄드 가스전 발견을 위해 건배합시다."

그때는 이미 미야 유망구조에 시추를 하기로 결정한 상황이었는데, 그로부터 3개월 뒤 2006년 1월 미야-1 탐사정 시추를 통하여 세 번째 가스전 미야를 발견하는 개가를 올렸다.

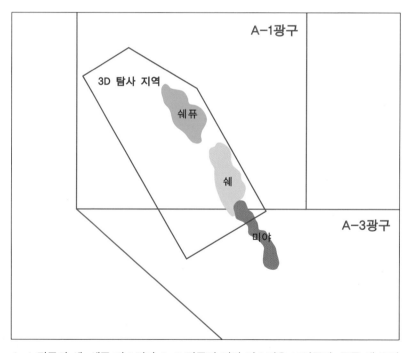

A-1 광구의 쉐, 쉐퓨 가스전과 A-3 광구의 미야 가스전을 보여주며, 푸른 색 윤곽선은 쉐-1 탐사정 시추 직후 실시한 3D 인공지진파 탐사 지역을 나타낸다. 쉐 가스전 발견 직후 A-3광구에서도 가스전 발견 가능성이 있다고 판단하여 A-3광구 광권을 취득하고 3D 탐사를 A-1광구와 A-3광구 북부에 실시하였다.

그리하여 2004년 1월에 쉐 가스전 발견을 공식 발표한 이래, 2005년 3월에 쉐퓨 가스전, 2006년 1월에 미야 가스전을 발견하게 되어, 2004년부터 3년에 걸쳐 해마다 회사에 커다란 선물을 안겨줄 수 있었다.

추가 유망구조들에 탐사정 시추했으나 실패

가스전 발견에 성공한 A-1광구와 A-3광구에 추가 탐사를 하는 경우, 설사 결과가 좋지 않더라도 재정적으로 큰 부담이 되는 것은 아니었다. 탐사에 들어가는 비용을 이미 발견한 가스전 수익으로부터 회수할 수 있기 때문에 우리는 과감하게 추가 가스전 발견을 위한 탐사작업을 진행하였다.

첫 번째 탐사정에서 가스를 발견한 쉐-1 탐사정 시추를 포함하여 총 다섯 차례의 시추 캠페인 동안 미얀마 북서부 해상 A-1광구와 A-3광구 그리고 심해 AD-7광구 등 3개 광구에서 모두 12개의 유망구조에 시추를 하여 쉐, 쉐퓨, 미야 3개의 가스전을 찾았다.

그러나 나머지 9개의 유망구조에 대한 탐사정 시추에서는 아쉽게도 가스 발견에 실패하였다.

가스 발견에 성공했다는 소식에는 다들 환호하고 축하를 보내주지만, 탐사정 시추에서 가스를 발견하지 못하면 주변에서 의아하게들 생각하는 경우가 많다.

"이번에는 무엇이 잘못되어 가스를 발견하지 못하였지요?"

"기술평가가 제대로 되지 않았습니까?"

물론 대규모 시추 비용을 투자하고도 가스 발견에 실패하게 되면 그동안 들인 투자비가 아까운 생각이 드는 것은 어쩔 수 없는 일이다.

탐사정 성공 확률은 겨우 10~30%

그러나 석유탐사의 경우 분석 가능한 모든 자료를 활용하여 가장 유망하다고 생각되는 지점에 시추를 하였을지라도 성공할 확률은 10~30%에 불과하기 때문에 탐사의 실패를 자연스러운 결과로 받아들여야 한다.

홈런 타자가 몇 차례 삼진을 당한다고 해서 문제가 있다고 생각하지 않는 것과 마찬가지라고나 할까?

물론, 여러 게임에서 계속 삼진을 당하고 출루를 못한다면 뭔가 심각한 문제가 생긴 것이므로 대책을 강구해야 하겠지만, 한두 게임에서 제대로 못한다고 해도 있을 수 있는 일이라고 생각하고 기다려 주지 않는가!

석유탐사에 있어서 탐사정의 경우 성공보다는 실패의 확률이 훨씬 높지만, 탐사에 성공하면 그동안의 모든 실패를 보상해 주는 수익을 보장받을 수 있다.

유망하다고 예상했던 지역에서 석유를 발견하지 못했을 경우에도 탐사를 수행한 담당자가 할 일은 남아 있다.

자료를 면밀히 분석하여 석유 부존의 요인 중 어떤 것이 문제가 되었는지 파악한 다음, 향후 탐사에 필요한 자료로 활용하면 되는 것이다. 실패를 반복하지 않기 위해서는 실패에서 배우는 것이 현명하기 때문이다.

Golden Gas Field in Myanmar

미얀마 가스전의
공인인증 자원량/매장량

자원량과
매장량

여기서 잠깐 자원량과 매장량에 대해 알아보자.

석유자원의 양에 대해 이전에는 시추에 의해 발견되지 않은 상태, 즉 탐사단계에서 추정되는 양도 매장량이라고 불렀다.

그러나 이것이 석유개발 투자자에게 혼선을 초래한다고 하여, 우리 정부가 석유자원의 양을 국제 기준대로 탐사자원량, 발견잠재자원량, 매장량의 세 가지로 엄격하게 구분하기로 하였다.

탐사자원량(prospective resources)은 탐사정 시추에 의해 석유 부존 여부가 확인된 것이 아니라, 인공지진파 탐사자료 분석을 통해 지하에서 원유나 가스를 발견할 경우 예상되는 자원량을 추정하는 것이다. 그러므로 탐사정 시추 결과 원유나 가스가 전혀 부존하지 않는 것으로 판명이 날 수도 있는, 그야말로 추정치에 불과하다.

발견잠재자원량(contingent resources)은 탐사정 시추로 석유나 가스를 발견한 후 추정하는 자원량이다. 발견잠재자원량은 불확실성의 정도에 따라 1C(low, 최소), 2C(best, 적정), 3C(high, 최대)로 구분된다. 탐사정을 시추한 후, 3D 인공지진파 탐사와 평가정 시추에 의해 불확실성이 줄어들수록 발견잠재자원량의 수치가 바뀔 수 있다.

매장량(reserve)은 탐사정과 평가정을 모두 뚫은 후 개발 타당성조사를 실시하여 상업적으로 생산이 가능하다는 사실이 확정되고 개발이 개시되었을 때부터 쓰는 명칭이다. 가스의 경우는 개발이 개시되더라도 가스판매에 대한 장기 계약이 체결되어야만 매장량이라고 부른다.

매장량의 확실성에 따라
1P, 2P, 3P

매장량이라고 하더라도 모든 생산정 시추가 완료되지 않은 상태에서는 여전히 부존량에 대해서 불확실성이 있으므로 그 정도에 따라 proven, probable, possible로 나눈다.

불확실성이 거의 없이 확정된 매장량을 1P(proven), 확정된 매장량과 상당히 가능성이 높은 매장량을 합한 것을 2P(proven + probable), 확정된 매장량과 어느 정도 가능성이 있는 매장량을 모두

합한 것을 3P(proven + probable + possible)라고 정의한다. 생산정 시추가 진행되면서 불확실성이 제거될수록 1P의 양이 점차 증가하게 된다.

그동안 석유개발에 참여한 회사들이 언론에 보도할 때나 투자자를 유치할 때 탐사자원량을 마치 상업적으로 확정된 매장량이나 발견된 자원량인 것처럼 발표하는 경우가 있었는데, 정부의 용어 통일에 의해 앞으로 이런 혼선은 없어질 것으로 보인다.

▌원유 또는
▌천연가스의 단위

자원량 또는 매장량의 단위는 원유와 천연가스가 다르다.

원유는 배럴이라는 단위를 쓴다. 1배럴은 159리터이며 무게로 환산하면 약 0.136톤에 해당된다. 우리나라는 연간 약 10억 배럴의 원유를 수입하는데, 이는 하루 약 270만 배럴에 해당하며 이를 톤수로 환산하면 약 37만 톤이다.

천연가스는 입방피트라는 단위를 쓴다. 1조 입방피트(TCF, Trillion Cubic Feet)는 LNG로 바꿀 경우 약 2,100만 톤이 되며, 원유로 환산하면 약 1억 9,000만 배럴에 해당한다. 우리나라는 연간 약 3,300만 톤의 LNG를 수입하는데 이는 약 1.6조 입방피트에 해당된다.

가스개발을 위해서는
공인인증 자원량 필요

액체 상태인 원유는 판매가 비교적 용이한 편이다.

그러나 천연가스의 경우 가스관을 통하거나 LNG로 액화를 한 다음에야 수송할 수 있기 때문에 대규모 투자가 필요하고 따라서 장기 공급계약을 체결하는 경우가 많다.

장기 공급계약에 따라 가스를 도입하고자 하는 구매자가 자원량에 대해 보장을 받으려고 하는 이유도 대규모 투자에 따른 우려 때문이다.

그러므로 가스를 개발하여 생산하고자 하는 회사는 국제적으로 공인받은 제3의 전문 인증기관으로부터 발견잠재자원량 인증을 받아 구매자에게 제공해야 한다.

쉐, 쉐퓨, 미야 3개의 가스전에 대한 모든 평가정 시추작업을 완료한 후, 우리 기술진은 평가정들의 시추 결과와 3D 인공지진파 자료를 분석하여 지질 모델링과 저류층 시뮬레이션을 거쳐 회사 자체로 자원량을 계산하였다. 그 뒤 세계적으로 인정받는 전문 인증기관에 3개 가스전에 대한 자원량 인증을 의뢰하였다.

미얀마 3개 가스전의
공인인증 자원량/매장량

인증기관의 분야별 전문가들이 수개월에 걸쳐 그동안의 인공지진파 탐사자료와 시추로부터 얻어낸 각종 자료, 그리고 우리가 종합평가한 자료를 정밀 분석한 끝에 2007년 8월 쉐, 쉐퓨, 미야 3개 가스전의 발견잠재자원량이 2C(best) 기준으로 4.5조 입방피트라고 인증해 주었다.

가스전 개발이 확정되고 난 다음에는 발견잠재자원량이 매장량으로 바뀌게 되는데, 2013년 11월 공인인증을 다시 받아 매장량으로 확정되었으며, 2P(proven + probable) 기준으로 4조 입방피트로 인증을 받았다.

이는 원유로 환산하면 약 7억 6000만 배럴이며 LNG로 환산하면 약 8200만 톤으로서 우리나라 전체가 1년 동안 사용하는 가스 수요량의 약 2.5배에 해당하는 실로 대규모 가스전인 셈이다.

미얀마 가스전의 매장량은 아직 최종적으로 확정된 것은 아니다. 생산정(生産井)을 뚫어 추가 자료가 확보되면 계속 조정이 된다.

쉐 가스전에 대한 생산정이 모두 완료되고 현재 평가가 진행 중이므로 공인인증 과정을 거친 다음 매장량이 재평가될 것이다.

쉐퓨와 미야 남부 가스전의 경우 수 년이 지난 후 생산정이 시추될 예정이므로 그때 가서 이들 가스전의 생산정 시추 결과에 따라 매장량도 당연히 재평가된다.

Golden Gas Field in Myanmar

미얀마에서의
성공이 있기까지

프로젝트에 관여한
모든 임직원들의 헌신적인 노력

미얀마 가스전 프로젝트가 성공하기까지 실로 많은 이들의 헌신
적인 노력이 있었다.

미얀마 E&P 사무소의 탐사팀, 시추팀, 개발팀, 생산팀, 사업팀
(가스판매), 재무팀, 행정팀의 모든 직원들이 무거운 책임감으로 열
심히 일했기에 성공이 가능했었다.

한국 직원들뿐만 아니라 미얀마 직원들도 자국에서 성공적으로
수행되는 프로젝트에 대해 보람과 자부심을 가지고 최고의 능력을
발휘하며 일해 왔다. 또한 그 동안 프로젝트에 관여한 외국인 직원
들과 컨설턴트들도 헌신적인 노력을 아끼지 않았다.

미얀마에 주재하는 임직원들뿐만 아니라 서울 본사 자원개발본부

2010년 2월 응웨사웅 해변에서 가진 미얀마 E&P 사무소 직원 야유회

에서도 미얀마 가스전과 관련된 모든 일에 발 벗고 나서서 열심히 지원해왔다.

프로젝트에 참여한 모든 이들이 적극적이고 헌신적인 노력이 성공을 가져오게 한 것이다.

회사의
전폭적인 지원

2004년 쉐 가스전 탐사에 성공하였지만 그 이후 가스전 개발에 이르기까지에는 여전히 가야할 길이 멀었다. 비록 탐사정 시추에서 대규모 가스전 발견에 성공했지만 여전히 리스크는 없지 않았으며 개발이 확정되기 전까지 상당한 투자비가 필요했다.

석유개발에 있어서 탐사정 시추에 성공했지만 개발에 이르지 못하고 실패하는 경우가 허다하다. 우리의 경우만 하더라도 앙골라 해상광구에서 몇 개의 탐사정 시추에 성공하고 상당한 양의 원유를 시험생산하였지만 그 뒤 실시한 평가정 시추에서는 실패한 경험이 있다.

쉐-1 탐사정 성공 이후 쉐 가스전에 5개 공의 평가정을 시추하였으며 A-1광구와 A-3광구에 여러 공의 추가 탐사정과 평가정을 시추하였다. 물론 정부의 성공불융자 자금 지원을 받았지만 당연히 회사의 많은 자금이 투입되어야 했다.

가스전 발견 당시 CEO는 물론이고 후임 CEO와 경영진 모두가 회사 자금 집행의 최우선을 미얀마 사업에 두고 전폭적인 지원을 아끼지 않았다. 또한 수시로 미얀마를 방문하여 우리 직원들을 격려하였으며 미얀마 에너지부를 방문하여 현안이 있을 경우 적극적으로 의견을 개진하고 사업이 순조롭게 진행되도록 미얀마 정부의 협조를 요청하였다.

미얀마 가스전 사업이 진행되는 과정에서 타 부서의 유망한 신규 사업이 자금 부족으로 기회를 놓치기도 하는 등 미얀마 가스전 성공을 위해서는 회사 내 많은 임직원들의 전폭적인 지원과 협조가 따랐었다.

미얀마 가스전 사업은 한두 사람의 업적이 아니라 대우인터내셔널 임직원 모두가 이루어낸 성과인 것이다.

우리 정부의
성공불융자 제도

한국 정부도 성공불융자를 통해 미얀마 사업을 적극 지원하였다.

사업 초기 우리 회사가 채권단 산하에 있을 때 성공불융자 제도가 없었다면 탐사사업을 추진할 엄두도 내지 못했을 것이다. 투자비의 70%까지 성공불로 융자를 받아 사업이 실패할 경우 투자비를 감면 받는 제도가 있었기에 과감하게 탐사사업에 승부를 걸 수 있었다.

정부의 성공불융자 지원이 올바른 정책이었음은 우리가 사업에 성공함으로써 입증되었다.

성공불융자는 사업에 실패했을 때 융자금을 감면 받는 대신에 사업에 성공했을 경우에는 원금과 이자에 더해 특별분담금을 추가로 정부에 납부해야 한다. 우리 미얀마 가스전 사업은 성공한 사업이기에 원리금 이외에도 매년 수백억 원의 특별분담금을 정부에 납부하므로 정부 입장에서는 성공적인 투자사업이 된 셈이다.

최근 자원개발이 비판의 대상이 되고 특히 성공불융자 제도에 대해 많은 비난이 들려오고 급기야 성공불융자 예산이 전액 삭감되기까지 했다.

성공불융자가 정부의 눈 먼 돈을 타 내는 것이 아니라 열악한 우리나라의 자원개발 환경에서 대기업조차도 독자적으로 자금 조달이 어려운 탐사사업에 정부가 활력을 불어 넣기 위한 제도라는 것을 이해해 주었으면 한다. 벤처자금 지원과 같은 성격이라고 할까.

실제로 그 동안 정부가 집행한 성공불융자 사업 중 많은 사업이 실패하여 감면을 받기도 했지만, 성공한 사업들로부터 상당한 자금 회수와 특별분담금 납부가 이루어진 걸로 알고 있다. 성공불융자 제도는 결코 폐기되어서는 안 되며 삭감된 예산도 다시 부활되어야 한다고 생각한다.

Golden Gas Field
in Myanmar

제7장

심해광구 탐사에 도전하다

Golden Gas Field in Myanmar

심해 AD-7광구
취득

심해광구
획득 추진

A-1광구와 A-3광구에서 잇달아 탐사에 성공하여 한껏 고무된 우리는 심해의 AD-7광구 획득을 추진하였다. 그런데 경쟁은 예전에 비할 수 없을 정도로 치열해졌다.

우리가 제안한 새로운 탐사개념, 즉 벵갈 해저선상지의 사암층을 대상으로 하는 탐사가 미얀마 서부 해상에서 대성공을 거둠에 따라, 여러 외국 회사가 이 지역의 탐사에 적극적으로 참여하게 되었기 때문이다. 급기야 심해광구 지역의 경쟁도 마찬가지였다.

우리는 그동안의 자료를 면밀히 분석한 끝에 A-1광구 서쪽의 AD-7을 포함한 3개 심해광구가 유망성이 높을 것으로 보고 이들 광구에 대한 참여제안서를 미얀마 정부에 제출하였다.

경쟁상대는 중국의
CNPC와 태국의 PTT

이번에는 중국의 CNPC와 태국 국영석유회사 PTT가 경쟁 상대였다.

CNPC는 CNOOC와 함께 중국의 국영석유회사로서 이전에는 CNPC는 육상, CNOOC는 해상 석유개발을 담당해 왔으나, 얼마 전부터 사업 영역의 구분이 없어졌다. CNPC가 해상광구에도 참여하고, CNOOC가 육상광구에도 참여할 수 있게 되었던 것이다.

또한 그 동안 정유사업 등 하류 부문만 담당했던 또 다른 국영석유회사인 SINOPEC도 상류 부문 사업인 석유개발에 참여할 수 있게 되었다.

CNPC는 우리에게 천연가스를 공급받기로 결정된 것을 계기로 미얀마 서부의 해상광구가 유망성이 있다고 판단하여, 우리가 관심을 표명한 3개 광구를 포함한 서부 해상 4개 광구에 대한 참여제안서를 제출하였다.

또 이미 미얀마 남부 해상의 광구를 취득한 태국의 PTT 역시 미얀마 서부 해상 심해광구 지역으로 사업을 확장하고자 참여제안서를 제출하였다.

CNPC와 PTT가 각각 중국 정부와 태국 정부의 전폭적인 지원을 받으면서 활발히 광구 취득을 추진하는 데 반해, 우리는 이번에도 우리 회사의 힘으로만 광구 취득을 추진할 수밖에 없었다.

우리는 미얀마 정부를 상대로 지난 번 A-3광구를 취득할 때와 마찬가지로 대우의 기술력과 경험으로 가스전을 찾을 수 있다는 사실과 함께 많은 투자비가 소요되는 심해 가스전 개발을 위해서는 이미 가스전 개발이 확정된 우리 대우인터내셔널의 3개 가스전과 연계하여 개발하는 것이 유리하다는 사실을 강조하였다.

태국 PTT는 진작 탈락하였고 CNPC와 대우의 경쟁이 계속되었다.

AD-7광구
광권 취득

중국 정부는 미얀마 정부를 상대로 심해광구의 광권을 취득하기 위해 계속 적극적인 노력을 기울이고 있었다. 지난 번 인도 정부가 A-3광구 취득을 위해 지원했을 때와는 차원이 달랐다.

중국 정부가 해외 에너지자원개발을 위해 쏟는 노력이 실로 엄청나다는 것은 석유개발업계에서는 모르는 사람이 없을 정도다.

광권 취득을 위해서라면 상대국 정부에 대한 각종 원조를 약속하거나 국영 기업체에 대한 전폭적인 지원을 하여, 다른 국가의 회사들이 경쟁에서 맥없이 떨어져 나가는 경우도 허다하다.

우리는 정보 수집을 통해 중국 회사와의 경쟁이 결코 만만치 않다는 사실을 깨닫고, 우리가 제안한 3개 광구 중 가장 유망한 광구 하나에만 집중하기로 하였다. 1,500미터 이상으로 수심(水深)이 깊어 투자비가 많이 소요되기 때문에 초대형 가스전을 찾아야만 경제성이 있을 것으로 보이는 나머지 2개 광구는 아예 포기하기로 했다.

심해광구 중에서는 비교적 수심이 얕으면서도 유망성이 높은 AD-7광구의 취득에만 집중하기로 결정하고 미얀마 정부에 대한 설득 작업을 계속하였다.

추가 가스전을 발견할 가능성이 가장 높은 회사가 대우라는 사실을 인정한 미얀마 정부는 마침내 AD-7광구를 우리에게 주기로 하고, 중국 회사에게는 나머지 광구를 주기로 결정하였다.

이렇게 하여 2007년 2월 AD-7광구의 광권을 취득하게 되었다. 이것은 또 다른 의미가 있는 일로서, 세계적인 석유개발 전문회사들이나 추진할 수 있는 심해광구에 대한 탐사권을 우리 대우인터내셔널이 취득하게 되었다는 것이다.

3D 인공지진파 탐사와
유망구조 도출

광구의 유망성을 조사하는 데 필수적인 인공지진파 탐사를 수행할 탐사선을 구하기가 쉽지 않은 점을 고려하여, 우리는 이번에도 AD-7광구에 대한 계약을 체결하기 전부터 이미 탐사선을 확보하고 있었다.

그리하여 광권 계약을 체결한 직후인 2007년 3월에 탐사를 시작하여 몬순이 오기 전인 4월에 이미 2,600킬로미터의 2D 인공지진파 탐사를 AD-7광구 전역에 실시할 수 있었다.

당초에는 2D 인공지진파 탐사자료에 근거하여 유망구조를 도출하고 시추 위치를 선정할 계획이었으나, 심해광구의 경우 투자비가 워낙 많이 들기 때문에 시추 위치 선정에 신중을 기하고자 3D 인공지진파 탐사를 추가로 실시하기로 하였다.

2D 인공지진파 탐사 해석에 의하여 유망구조가 도출된 AD-7광구 동부 지역과 A-1광구 서부 지역 약 800제곱킬로미터 지역에 3D 인공지진파 탐사를 2008년 1~2월 기간에 실시하였다.

3D 탐사를 실시한 이들 지역에서 3개의 유망구조가 도출되었다. 미얀마어로는 유망구조의 이름으로 짓기에 마땅한 보석이나 귀금속의 이름이 더 이상 남아 있지 않아, 이번에는 진주라는 뜻의 영어를 그대로 사용하여 'Pearl'로 명명하였다.

A-1광구 서부 지역에서 'Pearl', AD-7광구에서 'Pearl West'와 'Pearl North' 등 모두 3개의 유망구조를 찾아냈고, AD-7광구에서는 Pearl West에 탐사정을 시추하기로 결정하였다.

Golden Gas Field in Myanmar

지분 양도와
첫 번째 도전 실패

지분 양도
추진

탐사광구의 경우 지분 100%로 사업을 하는 일은 흔치 않다. 대개는 투자자를 유치하여 리스크와 투자비를 분담한다.

더구나 AD-7광구는 심해광구로서 유망구조 지역의 수심이 700미터 이상이라 1개 공 시추에 수천만 달러의 비용이 드는 사업이므로, 지분 양도를 하여 공동투자자를 유치하는 것이 꼭 필요한 상황이었다.

우리는 AD-7광구를 취득한 이후 바로 지분 양도를 서둘렀다. 미얀마 탐사를 모르는 제3자에게 지분을 양도하면 시간이 많이 걸릴 것 같아, A-1광구와 A-3광구 컨소시엄에 참여하고 있는 인도의 ONGC와 GAIL, 그리고 한국가스공사를 대상으로 지분 양도를 추진하려고 하였다.

중국과의
지분 교환 실패

그런데 A-3광구를 취득할 때와 마찬가지로 AD-7광구를 취득할 때도 미얀마 정부는 대우에게 광권을 부여하지만 경쟁 상대였던 중국 CNPC에게 지분 참여 기회를 주라는 전제 조건을 달았다.

이것을 계기로 우리는 AD-7광구의 지분을 CNPC에게 양도하는 대신 CNPC가 보유하고 있는 다른 나라의 지분과 교환하여 다른 사업에 참여할 기회로 삼아 보고자 했다.

석유개발에서 탐사광구 또는 생산자산에 대한 지분을 서로 교환하는 거래를 할 경우 교환 대상이 되는 자산에 대한 가치가 같아야 하기 때문에 자산 평가를 포함하여 지분 교환 협상을 마무리 지으려면 대체로 시간이 많이 소요된다.

게다가 CNPC는 우리 회사가 획득한 AD-7광구의 지분과 CNPC가 취득한 미얀마 심해광구의 지분 교환에만 관심이 있었고, CNPC가 보유하고 있는 다른 국가의 광구 지분을 AD-7광구의 지분과 교환할 의사는 없었다.

결국은 몇 개월이 지난 다음, CNPC로부터 다른 지역의 광구와 지분 교환을 하거나 프리미엄을 내고 우리 AD-7광구에 지분 참여를 할 수 없다는 통보를 받았다. 시추를 코앞에 두고 AD-7광구의 투자자 유치에 쫓기는 상황이 되고 만 것이다.

지분 양도
막바지 타결

시간이 얼마 남지 않은 상황이었지만 인도 2개 회사와 한국가스공사를 대상으로 AD-7광구에 대한 지분 양도를 추진하였다.

이미 운영권자로서 대우의 능력은 컨소시엄 파트너들이 의심할 여지없이 잘 알고 있었고, 광구의 유망성에 대해서도 공감하여 지분 참여를 하기로 결정하였다. 그러나 지분 참여 조건에 쉽게 합의하지 않고 계속 지연시키고 있었다.

그러는 사이에 AD-7광구의 모든 탐사작업이 순조롭게 진행되어 첫 번째 탐사정인 Pearl West-1 탐사정은 이미 목표층을 향해 가고 있었다.

한국가스공사는 이미 공식적으로 참여 의사를 표시하였지만, 인도 회사들의 경우 관심 표명만 하고 공식적인 참여 통보는 하지 않은 상황이었다.

"지분 참여 여부를 공식적으로 알려 주시기 바랍니다."

"승인 절차가 진행 중이니 조금만 더 기다려 주십시오."

만약 목표층에 도달하여 가스 발견에 성공할 경우, 인도 회사들이 지분 참여 의사를 통보한 것이라고 주장할 경우 법적으로 논쟁을 불러일으킬 수도 있는 상황이었다. 배수진을 치고 강경책을 쓸 수밖에 없었다.

"이번 주말까지 공식적인 통보가 없으면 지분 양도는 없었던 일로 하겠습니다."

ONGC와 GAIL에게 우리의 입장을 정식으로 통보하였다.

얼마 후 목표층 도달을 불과 며칠 앞두고 인도의 2개 회사와 한국가스공사를 상대로 지분 양도 계약을 하게 되어 투자비를 대폭 절감할 수 있었다. 물론 지분 참여 조건은 지분에 해당하는 투자비보다 더 많이 부담하는 조건이었다.

AD-7 첫 번째
탐사정 실패

지하 3,000미터 내지 4,000미터를 뚫는 시추작업 중에는 항상 크고 작은 도전에 직면하게 마련이다.

더구나 Pearl West-1 시추공은 수심 770미터에 시추하는 것으로, 미얀마에서 대우가 그동안 뚫었던 시추공 중 수심이 가장 깊었다. 수심도 문제였지만 해저 표면층이 연약 지층이라는 것이 더 큰 문제였다.

30인치 컨덕터(conductor, 시추 개시 후 처음으로 시추공에 집어넣는 큰 직경의 파이프)를 설치하는 데도 애를 먹었는데, 그 이후 13 3/8인치 케이싱을 설치하고 나서 시추공 벽과 케이싱 사이를 시멘트로 채워 넣는 동안, 시추공 장비가 통째로 지층 속으로 4미터 가량 가라앉아 버렸다.

시추공을 다시 살리기 위해 백방으로 노력을 기울였으나 결국은 실패하고 옆으로 이동하여 새로운 시추공을 뚫을 수밖에 없었다.

그 이후로는 시추가 비교적 순조롭게 진행되어 목표층을 굴착하였는데, 아쉽게도 AD-7광구의 첫 번째 탐사정의 목표 지층에서는 가스를 발견하지 못하였다. 첫 번째 심해광구 도전에 실패한 것이었다.

Golden Gas Field in Myanmar
AD-7광구 지역
국경분쟁

국경분쟁에
휘말리다

AD-7광구는 방글라데시와 인접한 지역에 위치하고 있다.

광구의 북쪽 지역은 오래 전부터 분쟁 지역이었다. 하지만 미얀마 정부는 우리가 광구를 취득할 당시 국경분쟁이 있는 지역은 광구 대상에서 제외하고, 분쟁이 전혀 없는 지역, 즉 Friendship Line 이라고 정의한 경계선 남쪽 지역만 광구에 포함시켰다.

미얀마 정부가 주장하던 국경선은 훨씬 더 북쪽의 Median Line 이었다. 따라서 AD-7광구를 취득할 당시에는 국경분쟁에 휘말릴 줄은 전혀 예상하지 못했던 것이 당연하다.

그러다가 우리가 AD-7광구를 취득한 다음인 2007년 12월 방글라데시 정부가 28개 해상광구 분양 계획을 발표했는데, AD-7광구 일부를 포함한 미얀마 해역의 상당한 지역을 자국의 해상광구에 포함시켰던 것이다.

비록 방글라데시 정부가 미얀마 해역을 자국의 탐사광구 지역으로 포함시켰지만, 우리가 시추작업을 할 당시만 하더라도 방글라데시가 주장하는 국경의 경계가 어디인지 정확히 알 수 없었고, 국경분쟁이 심각한 이슈도 아니었다.

따라서 두 나라 간의 국경분쟁이 우리에게 영향을 미치리라고는 전혀 예상을 하지 못하였던 것이다.

3D 인공지진파 탐사를 하는 동안 한때 방글라데시 해군의 제지를 받았지만, 인공지진파 탐사선이 Friendship Line을 넘어가서 생긴 문제였고, 다행히 큰 탈 없이 잘 해결되었기에 더 이상의 문제

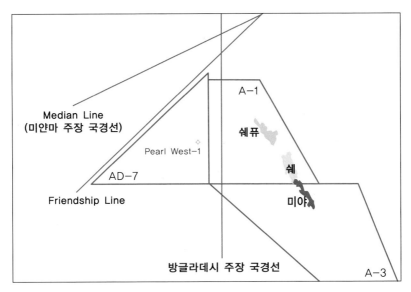

2008년 국경분쟁 당시 미얀마와 방글라데시가 각각 주장한 국경선

는 없으리라 생각했다.

"24시간 내에 철수하지 않으면
발포하겠다."

그런데 시추선으로부터 긴급보고가 들어왔다.

Pearl West-1 시추공이 안타깝게도 목표층에서 가스 발견에 실패하고 나서 시추 마무리 작업을 준비하고 있던 저녁 늦은 시간이었다.

"방글라데시 해군이 시추선에 접근하여 24시간 내에 철수하지 않으면 발포하겠다고 합니다."

"미얀마 해군은 그곳에 없습니까?"

인공지진파 탐사나 시추를 하는 동안에는 미얀마 정부에 사전 요청하여 미얀마 해군으로부터 보호를 받고 있었기 때문에 이런 상황에서는 미얀마 해군이 당연히 적절한 조치를 해줄 것으로 생각하였다.

"미얀마 해군이 주변에 있었는데 방글라데시 해군이 나타난 이후로는 보이지 않습니다."

"미얀마 정부에 바로 요청해서 해결할 테니 걱정하지 말고 기다리기 바랍니다."

안심을 시켜 놓고 미얀마 국영석유회사 MOGE의 우리 사업 책임자에게 연락을 취하였다. 얼마 후 미얀마 에너지부 장관으로부터 직접 전화가 왔다.

"방글라데시가 자기들 해역이라고 당치 않은 주장을 하고 있는데, 국방부로 연락하여 조치하기로 했습니다. 미얀마 해군이 보호해 줄 테니 개의치 말고 작업을 계속 진행하기 바랍니다."

시추선에 연락하여 에너지부의 입장을 전달하고 작업을 계속 진행하라고 하였으나 현장의 상황은 전혀 달랐다.

미얀마 해군은 나타나지 않거나 멀리서 지켜만 보고 있으며, 방글라데시 해군은 기관총을 들이대며 24시간 이내에 철수할 것을 강력히 요청하고 있다는 것이었다.

그때는 이미 목표층까지 굴착이 끝났지만 굴착이 끝났다고 바로 철수할 수 있는 것이 아니고 추가로 며칠의 시간이 더 필요하였다.

"시추 끝마무리 작업을 위해 며칠만 양해해 달라."

굴착이 끝나고 나서 시추를 종결짓는 데는 추가로 5~6일이 더 소요된다.

굴착이 끝나면 시추 파이프를 올리고, 시추공 속에 물리검층 장비를 넣어 측정을 하고 난 뒤, 라이저(riser, 시추선 갑판과 해저면에 있는 시추정 장비를 연결하는 기능을 하는 장비)와 해저면에 설치한 BOP(Blow Out Preventer, 시추공 폭발 방지 장치)를 회수한다.

마지막으로 P&A(Plug & Abandon)라고 하는 시추공 폐쇄작업을 해야 한다. 나중에 환경 문제가 일어나지 않도록 시추가 끝난 다음 시멘트를 주입시켜 시추공을 완벽하게 막는 작업이다.

방글라데시 측에서는 당장 철수하라고 하였지만, 시추선이 철수하려면 시추공 마무리 작업을 하고 장비를 회수해야 하기 때문에 시추선이 바로 철수한다는 것은 불가능한 상황이었다.

더구나 제3국 소유의 시추선 입장에서는 당연히 국경분쟁에 말려들어가고 싶지 않다는 얘기였고, 현장에서 작업하는 기술자들도 군함이 접근해 와서 발포하겠다고 하니, 신변의 위협을 느껴 더 이상 작업을 하지 못하겠다고 버티는 상황이어서 실로 난감한 사태였다.

국경분쟁 사태에 직면한 우리는 다음 날 미얀마 정부에 다시 요청한 것은 말할 것도 없고, 본사를 통하여 우리나라 정부의 도움도 받으려고 애를 썼다. 하지만 우리나라 정부 입장에서는 비록 한국 기업에게 문제가 생기긴 했지만, 미얀마와 방글라데시의 국경분쟁에 휘말릴지도 몰라 매우 신중한 입장이었다.

현장에서는 신변의 위협을 느끼고 작업이 중단될 긴급 상황인데도 우리는 미얀마 정부나 한국 정부의 실질적인 보호를 받지 못하는 상황에 직면해 있었다.

상황이 워낙 급박한지라 팔짱을 끼고 지켜볼 수가 없었다. 우리는 사태 해결을 위하여 모든 수단을 동원하였다.

미얀마 정부와 한국 정부에 계속 요청한 것은 물론 우리 대우인터내셔널의 방글라데시 지사를 통해 방글라데시 정부와 직접 접촉하여 상황을 설명하고, 시추가 끝났지만 마무리 작업을 위해 며칠이 더 필요하니 양해해 달라고 거듭 요청하였다.

며칠 동안 긴박한 상황이 계속되다가 겨우 실마리를 찾았다. 방글라데시 정부도 무력 충돌이나 사태가 확대되는 것을 원하지는 않았기 때문에 우리의 요청을 받아들였다.

우리는 나머지 작업을 서둘러 끝내고 AD-7광구의 Pearl West-1 시추를 종료할 수 있었다.

그런데, 당시 우리에게 접근해서 위협을 가했던 방글라데시 군함은 방글라데시 정부가 바로 우리 대우를 통해 구매한 것이라는 얘기를 나중에 전해 들었다.

과연 전 세계를 누비고 다닌 대우였다.

미얀마 정부의
탐사기간 연장 허용

한편, 당시 방글라데시가 주장하는 자국의 해역은 AD-7광구를 모두 포함하고 심지어는 A-1광구의 서부 일부 지역까지 포함하는 것으로 되어 있었다. 두 나라의 경계로 이전에 논의되었던 북동-남서 방향이 아니라 아예 해상에 남북 방향으로 경계선을 긋고 자국의 해역이라고 주장했던 것이다.

미얀마 정부 관계자에 의하면, 우리가 방글라데시 인근 미얀마 A-1광구에서 대형 가스전을 발견했다는 소식이 국경선에 대한 방글라데시 정부의 기존 입장을 바꾸게 하였다는 것이다.

다행히 우리가 개발을 추진 중인 A-1광구와 A-3광구의 3개 가스전은 분쟁 지역에 들어 있지 않아 그 이후에 진행된 개발작업은 전혀 영향을 받지 않았다.

미얀마와 방글라데시 양국 간의 해양 국경분쟁은 UN 국제해양법 협약에 따라 설립된 국제해양법재판소에 상정되었다.

우리는 AD-7광구에 대한 추가 탐사를 중단하고, 이미 취득한 자료를 분석하는 데 주력하면서 양국 간의 국경분쟁이 최종 합의될 때를 기다리기로 하였다.

미얀마 정부도 우리 입장을 이해하면서, 또한 방글라데시와의 국경분쟁이 원만히 해결되기를 희망하였으므로, 탐사를 보류하고 기다릴 수 있도록 탐사기간 연장을 허용하였다.

Golden Gas Field in Myanmar

다시 심해광구 탐사를
시작하다

국경분쟁 해결되고
탐사 재개

2012년 3월 마침내 국제해양법재판소에서 최종 판결이 내려졌다. 우리가 광권을 보유하고 있는 AD-7광구가 모두 미얀마 해역인 것으로 판결이 났다.

최종 판결에 따라 우리는 AD-7광구에 대한 탐사를 본격적으로 재개할 수 있게 되었다.

그런데 AD-7광구의 첫 번째 탐사정인 Pearl West-1 시추에서 가스 발견에 실패하자 컨소시엄 파트너들은 모두 철수한 상태였다.

탐사가 보류된 상태에서는 추가 투자비 없이 광권을 계속 유지할 수 있었지만, 파트너들은 더 이상 유망성이 없다고 보고 AD-7광구에서 미련 없이 모두 철수해 버렸기 때문에 우리 회사만 광권을 유지한 상태에서 탐사를 재개할 수 있다는 통보를 받았다.

국경분쟁으로 인한 약 4년 동안의 탐사작업 중단 상태가 종료되고 2012년 3월부터 탐사가 재개되었지만, 2013년 7월부로 시작되는 다음 탐사기에 진입하여 광권을 그대로 유지하기 위해서는 의무적으로 탐사정 1공을 추가로 시추해야 하는 부담을 안아야 했다.

수심이 깊어 시추비가 많이 드는 심해광구인 데다 더구나 파트너들이 모두 철수한 상황에서 우리 회사 단독으로 수천만 달러가 소요되는 시추작업을 추진하기는 어려웠다.

시추를 위한
새로운 파트너 영입

우리는 새로운 파트너를 물색하기로 했다.

파트너를 영입하기 위해서는 무엇보다도 광구의 유망성을 입증할 충분한 자료를 준비해야 했다. 지난 번 시추했던 Pearl West-1 시추자료와 그동안 실시했던 2D, 3D 인공지진파 해석자료를 모두 종합하여 자료를 제시하였다.

"이 지역은 가스 매장 조건을 모두 갖추었기 때문에 새로운 탐사정에서 가스를 발견할 가능성이 충분히 있습니다."

한 마디로 이런 의미를 가진 자료였다.

Farm-out Brochure라고 하는, 지분 양도를 위해 필요한 기초자료를 준비하여 석유개발업계 여러 곳에 배포한 결과, 토탈과 페트로나스를 비롯하여 모두 8개의 회사가 관심을 표명하면서 각 회사의 기술진이 우리 회사를 방문하여 자료를 검토하였다.

그러나 유망성이 없다는 반응과 함께 모두 참여 의사가 없다고 통보해 왔다.

그러던 중 우리 직원이 석유가스 관련 국제 워크숍에 참석하여 만났던 호주의 우드사이드(Woodside)의 한 인사가 우리 AD-7광구에 큰 관심을 보였다.

우드사이드는 호주에서 가장 큰 석유개발 전문회사로서 그동안 호주 해상에서 주로 활동을 해 왔는데 새로운 성장 동력을 찾기 위해 해외사업을 적극적으로 추진하기로 하고 적당한 사업을 물색하는 중이었다.

미얀마 심해광구에 관심을 가지고 기회를 모색하던 우드사이드는 AD-7광구의 유망성이 충분하다고 판단하였다. 또한 우리가 준비한 지분 양도 관련 자료와 몇 차례의 기술회의를 통해, 운영권자로서 우리 회사의 기술력과 미얀마에서의 성공을 높이 평가하여 사업에 참여하기로 결정하였다.

물론 지분 비율에 비해 투자비를 더 많이 부담하는 조건이었다.

Golden Gas Field in Myanmar

또 하나의 성공을
만들다

우드사이드와의
파트너십

우드사이드의 참여를 계기로 우리는 2013년 7월부로 AD-7광구 새로운 탐사기에 진입할 수 있었고, 광구 전역에 걸쳐 대규모 3D 인공지진파 탐사를 실시하였으며, 취득한 자료에 대한 철저한 분석 작업을 실시하였다.

운영권자인 우리 회사와 파트너사인 우드사이드가 각각 해석작업을 수행하고 수시로 기술회의를 통해 의견을 조율해 나갔다.

세계적인 석유개발 전문회사를 파트너로 삼아 운영권자로서의 역할을 수행하는 것이 쉽지는 않았다. 대관(對官) 업무 등 사업 전반에 걸쳐 매우 엄격한 잣대를 들이댔으며 철저한 내부 시스템을 거쳐야 했으므로 사업 진행이 다소 지연되기도 하였다.

그동안 한국, 인도, 중국의 회사들만을 상대로 사업을 추진해 왔던 우리로서 세계적 명성을 가진 석유개발 전문회사와의 공동작업은 좋은 경험이 되었다.

딸린 유망구조에서
가스전 발견 성공

우드사이드 영입 이후 공동작업을 하는 동안 시추 대상 유망구조가 바뀌는 등 몇 차례 우여곡절을 겪은 끝에 드디어 2016년 1월 미얀마어로 수정(crystal)이라는 뜻의 딸린(Thalin) 유망구조에 AD-7 광구의 두 번째 탐사정 시추를 시작하였다.

수심 850m 지점에서 시작하여 총 3,000m 깊이를 시추하게 된 것이었다.

A-1광구와 A-3광구의 가스전 개발과 생산에는 성공했지만, 2006년 A-3광구에서 미야 가스전을 발견한 이후 AD-7광구의 Pearl West-1 탐사정을 포함하여 몇 차례 탐사정 시추를 실패하여 어느 때보다 탐사정 시추 결과를 애타게 기다리고 있었다.

드디어 2016년 2월 또 하나의 기적이 만들어졌다.

딸린 유망구조에서 상업적 개발이 충분히 가능할 것으로 예상되는 대규모 가스전이 발견되었던 것이다. 10년 만에 들려온 탐사정 시추 성공의 낭보였다.

미얀마에서는 대개 날씨가 좋아 작업이 수월한 11월에서 2월 사이에 시추작업이 진행된다. 따라서 탐사에서의 성공 소식은 주로 연초에 들려오는 경우가 많은데 이번에도 예외는 아니었다.

설날 당일 미얀마 깊은 바다에서 들려온 낭보는 2016년을 환하게 밝혀주며 미얀마 사업의 새로운 도약을 약속하는 이정표 역할을 해주었다.

Golden Gas Field
in Myanmar

제8장

가스판매
추진 과정

Golden Gas Field in Myanmar
석유개발 관련
계약들

앞에서 기술력과 협상력, 그리고 천운을 석유개발의 성공을 위한 세 가지 요소라고 언급했던 기억이 난다.

사람의 일인 기술력과 협상력에다 진인사대천명(盡人事待天命)의 천운(天運)까지 3박자가 맞아야지 어느 것 하나라도 빠지면 성공하기 어렵다는 뜻이다.

그러므로 대우인터내셔널의 미얀마 프로젝트가 그저 운이 좋아서 성공했을 뿐이라고 말하는 우(愚)를 범해서는 결코 안 될 것이다.

기술력 못지않게 중요한 것이 협상력, 즉 석유개발과 관련된 여러 계약들을 어떻게 체결하느냐에 따라 프로젝트의 상업적 성공 여부가 달라진다.

석유개발과 관련한 계약에는 산유국과의 광권 계약, 파트너 영입 및 공동작업에 대한 계약, 생산제품 판매계약의 세 가지 부류가 있다.

광권 계약은
석유개발사업의 출발점

첫째, 석유개발에 필요한 광구를 취득하기 위해 산유국 정부와 체결하는 광권 계약이 석유개발사업의 출발점이기 때문에 대단히 중요하다.

광권 계약에는 생산물분배계약, 조광권계약, 위험부담서비스계약이 있다.

생산물분배계약(PSC, Production Sharing Contract)은 세계적으로 가장 많이 체결되는 계약 형태로서 원유나 가스가 생산되면 그 생산물을 정부와 계약자가 서로 나누어 가지는 방식이다. 나라에 따라서 생산물 분배 외에 로열티와 세금을 정부에 추가로 내기도 한다.

조광권계약(租鑛權, license)은 해당 지역의 광구에서 탐사, 개발, 생산을 할 수 있는 라이선스를 취득하는 것으로 정부에는 광권 취득비, 로열티, 세금 등을 지불한다.

위험부담서비스계약(Risked Service Contract)은 중동 지역에서 흔한 계약 형태로서 외국 회사는 생산물에 대한 권리를 가지지 못하는 대신 원유나 가스가 발견될 경우 서비스에 대한 보상을 받게 된다.

미얀마 해상광구는 생산물분배계약에 의해 광권이 주어지는데, 우리가 A-1광구의 광권을 취득한 것은 미얀마 정부의 요청으로 시작되었음에도 불구하고 생산물분배계약의 조항에 대해 최종 합의를 이루어 내기까지 무려 2년 6개월이 걸렸다.

그 이후 체결한 A-3광구와 AD-7광구의 경우 각각 인도회사와 중국회사와 경합하느라 많은 노력을 쏟아야만 했다. 대상 광구가 유망하면 유망할수록 광권 계약을 따 내기 위한 경쟁률도 치열해지게 마련이다.

컨소시엄 또는 합작회사를 위한 계약

둘째, 석유탐사는 리스크가 높은 사업이니만큼 한 회사가 단독으로 추진하는 경우보다 몇 개의 회사가 컨소시엄을 구성하거나 합작회사의 형태로 참여하는 경우가 많다.

산유국으로부터 광권을 취득할 때부터 광권 지분을 나누어 취득하는 경우도 있지만, 어떤 회사가 100% 광권을 취득한 후 나중에 공동투자자를 영입한 경우 광권의 권리를 나누는 지분 양도계약을 체결한다.

공동사업을 추진하기 위하여 합작회사가 아닌 컨소시엄을 구성해서 사업을 할 경우 실질적인 작업은 운영권자에게 위임하며, 각 참여사는 투자자로서 지분 비율만큼 권리를 행사한다. 사전에 운영권자와 각 참여사의 권리와 의무를 규정하는 공동운영계약(JOA, Joint Operating Agreement)을 체결하는 것은 당연하다.

합작회사를 설립할 경우 공동으로 회사를 설립하고, 각 회사에서 파견된 인원으로 회사의 조직을 구성하여 업무를 수행한다. 참여사들은 합작회사의 주주가 되며, 주주계약(SHA, Shareholders Agreement)을 통해 주주들의 권리와 의무, 그리고 회사 경영에 대한 제반 사항을 규정한다.

대우인터내셔널은 미얀마 프로젝트 컨소시엄의 운영권자로 사업을 주관해 왔다.

인도의 두 국영 기업인 ONGC와 GAIL, 우리나라의 한국가스공사를 공동투자자 파트너로 영입하여 참여시켰지만 영입 과정이 결코 쉽지만은 않았으며, 사업을 추진하는 과정에서도 파트너들과의 합의 실패로 사업이 무산될 위기를 맞기도 했다.

그러나 대우는 이 모든 위기를 극복하고 운영권자로서의 기술력과 운영 능력을 과시하며 사업의 성공을 이끌어냈다.

수익성과 직결되는 판매계약

셋째, 생산제품이라고 할 수 있는 가스의 판매계약 역시 중요하다는 것은 말할 나위도 없다. 석유개발사업 전체의 수익성과 직결되기 때문이다.

원유의 경우는 비교적 운송이 간편하기 때문에 일부 장기 계약에 따라 팔기도 하지만 대부분은 현물 또는 선물시장에서 판매하게 된다.

그러나 가스의 경우는 대규모 투자가 필요한 장거리 가스관을 통하거나 LNG의 형태로 운송되기 때문에 대부분의 경우 장기 계약을 체결하는 경우가 많다.

가스관을 이용한 판매의 경우 가스판매계약서(GSA, Gas Sales Agreement)라고 불리며, LNG의 경우에는 주로 판매구매계약서(SPA, Sales and Purchase Agreement)로 불린다.

Golden Gas Field in Myanmar

황금가스전의 가스를 어디에
어떻게 판매할 것인가?

여기서는 가스판매를 위해 우리가 겪어야 했던 치열한 협상 과정을 얘기하고자 한다.

천연가스는 기체 상태로 존재하기 때문에 가스관을 통해야만 수송이 가능하며, 선박을 이용하여 수송하고자 하면 액화 상태, 즉 LNG(Liquefied Natural Gas)로 전환해야 한다.

따라서 인근에 수요처가 없을 경우 수요처까지 장거리 가스관을 건설하거나 LNG를 만들기 위한 액화시설을 건설해야 하기 때문에 상품으로 판매하기까지는 시간이 많이 소요되고 투자비도 많이 든다.

가스판매를 위한
계획과 준비

A-1광구의 참여 여부를 결정하기 위한 타당성조사를 시작할 때, 우리는 원유보다 가스를 발견할 가능성이 높을 것으로 보았기 때문에 가스 수요처에 대한 검토도 진행하였다.

당초에 검토하였던 계획은 두 가지였다. 방글라데시를 경유하는 장거리 가스관을 건설하여 인도 동부 캘커타 지역으로 가스를 판매하는 방안과 가스전 인근 지역에 액화 플랜트를 건설하여 LNG로 만들어서 한국에 판매하는 방안이었다.

수요처를 발굴하여 가스를 안정적으로, 그리고 적정한 가격에 판매하는 것은 가스를 발견한 것 못지않게 중요하다는 것은 두말할 나위도 없다.

사업의 성공을 위해서는 가스판매를 위한 협상과 계약을 전담하기 위한 전문가가 필요한 상황이어서, 우리 회사 싱가포르법인에서 석유제품 무역을 담당하고 있던 최종빈 부장을 미얀마 E&P 사무소에 합류시켜 가스판매 업무를 전담하게 하였다.

최 부장이 주축이 되어 외부의 E&P 전문 로펌의 변호사와 회사 내에서 선발된 법률, 회계, 경제성분석 전문 직원들로 구성된 전담팀을 조직하였다.

우리가 개발한 가스를
한국에 팔 수 있을까?

한국은 LNG 수입량으로 볼 때 일본에 이어 세계에서 2위의 수입 국이다. 미얀마에서 가스를 발견한 이후 우리의 최대 관심은 한국 으로 LNG를 판매할 수 있느냐는 것이었다.

당시만 하더라도 우리나라 정부가 에너지 자급률을 높이기 위해 국내 석유개발회사에게 여러 가지 정책적인 배려를 해주는 등 에너 지자원 개발에 관심이 높았던 시기다.

우리는 국내 기업이 해외에서 직접 발견한 천연가스를 한국으로 도입하는 데 대하여 정부가 적극적으로 지원해 줄 것이라고 기대하 였다.

한국에 가스를 판매하기 위해 우리는 LNG 방식 개발에 대한 타 당성조사에 착수하였다. 미얀마 가스전에서 나오는 천연가스를 인 근 육지의 LNG 플랜트에서 액화한 뒤, LNG 선박을 이용하여 장 거리 수요자에게 수송하는 것에 대한 검토였다.

조사 결과 우리가 발견한 가스의 부존량으로는 350만 톤 규모 의 LNG 설비 건설이 가능하며 사업적 타당성도 있는 것으로 나타 났다.

또한 미국의 경제재제로 인해 미국기업이 특허 기술을 가지고 있 는 LNG 방식 개발이 어려울 경우, 대안으로 독일 기술을 사용한 LNG 플랜트 건설이 가능하다는 사실도 확인하였다.

그 다음에 우리는 LNG를 한국에 판매할 수 있는지 구체적으로 알아보았다.

한국 정부와 한국가스공사에 판매 가능성을 타진했더니 문제가 있었다. 당시의 LNG 시장 상황이 구매자 우선 시장(buyer's market)이라는 점이었다. LNG를 구매하려는 수요자보다 LNG를 공급하려는 판매자가 더 많아, 수요자가 우위의 지위에 있었던 것이다.

한국 기업에 의해 미얀마에서 발견된 가스전으로부터 LNG가 공급되는, 국내 자원개발사에서 의미가 있는 프로젝트가 될 수 있다 하더라도, 이러한 시장 상황에서 한국 정부나 한국가스공사는 적극적인 도입 의지를 보이기 힘들었던 것 같다.

더구나 미얀마 정부가 미국을 비롯한 서방 국가들의 경제제재를 받는 상황이어서, 한국 정부나 한국가스공사의 어떠한 지원이나 약속도 받을 수 없었다.

대규모 가스전을 개발하는 경우, 대개 정부 차원에서 구체적인 협의가 이루어진다. 인도, 중국, 태국 등 장거리 가스관을 통해 가스를 구매할 수 있는 국가들이 미얀마 정부에 매우 적극적인 구매 의사를 표명하는 데 반해, 한국 정부는 큰 관심을 보이지 않았다.

우리는 LNG 개발 방식을 보류할 수밖에 없었다.

방글라데시 경유 가스관 통해 인도에 가스판매 추진

인도는 10억 이상의 인구를 가진 거대한 가스 소비시장으로, 자국 내에서 가스를 생산하고 있지만 공급이 수요에 크게 못 미쳐 외국으로부터의 가스 수입이 절대적으로 필요한 국가다.

이란에서 파키스탄을 경유하는 가스관으로 가스를 수입하려는 계획이 오래 전부터 있었지만 정치적인 이유로 성사되지 못하고 있었다.

당시에는 LNG 도입도 진행되고 있었지만 인근 국가인 미얀마로부터 방글라데시를 경유하여 가스를 도입할 수 있다면, 인도 입장에서는 비교적 저렴한 운송비를 부담하고 가스를 구입할 수 있었다.

방글라데시의 입장에서도 미얀마로부터 자국을 경유하여 인도로 가는 가스관이 건설되면, 투자비를 전혀 부담하지 않고도 가스관 통과료를 받을 수 있기 때문에 국가 재정에 상당한 도움이 될 수 있었다.

우리가 쉐 가스전을 발견하자 방글라데시를 경유하여 인도에 천연가스를 판매하는 계획에 대해 구체적인 협의가 시작되었다.

2004년 가스를 발견한 이후 몇 개월 지나지 않아 미얀마, 인도, 방글라데시 3국간의 협상이 양곤에서 개최되었다. 삼각형 형태로 테이블을 배치하여 3개 국가 대표단이 배석한 협상 장소에 대우인터내셔널은 미얀마 정부 쪽 테이블 뒤의 좌석에 옵저버로 참석하였다.

회의가 진행되는 동안 가스를 발견한 우리 회사는 배제된 상태로 미얀마 정부는 물론이고 구매 예정자인 인도 정부와 가스관이 경유하게 될 방글라데시 정부의 대표단들이 가스전 개발 일정이나 가스가격 등에 대해 목청을 높이며 서로의 주장을 펼치고 있었다.

참다못해 미얀마 정부 대표를 통해 발언권을 얻은 다음, 가스전 운영권자로서 대우의 입장을 분명히 표명하였다.

"3개국이 정부 차원에서 가스판매에 대해 협의하는 것은 좋습니다. 그러나 가스전 개발 일정과 가스가격에 대해서는 3개국 정부가 결정할 사항이 아니고 가스전을 개발할 회사와 협의해야 할 사항입니다."

"여기는 3개국 정부의 협상 테이블이기 때문에 일개 민간 회사가 의견을 개진할 수 있는 자리는 아닙니다."

방글라데시 대표단이 면박을 주었지만 나는 물러서지 않고 내 의견을 밝혔다.

"가스전 개발을 2010년까지 해야 한다는데 이것은 3개국 정부가 정할 사항이 아닙니다. 운영권자가 평가와 개발에 얼마나 소요될지 종합적으로 판단한 다음에 결정하는 것입니다. 또한 적정한 가스가격이 보장되지 않으면 우리는 가스전을 개발할 수 없습니다."

나는 미얀마 가스전 개발 프로젝트가 정부의 프로젝트가 아니라 상업적 프로젝트임을 분명히 밝혔다. 가스를 판매하지 않을 수도 있다는 내 발언에 인도 대표단과 방글라데시 대표단이 발끈하여 미얀마 대표단에게 항의를 하기도 하였다.

미얀마 대표단은 어쩔 수 없이 우리에게 회의 장소에서 나가 달라고 정중하게 요청하는 해프닝까지 발생하였다. 방글라데시 정부는 미얀마-인도 간의 가스관이 방글라데시를 경유하게 되는 것에 대하여 대단한 특권을 행사할 기회라고 생각한 것 같았다.

가스관 경유 대가로 적절한 통과료를 받게 되면 투자비를 전혀 들이지 않고도 25년 이상 상당한 수입을 올릴 수 있음에도, 방글라데시 정부는 지나치게 과도한 통과료를 요구하였다. 뿐만 아니라 가스관이 자국을 지나가는 조건으로 인도 정부에 대해, 네팔과 부탄 등 인근 국가와 관련된 여러 가지 정치적인 요구까지 하였다.

1년 이상 협상이 이어졌으나 방글라데시 정부의 무리한 요구로 인해 미얀마 정부와 인도 정부는 결국 방글라데시를 경유하는 가스관 건설 계획을 포기하기로 결정하였다.

Golden Gas Field in Myanmar

가스판매
입찰

▎파이프라인
▎가스판매 입찰

방글라데시를 경유하는 가스관 건설 계획은 백지화되었지만, 여전히 인도는 우리 가스전으로부터 가스 도입을 원했다.

그래서 방글라데시를 경유하는 가스관 대신 인도 북동부 아셈 지역을 경유하여 인도 동부 수요처로 가는 육상 루트와 해상가스관을 통해 인도 동부 해안으로 연결되는 루트를 검토하였다.

해상가스관에 대해서는 몇 가지 옵션을 검토하였으나 모두 타당성이 없는 것으로 결론이 나서, 아셈 지역을 거쳐 가는 육상 루트만 고려하기로 하였다.

경제성장으로 인해 엄청난 에너지자원을 필요로 하는 중국은 자국의 가스 생산이 수요를 충족시키지 못해 이미 동부 해안 지역에

LNG 인수기지를 건설하여 LNG를 수입하고 있었다.

그런데 국가적으로 서부 지역 개발을 추진하고 있던 중국 정부는 미얀마로부터 가스를 구입하여 가스 공급이 절대적으로 부족한 중국 남서부 지역은 물론이고 장거리 가스관을 건설하여 남동부 해안 지역까지 가스를 공급하기를 원했다.

태국 역시 이미 미얀마의 2개 가스전에서 나오는 가스를 해상과 육상의 가스관을 통해 도입하고 있었으나, 수요가 계속 증가하고 있어 미얀마로부터의 추가 가스 구입에 관심이 많았다.

우리 가스전으로부터 가스를 도입할 경우 장거리 해상가스관 선설이 필요하므로 운송료가 많이 들지만, 미얀마 남부 해상에서 탐

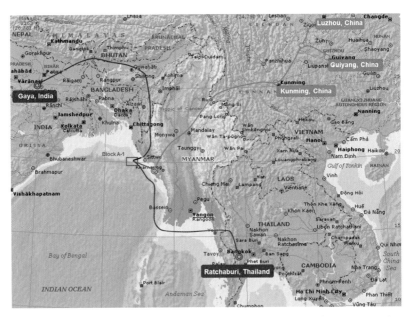

미얀마 A-1/A-3광구에서 생산되는 가스를 방글라데시 경유의 가스관을 통해 인도로 수출하려던 계획이 무산된 후, 파이프라인을 통해 중국, 인도 또는 태국으로 판매하기 위해 입찰을 실시하였다.

사 중인 태국 국영 기업체 PTT의 광구에서 가스가 발견될 경우 이를 연계하여 개발할 수도 있으므로, 우리 가스를 구입하는 데 매우 적극적이었다.

우리는 미얀마 가스의 장기 공급을 위하여 인도, 중국, 태국 3개국의 가스 구입을 각각 담당하는 GAIL, CNPC, PTT 3개 회사를 대상으로 가스판매 입찰을 2006년 10월에 실시하였다.

가스판매가 이루어지는 인도지점(delivery point)에서의 실제 판매가격에서 가스관 운송료를 차감한 생산지점에서의 가스가격을 wellhead 가격이라고 한다. 가스 생산자 입장에서는 wellhead 가격이 실질적인 수익을 좌우하기 때문에 매우 중요하다.

그런데 3개국 모두 가스 수요처가 가스 생산지역으로부터 상당히 먼 거리에 떨어져 있어서 운송료가 높을 수밖에 없었다.

입찰을 실시한 결과, 3개 회사들이 제시한 가스판매 가격에서 가스관 건설 투자비를 고려하여 계산한 운송료를 뺄 경우 wellhead 가격은 우리 기대에 훨씬 미치지 못했다.

LNG 가스판매 입찰

가스관을 통한 가스판매 입찰에서 만족할 만한 가격이 나오지 않아서, 우리는 그동안 미얀마 정부를 상대로 주장해 오던 LNG 방식에 의한 가스개발 추진을 다시 한 번 강력히 제안하였다.

LNG는 판매가격이 대체로 높으며 액체 상태여서 어디든지 수송이 가능하므로, 한국, 일본 또는 그밖의 신흥 수요처를 대상으로 가스판매를 추진할 수 있다고 미얀마 정부를 설득하였다.

미얀마 정부는 그동안 LNG 방식 개발에 대해, 투자비가 많이 들기 때문에 우리 가스전의 부존량으로는 경제성이 없을 것이라는 우려와 LNG 설비 건설에 시간이 많이 소요된다는 이유로 반대를 해왔다. 그러다가 막상 가스관을 통한 가스판매 입찰 결과가 만족스럽지 못하자 미얀마 정부도 LNG 가스판매 입찰을 하는 데 동의하였다.

2006년 12월 실시한 LNG 판매 입찰에서는 한국, 일본, 인도 등에서 총 10개 회사가 참가하였다.

우리로서는 한국 회사가 개발하여 생산할 가스를 LNG를 통해 한국으로 도입할 경우, 국가적으로 에너지를 장기적으로 확보하는 것은 물론이고 자주개발 에너지를 국내로 들여온다는 중요한 의미를 가질 수 있으므로, 한국가스공사가 입찰에서 경쟁적인 가격을 제시하도록 건의하였다.

한국가스공사도 나름대로 경쟁적인 가격을 제시하였으나 일반적인 시장가격보다 높은 가격을 제시하지는 못했다. 이 점은 나중에 가스 도입을 위해 과감한 경영 판단을 내렸던 중국 정부와 중국 국영 기업체인 CNPC가 보였던 태도와는 매우 대비된다고 할 수 있다.

결국은 한국가스공사와 일본의 종합상사 마루베니가 비슷한 수준의 가격을 제시하여, 우리는 이 두 회사를 LNG 가스판매 우선협상 대상자로 선정하고 후속 절차에 들어갔다.

Golden Gas Field in Myanmar

중국으로의
가스판매

갑작스런 미얀마 정부의
결정

LNG 입찰에서 우선협상대상자로 선정된 2개 회사가 제시한 가스가격은 가스관을 통한 가스판매 입찰 때보다 상당히 높았고, LNG 방식 개발을 충분히 추진할 수 있을 정도로 만족할 만한 가격이었다.

그러나 미얀마 정부는 입찰에서 제시된 LNG 가격에 여전히 만족하지 못했다. 무엇보다 LNG 방식 개발이 가스관 방식 개발보다 1년가량 더 소요되는 것을 문제 삼아, LNG 가스판매에 대한 우선협상대상자를 선정한 후에도 결정을 보류하며 계속 머뭇거리고 있었다.

그러던 중, 2007년 2월 미얀마 에너지부 장관의 호출을 받고 전혀 예상하지 못했던 미얀마 정부의 결정사항을 통보받게 되었다.

"미얀마 정부는 가스관을 통해 중국에 가스를 판매하기로 결정했습니다."

"예?"

"알다시피 A-1광구 인근의 람리섬은 수심이 깊어 미얀마 서부 해안 중에서 유일하게 큰 선박을 정박할 수 있는 항구 건설이 가능한 곳입니다. 중국 정부는 람리섬에서 원유를 하역하여 송유관을 통해 중국 남서부까지 운송하기를 원합니다."

미얀마와 중국 사이의 송유관 건설에 대한 협의가 양국 정부 간에 이미 오래 전부터 진행되고 있다는 사실은 알고 있었다.

"이번에 양국 정부가 합의하여, 송유관과 함께 가스관을 건설하여 A-1광구의 가스를 중국으로 판매하기로 하였습니다."

"중국은 지난 번 가스관을 통한 가스판매 입찰 때 이번 LNG 가스판매 입찰보다 훨씬 낮은 가격을 제시하지 않았습니까?"

아무리 양국 정부 간의 합의 사항이지만 우리로서는 가스를 싸게 판매할 수는 없었다.

"물론 만족할 만한 가격 수준에서 합의되는 것을 전제로 중국에 가스를 판매하게 될 것입니다."

이미 양국 정부의 최고위급에서 결정한 사항이며, 가스가격에 대해서는 CNPC와의 협상을 통해 만족할 만한 가격을 받을 수 있도록 해 보라는 것이었다. 우리 입장에서는 어떻게 해볼 도리 없이 미얀마 정부의 결정에 따를 수밖에 없었다.

이렇게 하여 우리가 발견한 3개 가스전의 가스는 중국으로 판매하기로 결정이 되었고, CNPC와의 기나긴 가스판매 협상이 시작되었다.

이때 한국에서는 '미얀마 가스 중국에 빼앗기다'라는 머리기사로 신문에 보도되고, 한국 정부의 무능력에 대한 비판이 쏟아져 나왔다.

그러나 미얀마 가스에 대한 개발권은 엄연히 우리가 가지고 있었기 때문에 결코 미얀마의 가스를 중국에 빼앗긴 것은 아니었다. 다만 우리가 개발한 가스를 한국에서 LNG로 도입하도록 추진하였지만, 미얀마 정부의 결정에 의해 가스 구매자가 한국에서 중국으로 바뀌었던 것이다.

만약 LNG 가스판매 입찰 당시에 한국가스공사가 더욱 경쟁적인 가격을 제시하였다면, 우리 가스가 한국으로 장기 공급되어 한국은 적정가격으로 LNG 물량을 장기 확보할 수 있었을 것이다.

우리 회사 입장에서도 가스전 개발이 훨씬 수월했을 것이고, 생산 개시 시기도 오히려 빨라졌을 것이라는 아쉬움이 든다.

또한 한국 기업이 전혀 기술력을 갖지 못한 LNG 액화 공정에 대한 기술력을 습득하고, 나아가서는 국산화를 할 수도 있는 절호의 기회를 놓친 것이라고 할 수 있다.

하지만 한국가스공사나 한국 정부의 입장에서는 LNG 도입가격과 관련된 책임 문제에서 어느 누구도 자유로울 수 없었기 때문에 과감하게 경쟁력 있는 가격을 제시하여 미얀마로부터 LNG 도입을 적극 추진할 수는 없었을 것이다.

이런 점이 에너지자원 확보에 있어서 한국과 중국이 크게 다른 점이라고 할 수 있겠다.

CNPC와의 치열한
가스판매 협상

미안마 정부의 주선으로 중국을 대표하여 가스를 구입하게 될 중국 국영석유회사 CNPC와의 가스판매 협상이 시작되었다. 중국에 가스를 판매하기로 결정하였다는 미안마 정부의 통보를 받고 나서 얼마 후였다.

우리는 이 협상이 미안마 가스전의 성공을 좌우하는 또 하나의 중요한 갈림길이 될 수 있다는 생각으로 협상에 모든 역량을 집중하였다.

영어와 중국어로 진행된 협상에서 공식적인 통역이 있었지만, 우리는 중국어에 능통한 직원을 협상팀에 합류시켜 통역에 오류가 있는지 철저히 확인하였으며 중국 측에서 나누는 비공식적인 대화까지 내용을 파악하였다.

협상은 시작부터 삐걱거리기 시작했다.

CNPC는 우리에게 만족할 만한 가격을 제시할 생각은 하지 않고, 이 프로젝트가 미안마와 중국 양국 정부 간의 합의에 의해 진행되는 프로젝트라는 점을 거듭 강조하였다.

그러나 우리의 입장은 단호했다.

"양국 정부의 합의 자체는 인정하겠지만 가격이 만족스럽지 못할 경우, 가스를 CNPC에 결코 팔 수 없습니다."

"가스를 중국에 판매하는 것은 이미 정부 간에 결정된 사항이지 대우가 결정할 사항은 아닙니다. 그리고 가스가격은 가스가 판매될 중국 남서부 지역의 현지 에너지 시장가격을 고려해서 결정될 것입니다."

"얼마 전에 우리가 실시한 LNG 입찰에서 한국가스공사와 마루베니가 제시한 LNG 가격에 상응하는 가스가격이 아니면 결코 팔 수 없습니다."

가스가격뿐만 아니라 또 다른 중요한 이슈가 있었다.

일반적으로 가스를 수출할 경우 인도(引渡)지점이 국경이므로, 미얀마 내에서의 가스관은 가스전 운영권자인 대우가 건설하는 것이 당연했다.

그러나 이번의 경우 중국 측이 람리섬에서 중국 국경까지 송유관을 건설하게 되어 있었으므로, CNPC는 가스관 건설은 송유관 건설과 함께 당연히 CNPC가 하는 것이라고 주장하였다.

우리 입장에서는 가스관 건설을 통해 발생하는 가스 운송료 수입도 만만치 않기 때문에 육상가스관에 대한 우리의 권리를 강하게 주장하였다.

"원래는 우리 컨소시엄이 중국 국경까지 가스관을 건설해야 하는데, CNPC가 송유관과 가스관을 같이 건설하기로 하였으니 그것은 우리가 양보하겠습니다. 그렇지만 우리에게 가스 운송료에 해당하는 수익을 보장해 주어야 합니다."

"가스관은 CNPC가 건설하고 운영하는 것이 당연합니다. 가스관 운송료 수익은 투자비를 회수하는 선에서 그쳐야지 이익을 기대해서는 안 됩니다."

"우리 컨소시엄이 CNPC가 건설할 육상가스관의 일부 지분을 가져야 하며 적정한 수익도 보장되어야 합니다."

우리는 중국 정부가 미얀마 정부와 합의하여 가스관을 건설하고 우리 가스를 구매하기로 결정했기 때문에, 국영 기업인 CNPC가 그 합의를 깰 수 없다는 사실을 염두에 두고 있었다.

그래서 우리 컨소시엄은 강경한 입장을 고수했다.

그러나 CNPC도 결코 호락호락하지 않았다.

양측의 입장 차가 워낙 크다 보니 협상을 하다가 서로 흥분하여 얼굴을 붉히는 일이 수없이 발생하였으며, 협상 도중에 회의장을 박차고 나가 버려 협상이 결렬된 적도 몇 차례 있었다.

우선 쌍방이 예상하는 가스가격에 워낙 큰 차이가 있었고, 기본적으로 중국은 정부 대 정부 프로젝트로 보는 데 반해, 우리는 민간 기업이 추진하는 상업적 프로젝트니까 확실한 수익이 보장되어야 한다고 생각하였기 때문에 협상이 순조롭지 못하였다.

구매하는 쪽인 중국과 판매하는 쪽인 우리 컨소시엄의 한국, 인도, 미얀마 등 모두 4개국이 관여한 협상이다 보니 국가 간의 문화적 차이는 물론이고 서로 다른 업무 추진 방식이나 협상 태도도 보이지 않는 장벽이었다.

컨소시엄의 각 구성원들이 각자의 시각으로 가스판매에 대한 의견을 펼치고, 미얀마 정부도 수시로 의견을 개진하다 보니 컨소시엄 내의 의견을 조율하기도 쉽지 않았다.

중국과의 가스판매계약서에
서명하다

양쪽의 입장이 평행선을 달려 도저히 합의를 볼 수 있을 것 같지 않았으나, 1년이 지나도록 협상에 협상을 거듭하다 보니 조금씩 합의점을 찾아나갈 수 있었다.

협상은 우선 생산지점에서의 가스가격을 결정하는 데 초점을 맞추었다. 밀고 당기는 협상 끝에 생산지점에서의 가스가격(wellhead price)이 합의되었으며, 생산지점에서 가스 인도지점인 람리섬까지의 해상가스관 운송료에 합의하게 되어, 결국 인도지점에서 CNPC가 구입하는 가스가격이 결정되었다.

가스가격은 고정 가격이 아니고 유가와 물가지수에 연동되었다.

가스가격이 결정된 후에는 람리섬에서 중국 국경까지의 육상가스관 운송료 수입을 어떻게 보상받을 것인지가 다음 과제였다. 육상가스관 운송료 수입은 육상가스관 건설과 운영을 위해 설립할 합작회사에 어떠한 수준의 수익률을 보장하는가에 달려 있었다.

우선 우리 컨소시엄은 육상가스관을 위한 합작회사에 49.1%의 지분을 가지고 참여하기로 하였다. CNPC는 대주주로서 지분 50.9%를 가지게 되었다.

합작회사의 적정 수익률에 대해 실로 오랫동안 난항을 겪으며 협상을 계속하다가 결국 수익률에도 합의를 하게 되었다. 가스가격과 육상가스관 합작회사 수익률에 합의하면서, 오랜 협상 끝에 드디어 중국과의 가스판매에 대한 최종 합의를 보게 된 것이다.

SIGNING CEREMONY OF
EXPORT GAS SALES AND PURCHASE AGREEMENT, SHWE PROJECT, MYANMAR
BETWEEN
MYANMA OIL AND GAS ENTERPRISE,
DAEWOO INTERNATIONAL CORPORATION,
ONGC VIDESH LIMITED, GAIL (INDIA) LIMITED,
KOREA GAS CORPORATION
AND
CHINA NATIONAL UNITED OIL CORPORATION

Yangon   24th December, 2008

2008년 12월 실시한 가스판매계약 서명식. 미얀마 에너지부 장관과 가스 공급자 대표인 대우인터내셔널 CEO, 구매자인 중국 CNUOC(CNPC의 자회사)의 CEO 및 참여사 대표들이 자리하고 있다.

우리 쪽의 양보도 있었고 중국 쪽도 과감한 결단을 내려주어 결론을 내릴 수 있었다. 그리하여 2008년 6월 양해각서를 체결하고 그해 12월 미얀마 정부와 중국 정부, 그리고 4개사 컨소시엄 대표들이 모두 모여 가스판매계약서에 서명하게 되었다.

협상이 시작된 지 1년 반을 훨씬 넘긴 후였다.

LNG 방식에 의한 개발이 가스관을 통해 수출하는 것보다 기간이 1년 정도 더 걸린다는 이유로 미얀마 정부에 의해 받아들여지지 않았으나, 중국과의 가스관을 통한 가스판매 협상에 장시간이 소요되어 결과적으로 LNG 방식에 의한 개발 기간보다 오히려 더 길어지고 말았다.

에너지 확보를 위한
중국의 과감한 투자

협상 과정에서 무엇보다도 인상적으로 느낀 점이 있었다.

중국 정부가 에너지 확보를 위해서라면 그야말로 물불을 가리지 않는다는 사실이었다. 그런 점이 우리 정부와 비교가 되는 부분이기도 했다.

중국 남서부 지역으로 원유 공급을 하기 위해서는, 우선 중동으로부터 인도양과 인도차이나반도 남쪽 해상 말라카해협을 거쳐 중국 동부까지 장거리 운송을 한 다음, 다시 수천 킬로미터 떨어진 내륙으로 수송을 해야 한다.

그런데 미얀마 서부 해상에서 송유관을 통해 중국 남서부 지역으로 수송할 경우, 현재의 이동 거리를 3,000킬로미터 가량 줄일 수 있어 기간이 7일 정도 줄어들기 때문에 운송료를 대폭 절감할 수 있는 효과가 있다.

또한 안보 차원에서도 말라카 해협은 안전상의 위협이 항상 도사리고 있으며, 무엇보다도 만약의 경우 말라카 해협이 봉쇄될 때는 중국의 에너지 도입에 큰 차질이 생겨 국가의 근간이 흔들릴 수 있는 위기 상황도 발생할 수 있었다.

그래서 중국 정부로서는 미얀마 송유관 건설이 꼭 필요한 과업이었다.

쉽지 않을 것으로 보였던 우리와의 가스판매 협상에 중국이 합의를 하게 된 이유로, 송유관과 가스관을 동시에 건설하여 투자비를 절감하려는 셈법이 있었다고 볼 수도 있다.

그러나 무엇보다도 에너지 확보를 위해 국가적인 노력을 기울이고 있는 중국 정부로서는 미얀마에서 생산되는 가스를 25년 이상 확보할 수 있다는 점에 큰 비중을 두고 과감한 결정을 내렸던 것이라고 생각한다.

중국 정부와 중국 국영 기업체들의 에너지와 자원에 대한 공격적인 투자는 상상을 초월한다.

십 수 년 전 남미의 어느 유전 입찰에서는 2위와 3위의 차이는 불과 수백만 달러였는데 1위였던 중국 국영석유회사는 2위 회사보다 수천만 달러나 더 높은 가격을 제시하여 낙찰을 받은 적이 있었다. 입찰에서 무조건 이겨야겠다는 적극적인 태도의 결과였다.

그 당시 석유업계에서는 중국 회사의 무모한 결정을 비웃었다. 그러나 20달러대였던 입찰 당시의 유가가 상당 기간 100달러대에 머물렀으니 중국이 그 유전으로부터 얼마나 엄청난 수익을 올렸을지 짐작할 수 있다.

비록 최근에는 급격한 유가 하락으로 석유개발업계가 심각한 타격을 받고 있지만, 석유자원에 대한 투자는 결코 한눈을 팔 수 없는 일이다.

에너지자원의 가장 중요한 역할을 하고 있는 석유자원이 시간이 지날수록 점점 고갈되고 있다.

과감한 투자를 마다하지 않는 중국 정부와 기업의 결정이 미래를 예측한 올바른 판단이 아닐까 하는 생각이 드는 것도 그 때문이다.

Golden Gas Field in Myanmar

모든 계약서
마무리

후속
계약서

가스판매계약서에 서명을 했다고 협상이 종결된 것은 아니었다.

그 후에도 육상가스관 운송계약서, 해상가스관 운송계약서, 내수용 가스판매계약서, 합작회사 주주계약서 등과 미얀마 정부와 체결할 육상가스관 권리계약서, 해상가스관 권리계약서 등 많은 계약서에 대한 협상을 계속해야 했다.

세계적으로 가장 까다로운 사업가로 알려진 중국과 인도의 회사, 그것도 내부 승인 절차가 복잡한 국영 기업들을 상대로 장장 3년에 걸쳐 그 많은 계약서에 대한 협상을 진행하였으니, 우리 협상팀이 얼마나 많은 어려움을 겪었는지 짐작할 수 있을 것이다.

협상 과정의
어려움

황금가스전으로부터 육상가스관을 통해 가스를 도입하는 것이 미얀마 정부와 중국 정부 간의 합의에 근거한 것임을 강조하면서, 상업적 차원에서의 협상을 기피하려는 중국 측의 태도도 우리를 힘들게 했지만, 인도 파트너들을 설득하는 것도 보통 어려운 일이 아니었다.

인도 사람들은 디테일에 강하며 따지기를 좋아해 사소한 것도 결코 그냥 지나치지 않는다. 이러한 점은 간혹 우리가 놓치고 가는 문제들을 잘 지적해내는 장점도 있었지만, 우리가 생각하기에는 불필요한 것까지도 지나치게 따지고 들어 협상이 진전되지 않은 경우가 종종 있었다.

협상이 진전되지 않을 경우 운영권자인 우리가 나서서 문제를 해결할 수밖에 없었다.

한국, 미얀마, 중국, 인도 4개국 회사의 대표단이 모두 모여 협상을 하기도 하였지만, 문제가 해결되지 않을 경우 델리로 가서 인도 측을 설득하거나 북경에 가서 중국 측을 설득하기도 하고, 때로는 미얀마 정부를 설득하기 위해 미얀마의 수도 네피토(Nay Pyi Taw, 2006년 초에 옮긴 새로운 수도)로 가는 등 협상을 하는 3년 동안 델리, 북경, 서울, 양곤, 네피토를 오가며 수많은 시간을 보냈다.

우리 컨소시엄의 이익을 위하여 우리 입장을 강하게 요구하기도 하였지만, 그보다는 운영권자로서 중국, 인도, 미얀마 간의 입장 차

이를 중재하는 데도 상당한 시간을 보내야 했다.

사업의 총책임자였던 나는 가스판매를 포함한 대부분의 중요한 협상에 직접 참여하여 협상을 이끌어 갔다.

여러 이해 당사자가 개입한 협상에서 늘 우리의 입장만을 고집할 수는 없었다. 협상을 마무리 짓고 계약을 성사시키기 위해서 우리에게 크게 불리하지 않은 경우에는 실무진의 반대에도 불구하고 때로는 과감하게 양보하기로 결단을 내리기도 했다.

실로 오랫동안의 협상을 거친 끝에 마침내 2011년 9월 체결된 미얀마 내수용 가스수송계약서를 마지막으로 가스판매와 관련된 모든 후속계약서들에 대한 계약 체결을 종결하였다.

협상팀의 치밀한 준비와 끈질긴 노력

미얀마 쉐 가스전의 발견과 성공은 우수한 탐사 기술력과 포기하지 않은 집념의 결과였지만, 막대한 수익을 창출하게 된 요인 중의 하나는 치밀한 협상 전략과 여러 해에 걸친 끈질긴 협상과 설득, 그리고 계약서 한 줄 한 줄에 기울인 노력의 결과인 셈이다.

경제성분석, 법률, 회계 등의 전문가들로 구성된 우리 회사의 가스판매 협상팀은 회의 때마다 예상 가능한 경우의 수에 대해 사전 준비를 하고, 협상 조건이 제시될 때마다 경제성분석을 실시하여 사업의 수익성을 사전에 검토하였으며, 계약서 문구 하나하나를 철저하게 검토하는 등 미얀마 가스전 사업이 고수익을 올리는 데 중요한 기여를 하였다.

초기에는 성공이라고 생각했던 많은 프로젝트들 중에는 협상과 계약을 소홀히 하여 손해를 보거나 이익을 제대로 챙기지 못한 경우가 허다하다.

미얀마 가스전의 상업적인 성공은 기술진의 공로 못지않게 계약과 협상 담당자들의 노력과 정성의 결과라고도 할 수 있겠다.

줄을 잇는 회의

산유국과의 광권 계약과 파트너 영입, 그리고 가스판매를 위하여 수 없이 많은 회의를 거쳐 최종 계약들을 체결한 이후에도 매년 정기적으로 여러 차례 회의를 가지고 때로는 수시로 회의와 협상을 해야만 한다.

석유개발이 워낙 방대한 사업이고, 여러 국가 또는 여러 기업이 관련될 수밖에 없기 때문에 서로의 의견을 조율하고 이해관계를 조정할 회의와 협상은 필연적이라고 하겠다.

중국 측과의
회의

우선 중국과의 육상가스관 사업을 위한 합작회사(JV, Joint Venture)의 경우 법인 형태이기 때문에 이사회와 주주총회에서 주요 안건을 의결하거나 승인하게 마련이다.

이사회나 주주총회는 미얀마의 신구(新舊) 수도인 네피토와 양곤에서 주로 열렸고, 서울, 북경, 쿤밍 등에서 열리기도 하였다.

합작회사 관련 회의와는 별개로 가스 구매자인 CNPC 자회사 CNUOC(China National United Oil Corporation)와는 가스판매에 대해 협의하기 위해 자주 회의를 가진다.

매년 몇 차례 정기적인 회의를 통해 가스 공급 물량과 공급 시기를 구체적으로 정하고, 수시로 비정기 회의를 가져 가스 성분과 압력 등 기술적인 사항에 대해서도 의견을 조율하여 최상의 공동의 이익을 찾기 위해 서로 노력한다.

TCM, OCM
그리고 MCM

법인이 아닌 컨소시엄 형태의 공동운영자들이 참여한 A-1광구, A-3광구, AD-7광구의 석유개발사업은 TCM과 OCM이라는, 운영권자와 파트너들간의 회의를 통하여 의견을 수렴한다.

TCM(Technical Committee Meeting)은 수행한 사업에 대해 보고하거나 작업계획과 예산 등을 세부 토의하는 회의로 해마다 1~2회 정도 열린다. OCM(Operating Committee Meeting)은 TCM에서 협의한 주요 안건을 승인하는 회의로 매년 1회씩 열린다.

TCM과 OCM은 따로 열기도 하지만, 주로 같은 시기에 소집하여 첫날은 TCM, 다음날은 OCM을 개최하는 것이 일반적이다. OCM의 의장(Chairman)은 운영권자인 대우인터내셔널의 미얀마 가스전 사업 총책임자가 맡는다.

해외에서 석유개발사업을 할 경우 산유국 정부와의 협의가 가장 신경이 쓰이는 것은 당연하다. 미얀마 프로젝트에서도 MCM(Management Committee Meeting)이라고 하는 미얀마 정부와의 회의가 해마다 열린다. MCM은 OCM에서 승인된 작업계획과 예산 등을 미얀마 정부에 보고하고 승인을 받는 회의로 OCM을 개최한 지 한 두 달 뒤에 열린다.

MCM에는 미얀마 국영석유회사 MOGE의 사장과 간부, 미얀마 에너지부, 운영권자와 주요 파트너 회사들이 참가하며, MOGE의 사장이 MCM의 의장을 맡는다.

매년 정기적으로 열리는 TCM과 OCM 그리고 MCM을 위해 자료를 철저히 준비하는 것은 물론이고, 회의에 참석하는 컨소시움 회원사들과 미얀마 정부 관계자들을 위하여 개최지 등을 세심하게 배려하여 회의를 준비한다.

미얀마의 네피토와 양곤에서 회의를 개최하는 경우가 많았지만, 더러는 서울, 델리, 싱가포르 등 해외에서 회의를 개최하기도 했다.

미얀마 정부 측과의 회의(MCM). 오른쪽은 미얀마 정부와 파트너사 인사들이며, 왼쪽은 운영권자인 대우인터내셔널의 대표단이다.

미얀마 수도 네피토에서 컨소시엄 회의(OCM)를 마친 후 인도의 ONGL, GAIL 대표단과 함께 식사를 하고 있다.

그리고 가끔 미얀마의 명승지에서 회의를 하기도 했다. 이를 테면 2006년 9월 바간에서 TCM과 OCM을 개최했고, 한 달 뒤쯤인 2006년 10월 따웅지라는 곳에서 MCM를 개최한 다음 헤호라고 하는 도시로 이동하여 인근의 인레 호수를 관광했다.

2006년 9월 바간에서 OCM 후 컨소시엄 파트너사 대표들과 함께 인근의 포파산 방문

2006년 10월 따웅지에서 MCM 후 미얀마 정부 측 대표들과 인근 파오족의 까꾸파고다 방문. 붉은 색 두건과 목도리는 파오족 전통 복장이다.

Golden Gas Field
in Myanmar

제9장

가스전
개발공사

Golden Gas Field in Myanmar
해상에서의
가스개발

생산
플랫폼

해상에서 원유나 가스를 생산하기 위해 설치하는 거대한 해상구조물을 생산플랫폼(production platform)이라고 한다.

일반인들은 해상에 있는 구조물을 모두 시추선이라고 부르는 경우가 종종 있는데, 시추선은 단지 시추만을 위한 비교적 작은 구조물로서 시추작업 기간에만 해상에 있다가 시추가 끝나면 다른 위치로 이동하게 된다.

반면에 생산플랫폼은 원유나 가스의 생산을 위해 설치하는 반영구적인 구조물로서 규모가 시추선보다 훨씬 크다.

생산플랫폼으로는 생산을 위한 설비만 있는 것과 생산설비에 더해 시추장비를 갖추고 있는 것이 있는데, 쉐 생산플랫폼은 후자에

속한다.

생산플랫폼은 생산물 처리를 위한 플랫폼(CPP, Central Processing Platform), 거주 공간(living quarter), 시추를 위한 플랫폼(wellhead platform) 등이 분리되어 브리지로 연결되기도 하고, 하나의 거대한 플랫폼에 모두 같이 배치하기도 한다. 우리 쉐 생산플랫폼은 후자에 해당된다.

아주 수심이 깊은 심해 지역에서 석유를 생산할 경우를 제외하고는 생산플랫폼을 위해 해저면에서부터 기둥 역할을 하는 거대한 철골 구조물을 실치하게 되는데 이를 자켓(jacket)이라고 한다.

자켓 위에 놓인, 각종 생산설비가 있는 구조물을 탑사이드(topside)라고 한다. 탑사이드에는 생산에 필요한 설비는 물론이고 거주공간과 저장시설 등 생산작업에 필요한 모든 시설이 설치된다.

▌가스개발의
▌단계

개발작업의 첫 단계는 타당성조사다.

개발을 하려면 우선 타당성조사(feasibility study)를 실시하여 가장 적절한 개발방식을 정하고, 그에 따른 개발비용을 산정하여 프로젝트의 경제성 여부를 조사한다.

개발이 타당성 있는 것으로 결론이 나서 개발을 진행하는 것으로 확정되면 그 다음으로는 해양 생산설비에 대해 FEED(Font-End

Engineering and Design)라고 하는 기본설계 단계를 거친다.

그런 다음 본공사 단계, 즉 EPCIC(Engineering, Procurement, Construction, Installation and Commissioning)에 들어가서 상세설계, 구매, 건설, 설치, 시운전의 순서로 공사가 진행되는데, 설치와 시운전을 생략하고 EPC라고도 한다.

개발 과정에서 생산플랫폼 설계 및 제작과 함께 원유나 가스를 생산할 생산정을 시추하는데, 생산정 시추는 생산이 시작된 이후까지 계속 진행되기도 한다.

개발 대상이 여러 개의 가스전으로 구성되어 있는 경우 생산플랫폼은 가장 큰 가스전 위에 설치한다.

생산플랫폼으로부터 멀리 떨어진 가스전은 시추선을 따로 용선하여 생산정을 시추한 다음, 해저면에 별도의 해저구조물(subsea structure)을 설치하여 가스를 생산한 뒤, 해상가스관을 통해 생산플랫폼으로 연결하여 제반 처리과정을 거치게 된다.

Golden Gas Field in Myanmar

황금가스전 프로젝트
개발 준비

쉐 프로젝트 로고. 황금을 상징하는 노란 색과 가스를
상징하는 붉은 색 불꽃으로 형상화되어 있다.

황금가스전
프로젝트

우리가 발견한 미얀마 가스전은 A-1광구의 쉐, 쉐퓨 가스전과
A-3광구의 미야 가스전이 있는데, 미야 가스전은 남북으로 길게 분
포하고 있어 미야 북부, 미야 남부 가스전으로 구분된다.

그 중 쉐 가스전이 가장 큰 가스전이고 생산플랫폼도 쉐 가스전에
위치하고 있어, 우리 미얀마 가스전 모두를 지칭하여 쉐 가스전 프
로젝트라고 하며, 간단히 쉐 가스전, 즉 황금가스전이라고 부르기
도 한다.

1단계
개발작업

2008년 12월 체결한 가스판매계약에 의해 쉐, 쉐퓨, 미야 3개 가스전에서 20년 이상 지속적으로 일일 5억 입방피트의 가스를 생산해야 한다. 따라서 3개 가스전에 매장되어 있는 천연가스를 한꺼번에 개발·생산하지 않고 순차적으로 개발해 나가면서 일일 5억 입방피트의 일정한 생산량을 유지해야 한다.

우리는 우선 쉐 가스전과 미야 북부 가스전을 1단계에 개발하고, 쉐퓨 가스전과 미야 남부 가스전은 약 10년이 지난 후에 생산하기로 계획을 세웠다.

쉐 가스전 프로젝트 1단계 생산설비는 탑사이드와 자켓으로 구성된 생산 플랫폼, 해저 생산설비, 해상 가스관, 육상 인수기지 등이 있다.

현재 모든 건설이 끝나고 정상 가동중인 쉐 가스전 프로젝트의 1단계 생산설비로는 탑사이드와 자켓으로 구성된 쉐 생산플랫폼, 해저 생산설비, 해상 가스관, 육상 인수기지가 있다.

미야 북부 가스전으로부터 해저 생산설비를 통해 생산되는 가스는 14인치 해상가스관을 통해 쉐 생산플랫폼으로 와서, 쉐 가스전으로부터 생산되는 가스와 함께 쉐 생산플랫폼 탑사이드에서 처리과정을 거친 후, 32인치 해상가스관을 통해 육상 인수기지로 옮겨가서 인수기지 옆에 있는 중국 인수기지로 인도된다.

생산플랫폼과 해저 생산설비 등 가스 생산과 관련된 설비 일체와 해상가스관 및 람리섬의 육상 인수기지는 쉐 프로젝트의 운영권자인 대우가 맡아 건설하였고 그 운영을 맡아서 하고 있다.

한편 육상 인수기지로부터 중국 국경까지의 육상가스관은 합작회사의 대주주인 중국 CNPC의 책임 하에 있다.

개발 담당
인력 충원

쉐 가스전을 발견한 직후부터 가스전 개발을 위한 준비에 돌입하였고, 가장 중요한 개발 인력의 보강과 충원에 주안을 두었다.

우리나라에서는 유전이나 가스전을 개발한 예가 거의 없기 때문에 가스전 개발을 할 수 있는 엔지니어를 구하기가 매우 어려웠다.

우선 한국 인력 중 가스전 개발 업무를 맡아 본 경험이 있는 사람을 수배한 끝에, 한국석유공사에서 대륙붕 가스전 개발을 직접 담당하였고 외국 개발 현장에서도 근무한 경험이 있는 주시보 이사를 개발 담당 책임자로 충원하였다.

가스전 개발을 위한 각 분야의 실무 업무를 위해 우선 경험이 풍부한 외국 인력을 고용하여 업무를 수행하게 한 다음, 점차 한국 인력으로 대체하겠다는 계획을 가지고 개발 담당 엔지니어들을 채용하기 시작하였다. 물론 미얀마 현지 엔지니어들도 충원해 나갔다.

1년에 두 차례 있는 정기공채에서 지질학과 자원공학 전공은 물론이고, 기계공학, 전기공학, 화학공학, 조선공학, 해양공학, 토목공학 등을 전공한 신입 사원과 경력 사원을 채용하였다.

회사 업무를 수행하는 데 있어서 우수한 인재를 뽑는 것이 가장 중요하다고 생각했기 때문에 우수 인력을 발굴하기 위해 직접 뛰어다니며 대우인터내셔널의 자원개발 직종의 취업 기회에 대해 홍보를 해 나갔다.

그런데 지질학이나 자원공학 전공자들은 대우인터내셔널의 활약상을 선배들을 통해 듣고 어느 정도 알고 있었으나, 다른 공학 분야 전공의 경우 지원자 입장에서는 자원개발이라는 것이 워낙 생소한 분야인 데다 근무지가 미얀마라는 점이 선뜻 입사 결심을 하지 못하게 하는 것 같았다.

우리는 면접시험에서 통과된 채용 대상자들에게 미얀마 가스전 사업 설명과 함께 미얀마에서의 생활이 열악한 환경에서 고생하는 것이 아니라 오히려 좋은 환경에서 여유롭게 살아가면서 보람있는 직장생활을 할 수 있다는 것을 알려 주면서 인력 충원을 적극적으로 추진하였다.

마얀마 가스전 프로젝트에 열정을 바치는 직원들과 함께

Golden Gas Field in Myanmar

개발공사
입찰

입찰 발주
전략

가스전 자원량 평가작업이 한창 진행 중이던 2005년 11월부터 우리는 가스전 개발을 위한 타당성조사를 시작하였다.

영국의 Genesis라는 엔지니어링 회사를 고용하여 가스전 개발을 위한 여러 가지 방안 중 쉐 가스전 프로젝트에 가장 적절한 방안이 무엇인지 조사하고 이것에 대한 개발비용을 산정하였다.

2006년 8월 끝난 타당성조사 결과는 가스전 개발 입찰을 위한 기본 자료로 활용된 것은 물론이고, 경제성 확보를 위한 가스가격을 결정하는 자료로도 활용할 수 있어서 CNPC와의 가스 협상 때 아주 유용하게 활용되었다.

일반적으로 해상가스전 개발은 타당성조사를 한 다음, 기본설계

단계를 거쳐 생산플랫폼과 해상가스관을 설계, 제작, 설치하는 본 공사를 하는데, 본공사에만 보통 3~4년이 소요된다.

또한 공사를 위한 입찰, 입찰 평가, 승인에도 상당한 시간이 소요 된다. 기본설계를 통해 실질적인 가스전 개발이 시작되는 것이므로, 원래는 가스판매 협상이 완료된 후 기본설계를 시작하려고 하였다.

그러나 가스판매 협상을 하는 데 이미 상당한 시간을 보내 버렸기 때문에 더 이상 시간을 지체할 수 없어서 가스판매 협상이 진행되는 동안 우리는 기본실계를 시작하기로 결정하였다.

기본설계와 본공사 입찰방법에 대하여 심사숙고한 끝에, 우선 기 본설계 입찰을 통해 2개 회사를 선정하여 2개 회사 모두에게 기본 설계 작업을 맡긴 다음, 기본설계를 수행한 두 회사를 대상으로 본 공사 입찰을 실시하여 두 회사 중 하나를 본공사의 시공사로 선정 하기로 했다.

기본설계
입찰

우리는 우선 해양플랜트 공사에 있어 이미 국제적인 경쟁력을 갖 추고 있는 한국의 조선 3사를 각각 서울 본사로 불러 프로젝트 개 요와 향후 기본설계와 본공사에 대한 입찰 전략을 설명하였다. 대 우조선해양은 담당 임원과 함께 여러 명의 실무진이 참석하여 가장 적극적인 관심을 보였다.

"대우조선해양과 대우인터내셔널이 지금은 비록 법적으로 아무런 관계가 없는 회사가 되었지만, 얼마 전까지만 해도 한솥밥을 먹던 같은 대우가족의 일원이었으니 당연히 대우조선해양이 수주를 해야 되지 않겠습니까?"

"우리도 그랬으면 좋겠습니다만, 일단 기본설계 입찰에서 대우조선해양이 경쟁력 있는 가격을 제시해야만 본공사에 참여할 기회를 가질 수 있습니다."

발주자인 우리로서는 당연히 원론적인 얘기를 할 수밖에 없었다.

현대중공업 역시 우리 프로젝트가 놓쳐서는 안 되는 대형 공사라는 것을 알고 담당 임원이 직접 참석하여 매우 적극적인 관심을 표명하였다. 하지만 현대중공업 입장에서는 대우인터내셔널이 대우조선해양에 본공사를 주려고 하지 않겠느냐고 지레 우려를 표명하였다.

"이번 일은 인도 파트너들과 미얀마 정부의 승인을 받아야 하는 다국적 프로젝트이므로, 기본설계와 본공사 모두 엄격하고 공정한 입찰 절차를 통해 진행될 것입니다."

경쟁력 있는 여러 회사들이 입찰에 참여해 경쟁하도록 유도할 필요가 있었다.

2008년 6월 기본설계를 위한 국제입찰 공고가 나가고 나서 3개 그룹이 입찰에 참여하였다.

첫 번째 그룹은 대우조선해양을 대표로 이탈리아의 Saipem이 참여하는 그룹이었고, 두 번째는 프랑스 Technip을 대표로 삼성중공업과 중국의 CNOOC의 자회사인 COOEC가 참여하였다. 세 번째 그룹은 현대중공업을 대표로 프랑스 설계회사 Doris가 참여하는 그룹이었다.

한국의 조선 3개사가 모두 참여한 셈이었다.

비록 처음 입찰은 기본설계에 국한되지만, 이번 입찰에서 선정되는 2개 그룹만이 본공사의 입찰에 참가할 수 있는 기회를 갖게 되므로 입찰 참여사들은 신중을 기할 수밖에 없었다.

입찰 평가 결과, 기술적으로는 3개 그룹 모두 가스전 개발을 위한 본공사를 수행하는 데 문제가 없는 것으로 평가되었으므로, 기본설계를 위한 비용을 낮게 제시한 그룹을 선정할 수밖에 없었다.

입찰 평가와 승인 과정을 거친 후 2008년 10월에 기본설계 계약자가 발표되었다. 현대중공업 그룹과 삼성중공업이 속해 있는 Technip 그룹이 기본설계 계약자로 선정되었다.

본공사
입찰

입찰 결과가 발표된 후 현대중공업 그룹과 Technip 그룹에 의해 기본설계가 동시에 실시되었다. 기본설계가 실시되는 동안 우리 회사의 엔지니어들을 두 그룹으로 나누어, 현대중공업 그룹이 작업하고 있는 프랑스 파리와 Technip 그룹이 작업하고 있는 말레이시아 쿠알라룸푸르로 파견하여, 수개월 동안 기본설계 작업을 감독하고 설계에 필요한 각종 자료를 제공하는 역할을 수행하게 하였다.

2008년 10월에 시작된 기본설계는 2009년 4월에 완료되었다. 기본설계 결과를 제출한 직후부터 본공사에 대한 실행계획서, 상업적 제안서 제출, 설명과 확인과정을 거친 후 불과 2개월 후인 그 해 6월에 본공사 최종제안서가 제출되었다.

적절한 프로젝트 매니지먼트 덕분에 기본설계 수행 후 본공사 입찰에 소요되는 시간을 거의 허비하지 않았고, 짧은 시간에 본공사 입찰 최종제안서를 받을 수 있게 되었던 것이다.

가스전 생산플랫폼, 해상가스관, 육상 인수기지 등을 건설하는 미얀마 가스전 개발 본공사는 공사 금액이 10억 달러를 훨씬 넘어, 당시 시장에 나온 석유개발 공사 중 동남아시아 지역에서는 최대 규모였다.

투자비가 큰 만큼 우리는 본공사 입찰금액을 최대한 줄이기 위해, 본공사 낙찰자가 발표된 10월까지 철저히 보안을 유지하였다. 특히 상업적 제안서는 회사 내부에서도 극소수의 담당자들만 결과를 살펴보았으며, 승인 과정에서도 파트너들과 미얀마 정부에 외부에는 절대로 누설되지 않도록 각별히 유의해 달라고 당부하였다.

세계적인 불황 속에서 조선업 경기가 특히 좋지 않아, 현대중공업이나 Technip 그룹의 삼성중공업 모두 해양설비 분야의 수주를 위해 심혈을 기울이고 있는 상황이라 시장 여건이 우리에게는 유리하게 작용하였다.

현대중공업과 Technip 양 그룹의 치열한 정보전과 경합 속에 제출된 최종제안서가 미얀마 국영석유회사의 입회 아래 개봉되어, 그 결과 저가로 입찰한 현대중공업 그룹이 본공사의 시공사로 선정되었다.

한국 기업 대우인터내셔널이 주관하는 가스전 개발의 생산플랫폼 등 생산설비 제작과 해상가스관 공사를 한국의 시공업체인 현대중공업이 수행하게 되었던 것이다.

Golden Gas Field in Myanmar

개발계획서 승인과
개발단계 진입

개발계획서
승인

본공사 입찰이 진행되는 동안 우리는 가스전 개발계획서(FDP, Field Development Plan)를 준비하였다. 가스전 개발계획서는 그동안의 탐사·평가와 개발 타당성조사 결과 및 향후의 개발 계획을 망라한 종합적인 계획서다.

컨소시엄 파트너들과 미얀마 정부의 공식적인 개발계획서 승인을 통해 쉐 가스전 프로젝트의 본격적인 개발이 확정되므로, 개발계획서 준비와 승인은 개발공사를 위해 매우 중요한 절차다.

우선 완성된 개발계획서를 근거로 하여 우리 회사 경영진과 이사회로부터 개발 계획과 예산에 대한 최종 승인(FID, Final Investment Decision)을 받았다.

미얀마 가스전 프로젝트의 경우, 제작된 생산플랫폼을 미얀마로 이동하여 현장에 설치하는 작업은 미얀마 해상의 기상 조건이 아주 양호한 11월에서 4월 사이에만 가능하다. 따라서 프로젝트가 2개월 내지 3개월 지연되면, 해당 기간만큼의 일정이 순연되는 것이 아니고 1년이 지연되는 결과를 낳게 마련이다.

우리는 이런 상황을 파트너 회사들에게 사전에 설명하면서 승인 과정이 빨리 진행되도록 여러 차례 협조를 요청하였다.

가스전 개발계획서와 본공사 입찰자 선정 결과에 대한 승인 요청을 2009년 7월에 파트너에게 제출하였다. 당초 계획대로라면 10월 초까지 모든 승인을 끝내고 10월 중순에 현대중공업과 본공사 계약을 체결할 예정이었다. 그러나 파트너들의 내부 승인 절차가 예상보다 오래 걸려 2010년 2월이 되어서야 최종 승인을 받게 되었다.

개발단계
진입

운영권자로서 사업의 모든 책임을 지고 있는 우리 회사 입장에서는 파트너들의 승인이 늦어졌지만 프로젝트를 1년 지연시킬 수는 없었다.

우리는 위험을 감수하고 현대중공업에게 낙찰 통보 서신(LOA, Letter of Award)을 10월 중순에 발송하여, 정식 계약을 체결하기 전이지만 일단 조건부로 본공사의 1차 단계인 상세설계를 시작하였고, 정식 계약은 모든 승인이 완료된 2010년 2월에 체결하였다.

한편, 우리는 미얀마 정부와 체결한 생산물분배계약에 따라 '상업적 가스전 발견'을 정식으로 선언하였고, 이로써 사업은 2009년 11월 1일부로 탐사단계에서 개발단계로 진입하게 되었다.

2000년 8월 광권을 취득하고 그 해 11월 탐사작업을 시작한 이래 9년 만에 개발단계로 진입하게 된 것이며, 쉐 가스전을 최초로 발견한 2004년 1월 기준으로는 거의 6년 만이었다.

생산물분배계약에 의하면 개발단계에 진입할 경우 미얀마 국영석유회사인 MOGE가 15%의 지분으로 참여하는 옵션을 행사할 수 있다. 물론 그 이전에 발생한 모든 투자비에 대해 15%에 해당하는 비용을 지불하는 조건이다.

MOGE는 당연히 이 옵션을 행사하여 15%의 지분을 가진 파트너가 되었으며, 이에 따라 모든 참여사들의 지분이 상대적으로 감소하여 우리 회사의 지분은 당초 60%에서 51%로 감소했다.

Golden Gas Field in Myanmar

가스개발 본공사
(EPCIC)

해상 구조물
제작

쉐 가스전 프로젝트 개발공사는 상세 설계를 거친 후, 2010년 하반기부터 본격적인 제작에 들어갔다.

가장 중요한 시설인 생산플랫폼 탑사이드(topside)는 울산의 현대중공업 야드에서 제작되었다.

탑사이드는 가로 98미터, 세로 56미터 규모의 5층으로 구성된 무게 26,000톤의 대규모 시설물로서, 여러 가지 가스처리시설을 비롯하여 시추장비, 거주시설 등 가스전 생산에 핵심적인 역할을 하는 설비다.

생산플랫폼의 기둥 역할을 하는 자켓은 가로 76미터, 세로 61미터, 높이 128미터에 무게가 20,000톤이나 되는 대규모 구조물이

자켓 제작 완료 후 수송을 위해 선적하는 모습

자켓을 미얀마 해상에 내린 후 설치 지점으로 이동하는 모습. 물 위에 드러나는 것은
자켓 상부에 불과하고 대부분은 물 아래 있다.

다. 중국에서 제작을 끝내고 2012년 4월 미얀마 해상으로 이동하여 수심 110미터 해상에 설치하였다.

자켓 자체의 무게만도 엄청난데 그 위에 26,000톤이나 되는 탑사이드를 올려야 하고 파도나 조류 심지어 지진에도 견딜 수 있어야 하기 때문에 자켓은 해저면에 아주 튼튼히 고정되어 있어야 한다. 자켓을 해저면에 설치한 후 자켓의 각 기둥에 4개씩 모두 16개의 지지말뚝을 해저면 아래 110미터까지 박아 자켓을 고정시켰다.

자켓 위에 놓일 탑사이드는 울산의 현대중공업에서 2012년 11월에 제작을 완료하였다.

제작된 탑사이드를 수송 선박으로 선적하기 위해서는 레일 위에서 약 200미터 정도 이동시켜야 하는데, 26,000톤이나 되는 거대한 구조물을 야드에서 2년간 제작하다 보니 레일 위에 있는 탑사이드 구조물이 꿈쩍도 하지 않는 것이었다.

쉐 생산플랫폼과 해상가스관 설치

며칠 밤을 꼬박 새워 작업한 끝에 간신히 구조물을 선박으로 이동시킨 후 23일간 수송 끝에 마침내 미얀마 해상 현장에 도착하였다.

이미 수개월 전에 설치되어 있는 자켓 위에 탑사이드를 설치하는 것도 매우 고난도 작업이었다.

대형 탑사이드 해양구조물을 설치할 때 일반적으로 몇 개의 모듈

바지선에 실은 26,000톤 규모의 탑사이드를 float-over 공법으로 자켓에 설치하는 모습

설치 완료된 탑사이드 내부 모습. 사진에 보이는 것은 1개 층에 불과한데, 탑사이드는 5개 층으로 구성되어 있으며 무게는 약 26,000톤이다.

로 제작한 후 현장에서 조립하는 방법을 많이 쓰는데, 우리의 경우는 탑사이드를 한 덩어리로 제작하여 자켓 위에 올리는 float-over 공법을 선택하였다.

대형 탑사이드를 실은 바지선이 자켓 기둥 사이로 들어가 기둥에 탑사이드 하부 기둥을 끼워 넣어 탑사이드를 설치하는 작업이었다.

마침내 세계에서 두 번째로 큰 규모의 float-over 공법으로 설치된 쉐 생산플랫폼이 2012년 12월 미얀마 해상에 성공적으로 자리를 잡을 수 있게 되었다.

한편, 미야 북부 가스전은 생산플랫폼을 설치하기 이전에 이미 시추선을 용선하여 4개의 생산정 시추를 성공적으로 완료하고 해저에 모든 생산 설비와 해상가스관 설치를 완료하였다.

미야 북부 가스전으로부터 쉐 생산플랫폼까지는 14인치 직경의 해상가스관이 설치되었으며, 쉐 생산플랫폼으로부터 육지까지는 32인치 직경의 해상가스관이 설치되었다.

육상가스관 건설

미얀마 서부 해안에서 중국 국경까지 가는 육상가스관 건설과 운영을 위해 합작회사가 설립되었다. 중국 CNPC가 50.9% 지분을 가지는 대주주로, 그리고 우리 컨소시엄이 49.1% 지분을 가지는 파트너로 참여하였다.

우리 가스전 인근 해안에 있는 짜욱퓨로부터 미얀마-중국 국경까지 793킬로미터에 이르는 40인치 직경의 가스관 공사가 진행되었다. 당초에는 송유관만 건설하기로 되었으나, 우리 가스전에서 생산되는 가스를 중국으로 판매하게 되어 송유관과 동시에 가스관을 건설하게 된 것이다.

중국 측이 LNG 건설보다 가스관 건설 기간이 짧기 때문에 가스 생산을 앞당길 수 있다고 미얀마 정부를 설득하여 가스를 중국에 팔게 되었으나, 가스관 건설 공사는 당초 계획보다 느리게 진행되었다.

실제로 우리는 모든 개발공사를 완료하고 2013년 4월부터 가스를 생산할 준비가 되어 있었지만, 중국 측의 가스관 건설 공사 지연으로 인해 가스 생산은 7월부터 시작하게 된 것이다.

중국은 미얀마 내의 793킬로미터에 이르는 가스관 외에도 중국 내의 간선 1,726킬로미터, 지선 858킬로미터 등 총 2,584킬로미터의 가스관 등 우리 가스전에서 생산되는 가스 수송을 위해 약 3,400킬로미터에 이르는 대규모 가스관 건설 공사를 수행하였다.

이로써 미얀마 해상에서 생산된 천연가스는 신설 가스관을 통해 중국 남해안 광서자치구까지 수송이 가능하게 되었다.

육상가스관 건설공사 현장. 송유관과 가스관이 동시에 건설되었다.

쉐 프로젝트에서 생산되는 가스를 수송하기 위하여 미얀마와 중국에 약 3,400킬로
미터에 이르는 가스관을 건설하였다.

Golden Gas Field in Myanmar

포스코의
대우인터내셔널 인수

대규모 투자비
조달

미얀마 가스전 프로젝트는 총 50억 달러의 투자비가 소요되는 대규모 사업이었다.

가스전 발견을 위한 탐사작업과 가스전 개발, 해상가스관과 육상 인수기지 건설 등의 작업은 대우인터내셔널이 51% 지분을 가진 운영권자로서 사업을 주도하여 진행하였다. 총 30억 달러의 투자비가 소요되었기 때문에 우리 회사의 투자비는 약 15억 달러였다.

한편 육상가스관 건설에는 총 20억 달러의 투자비가 소요되었는데, 우리 회사는 25.041%의 지분으로 참여하고 있기 때문에 투자비는 약 5억 달러였다.

따라서 총 투자비 50억 달러의 프로젝트에서 대우인터내셔널의 투자비만 해도 약 20억 달러나 되는 실로 대규모 투자였다.

과거 대우그룹 시절에는 큰 문제가 되지 않을 수도 있었으나, 당시 정부 출자회사인 자산관리공사의 통제 아래 있던 종합상사로서는 상당한 자금 부담이 되는 투자비였다.

그동안 자금 조달을 위해 한국의 은행들과 협의를 해 왔으나, 미얀마에 대한 미국의 경제제재로 인해 한국의 어느 은행도 선뜻 대출을 해 주겠다고 나서지 못했다.

이러한 상황에서 중국개발은행(CDB)으로부터의 차입을 추진해 왔는데, 회사의 재무구조가 좋지 못해 이자율 등 차입 조건에 있어 불리한 입장이 될 수밖에 없었다.

대우인터내셔널, 새 주인을 찾다

그러던 중, 2010년 9월 포스코가 대우인터내셔널을 인수하여 대주주가 되었다.

명실공히 국내 굴지의 그룹으로서 철강 외의 사업에도 진출하여 외연을 넓히고 미래 먹거리를 발굴하겠다는 경영 전략에 대우인터내셔널이야말로 가장 적합한 인수 대상 기업이었다. 대우인터내셔널의 탄탄한 해외 네트워크와 미얀마 가스전을 개발하는 자원개발의 전문성을 높이 산 것이었다.

세계 최고 수준의 철강회사이며 국내 10대 그룹 중 하나인 포스코가 회사를 인수함에 따라, 미얀마 가스전 사업에 대한 투자를 안정적으로 계속할 수 있게 되었다.

포스코의 계열사가 된 후 재무 안정성에 더 이상 문제가 있을 수가 없어 중국개발은행과의 협상을 무난히 끝내고 투자비의 상당 부분을 차입으로 조달하였다.

회사는 그 후 교보생명 주식 매각을 통해 충분한 자금을 확보하게 되어 비교적 비싼 이자를 지불해야 하는 중국개발은행의 부채를 모두 상환해 버렸다.

포스코와의
윈-윈

포스코의 대우인터내셔널 인수 이후 새로운 CEO로 부임한 이동희 부회장의 첫 손가락에 꼽는 역점사업이 미얀마 가스전의 성공적인 완수였다.

CEO의 지대한 관심과 전폭적인 지원, 그리고 모회사인 포스코의 적극적이고 끊임없는 지원에 힘입어 개발공사는 순풍에 돛 단 듯이 순조롭게 진행되어 우리 책임 아래 있는 모든 공사를 공기 지연과 투자비 초과 없이 성공적으로 완료하였다.

포스코의 대우인터내셔널 인수와 가스전 개발을 위한 적극적인 지원이 올바른 결정이었음을 입증하는 데는 그리 오랜 시간이 걸리지 않았다.

미얀마 가스전이 성공적으로 마무리되어 대우인터내셔널이 포스코 계열사 중 가장 수익성이 좋은 cash cow 역할을 하게 되었으며, 풍부한 해외사업 경험을 가진 무역 부문의 우수한 인력들이 포스코 해외사업 진출의 첨병 역할을 하게 된 것이다.

미얀마 가스전 생산이 개시되고 몇 년 후 대우인터내셔널은 2016년 3월부로 포스코대우로 이름을 바꾸게 되었다.

포스코의 우산 아래 미얀마 가스전 사업이 안정적으로 운영됨은 물론이고 무역 부문도 철강을 비롯한 여러 해외사업에서 더욱 활기를 띠게 되었다.

포스코그룹 역시 미얀마 가스전 사업으로 인해 그룹의 이미지가 제고되고, 해외사업 추진에 있어서도 미얀마를 비롯한 중동 등 세계 각국에서 포스코그룹의 입지가 더욱 단단해져 그야말로 윈-윈이 되고 있다.

Golden Gas Field in Myanmar

황금가스전 프로젝트
개발 완료

미야 남부 가스전 생산을 계기로
쉐 프로젝트 생산 개시

쉐 생산플랫폼 설치는 2012년 12월에 모두 완료되었다.

미야 북부 가스전은 그 전에 이미 4개의 생산정 시추를 끝내고 해저 생산설비를 설치하는 등 생산을 위한 만반의 준비가 완료된 상태였다.

쉐 가스전의 생산플랫폼 설치 후 미야 북부 가스전의 해저 생산설비와 연결하는 작업을 완료하고 시운전을 한 끝에 드디어 2013년 7월부터 미야 북부 가스전으로부터 2억 입방피트의 가스를 생산하여 중국으로 가스를 판매하기 시작하였다.

2013년 7월 28일 우난툰(U Nyan Tun)미얀마 부통령과 정준양 포스코그룹 회장 등 미얀마와 한국의 주요 인사들을 모시고 양곤에서

2013년 7월 개최한 쉐 가스전 프로젝트 준공 기념식

역사적인 가스전 준공식을 거행하였다.

2000년 8월 A-1광구 광권 계약을 체결한 후 13년 만에 마침내 가스를 생산하게 되었다. 실로 13년 만에 꿈이 현실로 이루어지게 되었던 것이다.

쉐 가스전
생산정 시추

쉐 가스전 자체의 가스 생산은 쉐 플랫폼이 설치된 후 시작되었다.

미야 북부 가스전의 경우, 별도의 시추선을 용선하여 생산정을 시추하였으나, 쉐 가스전은 생산플랫폼에서 직접 시추하는 것이 더 경제성이 있고, 향후 유정 보수작업을 하는 데도 유리하다고 판단되어 생산플랫폼에 시추 장비를 설치하였다.

생산플랫폼 설치가 완료된 직후부터 쉐 가스전 생산정 시추에 착수하였다.

당초에는 쉐 생산정을 11개 공(孔) 시추하기로 계획을 세웠다. 초기에 뚫은 중심부 지역 몇 개의 생산정에서 각 시추공 당 예상보다 더 많은 가스가 산출되어 시추공 수를 2개 줄여 9개 공을 시추하였다.

쉐 생산정에 대한 모든 시추가 2015년 11월 완료되었으며, 이들 결과에 대한 평가가 현재 진행 중이므로 공인인증을 거쳐 매장량이 재평가될 것이다.

또한 쉐 가스전에서는 소량의 컨덴세이트(지하에서는 기체 상태지만 지표에서 액체 상태로 변환되는 초경질유)가 생산되고 있다.

컨덴세이트가 많이 생산되는 가스전에서는 컨덴세이트를 별도로 판매하기도 하지만, 우리 가스전의 경우 생산되는 컨덴세이트의 양이 적어 판매할 수 있을 정도는 아니고, 환경 문제로 대기 중에서 연소시키거나 폐기할 수 없어 지층 속에 다시 주입시킬 수밖에 없다.

따라서 쉐 가스전 생산정 외에 컨덴세이트 주입정을 1공 시추하여 가스전에서 천연가스와 동시에 생산되는 액체 상태의 컨덴세이트를 지층 속으로 주입시키고 있다.

2013년 7월부터 2억 입방피트로 출발하여 생산되기 시작한 가스는 쉐 생산정 시추가 진행됨에 따라 점차 증산되어 2014년 12월 목표로 했던 최대안정생산량(plateau production) 5억 입방피트에 도달

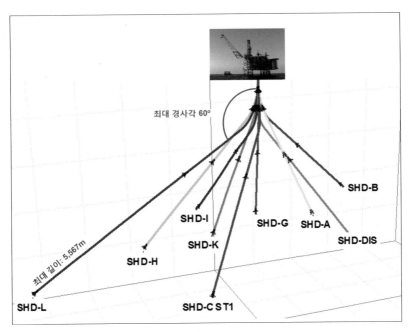

쉐 가스전의 생산정과 컨덴세이트 주입정

하였다.

앞으로 20년 이상 일일 5억 입방피트의 가스가 지속적으로 생산되어 그 중 80%는 중국으로 판매되고 20%는 미얀마 내수용으로 판매될 것이다.

성공적인
마무리

미얀마 가스전의 모든 설비와 생산정 시추가 마무리되어 이제는 생산이 정상적으로 진행되고 있다.

미얀마 가스전 현장을 가기 위해서는 양곤에서 경비행기를 타고 미얀마 서부 해안선을 따라 약 45분을 북쪽으로 가서 짜욱퓨 공항에 내린 다음, 다시 헬리콥터를 타고 약 30분 서북서 방향으로 105 킬로미터 가량을 바다 위로 가야 한다.

헬기를 타고 인도양을 한참 가다 보면 저 멀리 바다 위에 해상구조물이 나타나는데, 막상 내려서 보면 축구장 크기의 엄청난 5층 구조물을 보고 놀라게 된다.

우리나라에서 수천 킬로미터 떨어진 미얀마 서부 해상 인도양에 우리 기술력으로 개발한 황금가스전으로부터, 우리나라 기업이 건설한 대형 해상구조물 쉐 생산플랫폼을 통해 엄청난 양의 천연가스가 생산되고 있는 것이다.

대한민국의 저력을 유감없이 발휘한 프로젝트인 것이다.

미얀마 가스전은 탐사에 성공하여 기적적으로 가스를 발견한 것 못지않게 개발작업에 있어서도 괄목할 성과를 거두었다.

우리가 주관한 가스전 생산설비와 해상가스관, 육상 인수기지 건설에 총 30억 달러가 투자되었는데, 이러한 대규모 공사는 예산을 초과하거나 공기가 늦어지는 것이 다반사다.

그런데 우리 개발팀은 지난 수년간 진행해 온 가스전 개발공사를 한 치의 오차도 없이 철저히 관리 감독하고 생산정의 시추를 성공적으로 수행하여 당초 승인받은 예산을 전혀 초과하지 않고 예정된 일정대로 모든 작업을 마무리하였다.

얼마 전 우리 회사의 경영진이 인도의 국영가스회사(GAIL) 경영진을 만났을 때 GAIL의 회장이 찬사를 아끼지 않았다고 한다.

양곤에서 짜욱퓨로 갈 때 이용하는 20인승 경비행기

쉐 플랫폼으로 가기 위해 이륙하는 헬리콥터

"GAIL이 그동안 석유개발을 포함한 수많은 프로젝트에 운영권 자로서, 때로는 파트너로서 사업에 참여해 왔는데, 대우처럼 탐사는 물론이고 개발공사를 이렇게 완벽하게 수행하는 회사를 한 번도 보지 못했습니다."

미얀마 가스전의 탐사와 개발에 대한 성공 이야기는 〈벵골만 13년의 기적〉이라는 제목으로 2013년 11월 SBS 창조경제 특집 다큐멘터리로 2회(2부, 3부)에 걸쳐 방영되었으며, 그 후 미얀마 국영방송인 MRTV를 통해 미얀마 전역에도 방영되었다.

헬기에서 내려다본 쉐 플랫폼. 헬기 날개의 바람에 의해 물결이 일어나는 것을 볼 수 있다.

2013년 7월 쉐 플랫폼 방문한 언론계 기자단

Golden Gas Field
in Myanmar

제10장

도전은
계속되어야
한다

Golden Gas Field in Myanmar

기술력으로
승부하다

낮은 성공률을 극복하고
이룬 쾌거

석유탐사에 있어서의 성공 확률은 얼마나 될까?

대상 지역과 탐사작업의 정도에 따라 차이가 많이 나기 때문에 정확한 통계자료를 찾기가 어려운 것은 당연하다.

인근에 유전이나 가스전이 존재하고 양호한 3D 인공지진파 자료로 분석을 하더라도 탐사정 시추의 성공률이 30%를 넘지 않는다고 한다. 유전이나 가스전이 전혀 발견되지 않았던 미탐사(未探査) 지역의 경우는 여전히 탐사정 시추에서 성공할 확률이 10%를 넘지 않는 것으로 알려져 있다.

우리나라의 많은 회사들이 지난 수십 년 동안 전 세계의 수많은 석유탐사 프로젝트에 참여하여, 지금까지 탐사사업에서 성공한 경우는 열 손가락을 꼽을 정도에 불과하다. 그러니 석유탐사에 성공하기가 얼마나 어려운지 짐작할 수 있을 것이다.

미얀마도 과거에 육상에서는 유전과 가스전이 많이 발견되었으나, 해상 석유탐사에 있어서는 쉐 가스전 발견 이전에 남쪽의 안다만 해에서 야나다와 예타군 두 개의 가스전을 발견한 것이 전부다.

미얀마 전체 해상에서 안다만 해의 두 번째 가스전 발견 이후 12년 만에야 쉐 가스전이 발견되었던 것이다. 더욱이 서부 해상에서는 미얀마 석유탐사 역사상 최초의 발견이었다.

또한 우리 회사가 쉐, 쉐퓨, 미야 등 3개의 가스전을 연이어 발견한 이후, 수년에 걸쳐 여러 개의 탐사정을 시추하여 실패하였지만 10년 만에 심해 AD-7광구에서 또 다시 가스전 발견에 성공한 것도 시사(示唆)하는 바가 크다.

이는 팀사에서의 성공이 얼마나 어려운지를 보여주는 동시에, 우수한 기술력으로 꾸준히 탐사를 계속하다 보면 성공의 기회가 찾아온다는 것을 여실히 보여주는 결과라고 할 수 있겠다. 진인사대천명(盡人事待天命)의 법칙이 적용되는 천운이 따른다는 뜻이다.

대우의 기술과 경험은 대한민국의 기술과 경험

더구나 이번 가스전 탐사와 개발의 성공은 외국 기술진에 의존하지 않고 순수한 우리의 기술력으로 이끌어낸 결과다. 민간 기업인 대우인터내셔널의 기술과 경험인 것은 분명한 사실이지만, 엄연히 대한민국의 석유탐사 기술과 경험이라고 할 수도 있기 때문이다.

1970년대 여러 외국 회사가 인공지진파 탐사와 시추를 해본 다음 유망성이 없는 것으로 알려진 미얀마 서부 해상에서, 여러 가지 분석을 통하여 새로운 탐사개념의 가능성을 제시하고, 석유탐사에 사용되고 있는 가장 새로운 기술들을 활용하여 유망성을 찾아냈으니 말해 무엇 하랴.

또한 유망구조를 선정하고 시추 위치를 결정하는 것은 말할 것도 없고, 시추 중에 직면하는 여러 가지 문제들에 대한 일련의 의사 결정들이 모두 우리의 기술력이 바탕이 된 철저한 분석에 근거하였으니 절대적인 경쟁력을 갖춘 셈이다.

인도회사들의 반대를 무릅쓰고 단독위험부담으로 측면시추를 결정한 경우가 그 대표적인 예라고 할 수 있다.

우리는 과감하게 도전했지만 결코 무모하지는 않았다. 우수한 기술력을 바탕으로 치밀하게 계산하여 성공을 이룩한 것이다.

Golden Gas Field in Myanmar

황금가스전
프로젝트의 효과

매장량
규모

미얀마의 서부 해상에서 우리가 발견한 가스전은 그 규모에 있어서도 세계적인 대형 가스전이다.

A-1광구와 A-3광구에서 발견한 쉐, 쉐퓨, 미야 3개 가스전의 전체 가채매장량은 2013년 11월 제3의 공인기관으로부터 인증을 받은 매장량으로 2P 기준으로 4조 입방피트로서 이를 원유로 환산하면 약 7억 6,000만 배럴이다.

쉐 가스전 하나만 하더라도 우리나라의 회사들이 지난 30여 년간 전 세계 석유개발 프로젝트에 참여하여 발견한 유전과 가스전 중 가장 규모가 큰 것이다.

또한 서로 인접한 쉐, 쉐퓨, 미야 3개 가스전의 합계 매장량은 그

규모에 있어서 2001년 이후 동남아시아에서 발견한 유전이나 가스전 중 최대 규모다.

　미얀마 3개 가스전에서 나오는 4조 입방피트의 가스를 LNG로 환산하면 약 8,200만 톤으로 우리나라 전체가 1년 동안 사용하는 가스 수요량의 약 2.5배에 해당하는 정도이니 실로 대규모 가스전인 셈이다.

▌경제적
▌이익

　미얀마 가스전 프로젝트는 가스판매대금(wellhead 가격과 해상가스관 운임을 합한 금액)에서 나오는 수입과 육상가스관회사 주주로 참여하여 얻는 수입 두 가지로부터 수익이 창출된다.

　우리 회사는 향후 20년 이상 매년 3,000~5,000억 원의 수익을 올릴 수 있게 되었다. 최근의 유가 하락으로 수익이 다소 줄었음에도 불구하고 여전히 3,000억 원 이상의 수익이 예상된다.

　종합상사인 대우인터내셔널이 지난 수십 년간 축적한 지식과 다양한 경험, 그리고 전 세계에 뻗어 있는 해외 네트워크를 통해 얻는 회사 총 수익의 수배에 해당하는 수익이 미얀마 가스전 프로젝트 하나에서 나오게 되므로 프로젝트의 규모를 가히 짐작할 수 있을 것이다.

　또한 사업에 참여한 대우인터내셔널과 한국가스공사 두 회사의 수익에 상당히 중요한 기여를 하게 된 것은 당연하고, 우리나라의 자주개발에 의한 원유·가스 생산 비율을 획기적으로 올릴 수 있게 되었다.

한편으로 외국 회사가 탐사·개발에 성공할 경우 가장 많은 혜택을 보는 것은 역시 광권을 부여한 산유국이다.

산유국의 수익은 광권 계약에 따라 차이가 있는데, 우리가 미얀마 정부와 맺은 생산물분배계약 조건에 따르면 미얀마 정부의 수익은 생산물분배 몫과 로열티, 법인소득세, 국영석유회사 MOGE의 지분비(15%) 수익 등을 포함해서 우리 컨소시엄 전체 수익의 2배 이상이 된다.

컨소시움에서 우리 회사의 지분이 절반가량이 되므로 미얀마 정부는 쉐 가스전 프로젝트로부터 우리 회사 수익의 4배보다 넘는 수익을 20년 이상 올리게 된다. 이는 미얀마 국가 재징의 싱딩 부분에 기여하는 중요한 수입원이다.

참여 당사자 모두의
윈-윈(win-win) 프로젝트

운영권자인 대우인터내셔널을 비롯하여 미얀마 가스전 컨소시엄에 참여하고 있는 모든 회사들이 사업의 성공으로 인해 큰 수익을 얻게 되었고 석유개발업계에서의 위상도 크게 제고되었다.

특히 그동안 중류 부문 사업인 가스관과 LNG 인수사업만 해 왔고 석유개발사업에는 처음으로 참여하게 된 한국가스공사와 인도의 GAIL사는 A-1광구 사업에서 큰 성공을 거둠으로써 위상 제고와 함께 석유개발사업의 동력을 얻게 되어 그 이후 활발하게 해외 석유개발사업을 펼치고 있다.

중국 역시 미얀마를 거쳐 오는 송유관과 동시에 가스관을 건설함에 따라, 중요한 에너지 공급 루트를 확보하고 장기간 원유와 함께 가스를 공급 받을 수 있게 되어 안정적 에너지 공급의 한 축을 마련하는 계기가 되었다.

또한 미얀마-중국의 국경으로부터 미얀마 서부 해안까지 통로(corridor)가 연결되어 중국이 인도양으로 진출하는 발판을 마련하게 되었고, 이는 정치적으로도 상당히 중요한 의미를 가진다.

미얀마 입장에서는 앞에 언급한 대로 우리 미얀마 가스전으로부터 상당한 재정적 수입을 올리는 것은 물론이고, 현지 고용 창출에도 상당한 기여를 하고 있다.

특히 석유개발사업의 경우 현지 업종 중에서도 고수익 업종에 해당되므로 미얀마의 젊은이들에게는 대우 E&P(대우인터내셔널 현지 조직 이름)가 꿈의 직장 중 하나가 되어 있다.

결론적으로, 미얀마 서부 해상에서의 가스전 사업이 성공을 거둠으로써 미얀마 정부와 미얀마 국영석유회사인 MOGE를 비롯하여 가스를 개발하는 컨소시엄 내의 한국 회사인 대우인터내셔널과 한국가스공사, 그리고 인도 회사인 ONGC와 GAIL은 물론이고 중국 정부와 가스 도입을 담당한 중국 국영석유회사 CNPC 등 모두에게 혜택을 가져온 그야말로 윈-윈 프로젝트라고 할 수 있겠다.

미얀마 석유개발
러시

미얀마 정부야말로 이 사업의 가장 큰 수혜자라고 할 수 있겠다.

대우인터내셔널이 주도한 황금가스전 사업의 성공으로 가장 큰 경제적 이득을 보았고, 심해 지역을 비롯한 미얀마 해상 지역이 전 세계 석유개발업계의 뜨거운 관심을 받게 되었기 때문이다.

미얀마는 석유탐사에 있어 1980년대 말과 1990년대 초에 걸쳐 잠깐 호황을 누리다가 외국 회사의 관심에서 벗어나 있던 지역이었다.

대우인터내셔널이 미얀마 서부 해상에서 대규모 가스전을 발견했다는 소식에 자극을 받아, 중국, 러시아, 말레이시아, 인도, 태국, 호주, 미얀마 회사 등 많은 석유회사들이 2,000년대 중반부터 미얀마 석유탐사에 적극적으로 참여하게 되어, 미얀마 서부 해상뿐만 아니라 남부 해상과 심지어는 심해광구와 육상광구까지 석유개발 러시를 이루게 되었다.

급기야 지난 2013년~2014년 실시한 미얀마 해상광구 국제입찰에서 석유 메이저사들을 포함한 많은 회사들이 참여하여 뜨거운 경쟁을 벌인 끝에 천해광구 10개, 심해광구 10개에 쉘, 쉐브론, 토탈, 우드사이드, 코노코필립스, 스태트오일, ENI, BG 등 세계적 명성을 가진 석유개발회사들이 광권을 취득하여 현재 활발한 탐사작업을 벌이고 있다.

게다가 2016년 2월 우리 대우인터내셔널이 호주의 우드사이드와 함께 서부 해상 심해 AD-7광구에서 또 하나의 가스전을 발견함으로써, 이 지역이 전 세계 석유개발업계가 관심을 가지는 뜨거운 유망 지역으로 떠오르게 되어, 많은 참여회사들이 추가 가스전을 발견할 수 있을 것으로 기대하고 열심히 탐사 활동을 하고 있다.

현지 지원 프로그램과 환경 보존 사업

미얀마에서 석유개발로 수익을 올리는 모든 외국 회사는 의무적으로 수익의 일정 부분을 현지지원 프로그램(socio-economic program)에 사용하게 되어 있다.

대부분의 다른 외국 회사들은 생산이 개시되어 수익이 창출될 때부터 현지 지원 프로그램을 가동하는 데 비해, 우리 컨소시엄은 수익이 나기 훨씬 전 쉐 가스전 프로젝트의 개발이 확정된 때부터 이미 현지 지원 예산을 확보하여 집행하여 왔다.

가스전이 있는 짜욱퓨 지역을 중심으로 짜욱퓨가 소속되어 있는 라카인 주를 포함해서, 심지어는 양곤 지역까지 지원을 하고 있다.

지원 분야로는 우선 현지 학교 신설과 개축, 도서와 기자재 보급 등의 교육 분야가 있다. 병원 및 지역 진료소 신축과 개축, 의료장비와 의약품 보급, 백내장 환자 수술 지원 등 의료 분야도 지원한다.

그밖에도 지역 발전기 공급과 도로, 부두, 교량 개보수 등의 인프

짜우퓨 지역 병원 증축 준공식. 쉐 프로젝트에서 나오는 수익의 일부를 지역사회의 교육과 의료 및 인프라 지원을 위해 사용하고 있다.

라 지원을 비롯하여 저수지 건설과 물 저장탱크 설치 등 용수 공급 지원과 재해 복구 지원 등이 있다.

한편 미얀마 정부와의 계약상 의무 사항이라고 할 수 있는 현지 지원 프로그램과는 별개로 우리는 지역 환경 보존사업도 해 오고 있다.

지진과 쓰나미로 인한 피해를 줄이고 해양 환경 개선과 공기 청정 화를 위해 가스전 인근 지역에 맹그로브(열대나 아열대의 해안이나 조 간대 진흙땅에 자라는 나무) 해양림 조성사업을 벌이고 있다.

해양림 조성을 위해 맹그로브 묘목을 보급하며 지역 주민들과 공 동으로 재배하기도 한다.

환경 보존과 쓰나미 피해 방지를 위해 열대·아열대 지방에서 잘 자라는 맹그로브 나무를 보급하고 있다.

Golden Gas Field in Myanmar

한국 석유개발의
새로운 역사를 만들다

동남아시아 석유개발의
강자로 떠오른 대우인터내셔널

우리나라 회사들이 석유개발에 참여한 역사는 수십 년이 되었지
만, 운영권자로 사업을 처음부터 끝까지 주도하여 성공한 예는 찾
아보기 쉽지 않다. 비록 운영권자로 사업을 수행하더라도 중요한
작업을 외국 컨설턴트나 용역회사에 의뢰하여 탐사와 평가작업을
하는 경우가 많았다.

미얀마 가스전의 경우에는 광구 선정부터 광구의 유망성을 찾아
내고 인공지진파 탐사와 시추작업을 우리가 직접 주관하였다. 뿐만
아니라 이후에 진행된 평가작업과 가스전 개발, 가스판매에 이르는
일련의 과정들도 모두 우리 회사의 인력에 의해 주도적으로 진행되
어 왔다.

그동안 우리가 추진해 온 모든 과정은 외국의 석유개발회사에 전혀 뒤떨어지지 않을 만큼 뛰어난 전문성을 발휘했고, 실로 한국 석유개발의 역사에 뚜렷한 한 획을 그었다고 할 수 있겠다.

또한 지분 양도를 통하여 컨소시엄을 구성하는 과정에 있어서도 철저하게 준비를 하여 외국 회사들의 관심을 끌어냈고, 그 결과 참여하는 외국 회사로 하여금 지분 비율 투자비보다 더 많은 투자비를 부담하게 하여 성공적으로 리스크와 투자비를 분산할 수 있었다.

대우인터내셔널이 주도한 컨소시엄에 지분 참여한 회사들이 비록 투자비를 지분 비율보다 많이 부담하긴 해도 탐사사업이 성공함에 따라 결과적으로 투자한 회사들도 큰 이득을 보게 된 것이다.

대우인터내셔널이 미얀마 서부 해상에서 새로운 탐사 기법을 적용하여 대규모 가스전을 찾았다는 소식은 동남아시아에서 석유개발을 하고 있는 많은 외국 회사들에게 신선한 충격을 주었다.

대우라고 하면 자동차, 조선, 건설 등의 사업 분야에서 활발하게 활동하는 회사로 알았지 석유개발을 하는 회사로는 전혀 알려지지 않았기 때문이다.

더구나 대우사태 이후 회사의 이미지가 추락하여 '대우인터내셔널이 과연 제대로 회생할 수 있을까?' 하는 의구심마저 있었다.

하지만 미얀마 가스전 탐사·개발 성공으로 인해 대우가 살아있음을 보여 주었으며, 대우인터내셔널이 동남아시아 지역의 석유개발에 있어서 새로운 강자로 등장하게 된 것이다.

미얀마의 황금가스전은 대우가 쏘아올린 불사조의 영혼인 셈이다.

그리고 개인적으로는 2001년 8월 대통령표창을 받았고, 2011년 12월에는 미얀마의 황금가스전 개발에 성공한 공로를 인정받아 은탑산업훈장을 수상하는 영광도 누렸다.

다시 찾아온
국내대륙붕

국내의 대륙붕과는 더 이상 인연이 없을 줄 알았는데, 다시 기회가 찾아왔다.

2011년 초에 본사로 귀임하기로 내정되어 미얀마 외에 새롭게 추진할 사업을 구상하고 있었는데, 한국에 있는 지인을 통해 새로운 소식이 들려왔다.

현재 가스를 생산 중인 동해-1 가스전은 한국석유공사가 계속 보유하지만 동해가스전을 제외한 6-1광구의 나머지 탐사 지역에 대한 탐사권이 2011년 2월에 만료된다는 정보였다.

동해가스전 외에도 6-1광구 지역에 추가 가스전 발견 가능성이 높다는 것을 확신하고 있는 나로서는 결코 놓칠 수 없는 기회였다. 그런데 행운의 여신이 때맞추어 찾아왔다. 2010년 12월 한국 정부의 대규모 사절단이 미얀마를 방문했던 것이다.

해마다 정기적으로 한-미얀마 자원협력위원회를 개최해 왔는데, 그 해에는 자원협력위원회를 미얀마에서 갖게 되어, 지식경제부의 고위 관료들이 자원개발 관련 공기업과 민간 기업 임직원들과 함께 미얀마로 찾아왔던 것이다.

이미 지식경제부는 우리 회사의 미얀마 가스전에 대한 많은 내용을 알고 있었지만, 미얀마 가스전 성공 신화를 직접 듣게 된 지식경제부 관계자들은 자원개발의 성공 사례를 듣고 대단히 감명을 받은 듯했다. 이때를 놓치지 않고 국내대륙붕을 담당하고 있는 관료들을 설득했다.

"한국석유공사가 동해가스전에서 가스를 성공적으로 생산하고 있지만, 나머지 지역에 대한 탐사 실적은 저조하지 않습니까? 이번 기회에 국내대륙붕에 민간 기업의 참여를 허용해 주십시오."

"대우가 비록 미얀마에서는 탐사에 성공했지만 우리나라 대륙붕에 대해서는 지식과 경험이 없지 않습니까?"

"6-1광구에 층서트랩의 개념을 처음 도입하고 동해-1 가스전으로 개명한 고래-5 유망구조를 제시한 장본인이 바로 접니다."

처음에는 반신반의하던 정부 관료들이 귀국하여 사실 관계를 확인하고는 대우의 기술력에 대해 확신을 갖게 되었고, 또 국내대륙붕 탐사에 민간 회사를 끌어들이는 것도 괜찮겠다는 결론을 내리게 되었다.

그리하여 2011년 1월 국내대륙붕 6-1광구 참여 신청에 대한 정부의 공고가 나고, 우리 회사를 비롯하여 한국석유공사, STX 에너지가 지원하였다.

정부와 참여사 간의 여러 가지 협의 끝에 6-1광구를 북부와 남부로 나누어, 6-1남부광구는 대우인터내셔널이 지분 70%를 가진 운영권자로 참여하게 되었고 석유공사가 지분 30%를 가진 파트너로 참여하기로 하여 2011년 8월 광권 계약을 체결하였다.

광권을 취득한 이후 과거 가스 발견에 성공하였으나 평가를 제대로 하지 못해 실패한 것으로 결론이 났던 고래-1 지역을 고래 D로 명명하고 이 지역에 탐사를 집중하였다.

2012년 3D 인공지진파 탐사자료를 취득하고 자료처리와 해석과정을 거쳐 마침내 2014년 12월 고래 D 지역에 고래 D-1 평가정 시추를 실시하였다.

2015년 1월 1일 반가운 소식이 들어왔다. 고래 D-1 평가정의 목표층 시추에서 상당히 두꺼운 가스층을 관통한 것이다.

그러나 그 이후 실시한 물리검층과 시험생산 결과는 다소 실망스러웠다. 시추 전에 추정한 예상치보다 가스를 함유한 저류층의 두께가 얇게 나타났으며 또한 저류층의 가스 분출능력이 예상보다 좋지 않았다.

고래 D에서 가스가 생산되면 해상가스관을 통해 현재 한국석유공사가 생산 중이며 조만간 가스 생산이 고갈되는 동해-1 가스전의 생산설비에 연결하여 가스를 생산하고자 했다.

고래 D에서 나오는 가스의 양이 다소 부족하고 생산압력이 낮아 20킬로미터 떨어진 동해-1 가스전까지 가기에는 무리인 것으로 예상되나, 현재 평가가 진행 중이므로 결과는 더 지켜봐야 할 것이다.

계속되어야 할
국내대륙붕 탐사

비록 고래 D와 동해-1 가스전의 연계개발이 쉽지는 않을 것으로 보이지만, 고래 D의 가스 매장을 확인하였고 시험생산을 통해 가스 생산을 확인하였으므로 고래 D의 개발 가능성은 여전하다.

인공지진파 자료해석에 의하면 고래 D 인근에 추가 유망구조가 여러 개 존재하므로, 가까운 지역에서 가스가 발견되면 이를 고래 D와 연계하여 개발할 경우 상업적 가스전 개발 가능성은 여전히 존재한다고 볼 수 있다.

물론 경제성을 확보하는 것이 당연한 당면 목표이지만 또 다른 목표도 있다. 현재 생산 중인 동해-1 가스전의 생산기간이 얼마 남지 않았으므로 국내대륙붕에서 추가 가스전을 발견해야만 산유국(産油國)의 지위가 계속될 수 있기 때문이다.

아울러 국내 석유탐사 · 개발 분야의 발전과 인력양성에도 기여하여 해외 석유탐사 · 개발을 적극적으로 추진할 수 있는 성장 동력을 갖게 되므로, 국내대륙붕에서 추가 가스전 발견을 위한 도전은 계속되어야 한다.

과거 7광구로 불리었으며 한 때 노래와 영화의 제목이 되기도 했던 제주도 남부 해상 지역도 우리가 계속 관심을 가지고 준비를 해두어야 하는 해상광구다.

1978년 일본과의 합의 하에 '한일공동개발구역'으로 설정되고, 한 때 일본과 공동탐사를 하였으나 여러 가지 사정으로 인해 지금은 탐사가 중단된 상태이다.

복잡한 외교적인 문제가 얽혀 있지만 언젠가는 문제가 해결되어 우리나라가 단독으로 또는 일본과 공동으로 탐사를 재개할 가능성이 충분히 있는 지역이다.

따라서 이 지역과 인근 지역의 지질에 대한 연구를 꾸준히 계속 진행해 나가고, 해상 석유탐사와 개발에 대한 기술과 경험을 계속 축적해 나가서 기회가 왔을 때 놓치지 않도록 만반의 태세를 갖추어야 할 것이다.

Golden Gas Field in Myanmar

석유개발은 어떻게
해야 하는가

석유개발사업에는 탐사사업과 개발·생산사업이 있다. 석유개발
에 투자하고자 하는 회사는 투자 여력과 실정에 맞게 탐사사업과
개발·생산사업에 대한 투자를 적절히 안배해야 한다.

성공 가능성은 높지 않지만 성공했을 때는 엄청난 수익을 기대할
수 있는 사업(high-risk, high-return)에 참여할지, 아니면 성공 가
능성은 높지만 수익률은 낮은 사업(low-risk, low-return)에 참여
할지 적절히 판단하여 사업에 참여하여야 한다.

▎탐사사업은 기술력을 바탕으로
▎리스크를 분담하면서

탐사사업은 아직 발견되지 않은 원유나 가스를 찾아내는 사업이

므로 성공률이 낮다는 것을 염두에 두고 사업을 추진해야 한다.

탐사사업은 비록 성공률은 낮지만, 개발·생산사업에 비해 투자비가 비교적 저렴하고 사업에 성공했을 때 투자비에 비해 수 배 내지 수십 배의 수익을 올려 기업의 자산 가치를 획기적으로 상승시킬 수 있다.

그러나 도전정신만 가지고 무모하게 사업을 수행하는 회사는 결코 성공의 기쁨을 누릴 수가 없다. 석유탐사에서 10~30% 성공률이라는 것은 입수 가능한 모든 석유지질 자료와 인공지진파 자료를 정밀하게 분석하여 가장 좋은 광구를 선정하였을 때의 성공률이다.

제대로 기술력을 갖추지 않고서는 사업에 성공하는 것은 불가능하다. 당연히 기술력은 사업 성공의 필수조건이다.

또한 탐사사업의 경우 지나친 자신감을 가지고 올인(all-in)하기보다는 적절한 시점에 지분을 양도하여 투자비를 줄이고 리스크를 분담해야 한다.

대우인터내셔널의 경우 미얀마 탐사사업에 있어서 기존자료 분석부터 인공지진파 탐사를 거쳐 사업의 성공을 결정지은 첫 번째 탐사정 시추까지 소요된 총 투자비는 약 2,300만 달러다.

지분 60%에 해당하는 투자비는 약 1,400만 달러에 해당하지만 정부의 성공불융자를 받고 파트너를 영입하면서 지분 비율 이상의 투자비를 부담하게 하여 회사가 실질적으로 투자한 자체자금은 260만 달러에 불과하다.

수십 억 달러의 엄청난 자산 가치를 창출한 프로젝트의 초기 자체자금 투자비 부담은 260만 달러에 불과했던 것이다.

개발·생산사업은 철저한 사전 검토와
사후 관리 능력이 필요

개발·생산사업은 다른 회사가 이미 성공시킨 유전이나 가스전의 자산을 매입하는 것이므로 사업의 리스크가 상대적으로 적어 탐사사업에 비해 비교적 안정적인 투자사업이라고 할 수 있다.

개발·생산사업의 경우, 유전 평가의 적정성과 유가 변동에 따라 사업의 성공 여부가 좌우되며 투자비 규모가 대체로 크므로, 사업 참여에 신중을 기해야 하며 사업 타당성평가를 할 때 여러 가지 변수를 고려하여 철저한 검토를 해야 한다.

또한 사업을 인수한 후 어떻게 관리할 것이냐에 대해서도 미리 충분한 검토를 한 후 사업을 추진해야 할 것이다.

의욕적으로 사업을 시작했으나 경영 능력을 갖추지 못하고 현지의 인력만 믿고 개발·생산사업을 진행하다가 투자비 회수도 제대로 하지 못하고 실패하는 경우를 종종 보게 된다.

적절한
포트폴리오 전략

지난 수년간 우리나라에서 석유개발을 하겠다는 회사가 우후죽순처럼 쏟아져 나와 많은 투자자들을 유혹하여 아프리카, 중앙아시아, 러시아, 남미 등 수많은 사업에 끌어들였다. 그러나 석유개발사업에 성공했다는 소식은 자주 들을 수 없었다.

석유개발사업에 있어서 결코 한두 개의 프로젝트에 회사의 사운을 걸어서는 안 된다. 리스크가 높은 사업이기 때문에 기업은 투자 능력을 고려하여 적절한 포트폴리오를 가지고 석유개발사업에 참여해야 한다.

대규모 투자가 요구되는 석유개발에서 인건비가 차지하는 비중은 적은 데 반해, 우수한 인력을 통해 얻게 되는 이득은 막대하다. 따라서 석유개발을 하고자 하는 회사는 기술 인력뿐만 아니라 회계, 법률, 협상, 경제성분석 등 석유개발에 필요한 전문 인력에 대한 과감한 투자를 절대 아끼지 말아야 한다.

또한 석유개발사업은 긴 호흡으로 장기적인 안목을 가지고 투자해야 하는 사업이다.

성공할 확률보다 실패할 확률이 높은 탐사사업은 물론이고 개발·생산사업도 단기적인 성과에 급급해서는 안 된다. 물론 실패한 사업에 집착해서는 안 되겠지만 일시적으로 손실이 났다고 해서 쉽게 포기해서는 결코 최후의 승자가 될 수 없다.

Golden Gas Field in Myanmar

미래를 위해 석유개발은
계속되어야 한다

석유개발의
필요성

1970년대 오일쇼크 이후 지난 수십 년간 전문가들이 석유는 앞으로 40년 내지 50년 내에 고갈될 것이라고 예상하였으나, 추가 매장량 발견으로 인해 2016년 현재도 원유는 여전히 수십 년 이상 사용할 매장량이 남아 있다.

또한 최근에 셰일가스와 셰일오일 등 비전통석유자원의 개발이 활발히 추진되다 보니, 이제는 많은 사람들이 석유가 멀지 않은 장래에 고갈될 것이라는 사실을 실감하지 않게 되었다.

그러나 지하에 있는 한정된 석유자원에 비해 인구의 증가로 소비량은 계속 증가하고 있기 때문에 짧게는 100년, 길게 봐도 수백 년 이내에 셰일가스·오일을 포함한 석유자원은 고갈되고 말 것이다.

선진국들이 미래의 에너지원으로 대체에너지 개발에 박차를 가하고 있지만 현재로서는 석유를 대체할 만한 에너지원은 원자력 정도에 불과하다. 비록 원자력이 석유를 대체할 주요 에너지원이 된다 하더라도, 인류의 생활 구석구석에 매우 광범위하게 쓰이고 있는 석유화학 제품을 대체할 소재는 현재로서는 전혀 없다.

따라서 멀지 않은 장래에 에너지원으로는 원자력을 사용하고, 석유는 석유화학제품의 원료로만 사용하게 될지도 모른다.

최근 셰일가스·오일의 생산과 국제 정치적인 요인으로 유가가 일시적으로 하락하고 있지만, 장기적으로 볼 때 유가는 상승할 수밖에 없다. 수요공급의 법칙 외에도 물량 부족을 염려하는 심리적 요인으로 인해 원유와 천연가스의 가격이 예상 외로 더 빠른 시기에 더 많이 상승할 가능성은 충분히 있다고 하겠다.

석유개발은 도전정신을 가진 기업을 기다리고 있다

석유개발은 도전정신을 기업문화로 가진 회사만이 참여할 수 있다. 한두 번의 실패에 좌절하지 않고 끈기 있게 도전해야만 최후의 승자가 될 수 있기 때문이다. 다른 회사가 개발하여 이미 검증된 사업 분야에만 진출하는 데 익숙해져 있는 회사는 결코 석유개발사업에 뛰어들 수 없다.

우리나라 기업들이 자동차, 전자, 조선, IT 등 많은 산업 분야에서 세계적으로 손색이 없는 기업으로 발전하였지만, 석유개발 분야는 세계적인 석유 메이저 회사들과 아직 경쟁할 수준이 못 된다.

우리나라의 해외 석유개발 분야는 도전정신을 가진 기업의 참여를 기다리고 있다.

아직도 많은 가능성이 남아 있는 석유개발 분야에서 성공을 거두어, 기업의 가치를 획기적으로 높이고 에너지자원 확보를 통해 국가 경쟁력을 더욱 높이는 동시에, 우리나라 석유개발 분야를 세계적인 수준으로 끌어올리고자 하는 의지를 가진 기업이 필요하다.

유가가 상당히 떨어져 있는 지금이야말로 석유개발에 투자할 만한 최적의 시기이다. 탐사사업은 물론이고 저유가로 인해 재정 압박을 받은 석유회사로부터 생산 유·가스전과 셰일가스 등 비전통 석유사업도 매물로 많이 나오고 있다.

물론 옥석을 구분하여 유망사업을 발굴할 수 있는 능력과 사업 인수 후 석유개발사업을 경영·관리하는 인력을 가지고 있어야 하겠지만, 결코 포기할 수 없는 이유를 열 손가락으로 꼽아도 부족한 석유개발이 다시 부활되고 활성화 되어야 한다.

실패를 두려워하는 자는 성공할 수 없다

석유의 에너지자원으로서의 역할은 물론이고, 현대의 산업에서 수많은 물질의 소재가 되고 있는 석유화학제품을 고려할 때, 석유탐사와 개발의 중요성은 아무리 강조해도 지나치지 않다.

1800년대 후반부터 시작된 oil finder들의 끊임없는 도전정신과 집요한 노력이 있었기에 수천 미터 지하 깊숙이 감춰져 있던 석유를 20세기의 에너지로 활용하여 인류문명이 이렇게까지 발전할 수 있었던 것이다.

아직도 땅 속 깊은 곳에서 지표로 올라오기를 수백만, 수천만 년 동안 기다리고 있는 석유자원이 전 세계 곳곳에 있다. 물론 기회는 이전보다 훨씬 줄었고 앞으로도 계속 줄어들 테지만, 국가의 장래와 인류사회의 생존을 위해서 석유를 찾고 개발하기 위한 도전과 노력을 결코 멈추어서는 안 될 것이다.

석유개발사업 중에서도 특히 탐사사업에 참여할 경우 성공의 환희보다는 실패의 좌절을 겪는 순간이 훨씬 많다.

그러나 수많은 실패 뒤에 찾아온 성공에서 느끼는 말할 수 없는 희열과 그간의 모든 투자비를 충분히 보상하고도 남는 막대한 이익에 대한 기대가 있기에 오늘도 석유탐사는 계속되고 있다.

아무 것도 하지 않으면 아무 일도 일어나지 않는다는 말이 있듯이 실패를 두려워하는 자는 결코 성공의 기회를 잡을 수 없다.

오직 도전하는 자만이 성공을 거머쥘 수 있다.

우리나라 석유개발 역사상 최고의 성공 프로젝트인 쉐 가스전 생산플랫폼

Golden Gas Field
in Myanmar

제11장

은둔의 나라
미얀마의 매력

Golden Gas Field in Myanmar

조용한 아침의 나라와
은둔의 나라

우리나라를 '조용한 아침의 나라'라고 표현한 것을 봤는데, 미얀마를 두고는 '은둔의 나라'로 일컫는다.

미얀마는 동남아시아의 서쪽 끝에 자리 잡은 나라로, 우리나라 사람들에게는 낯설게 느껴질 수도 있을 성 싶다. 기껏해야 '아웅산 묘소 테러사건' 정도를 기억하는 분들이라면 '은둔의 나라'라는 표현이 제격일지도 모르겠다.

미얀마는 최근의 개방 정책에도 불구하고 여전히 국제사회에 많이 알려지지 않은 나라다. 2004년 5월에 미얀마 E&P 사무소를 양곤에 개설하면서 상주하기 시작하여 2011년 초까지 거의 7년 가까이 미얀마에서 살았으니 미얀마의 매력에 대해 몇 마디쯤 얘기할 수도 있을 듯하다.

한 가지 꼭 이야기하고 싶은 사실이 있다면 함께 양곤으로 이주했던 아내는 말할 것도 없거니와 양곤의 사무소에 근무했던 대부분의 한국 직원들과 가족들도 미얀마의 매력에 푹 빠져 있었다는 것이다.

가장 큰 매력은
미얀마의 미소

미얀마에서 가장 매력적인 것이 무엇이냐고 물으면 많은 외국인들이 '미얀마 국민' 자체라고 대답한다. 항상 평정심을 잃지 않고 온화한 미소로 상대방을 대하는 미얀마 국민들의 성품이 미얀마의 어떤 매력보다 우선한다는 것이다.

혹자는 미얀마 사람들의 순수한 성품이 그동안의 폐쇄 정책으로 인해 외부 사회와의 접촉이 많지 않고, 아직 자본주의에 물들지 않은 데서 기인했을 것이라고 한다. 일리가 있는 말일 수도 있겠지만, 외부 사회와의 접촉이 별로 없다고 해서 모두가 평안하고 온화해 보이는 것 같지는 않다.

미얀마는 1960년대와 1970년대에만 해도 동남아시아의 가장 부국(富國)으로 오래 전부터 많은 외국인들과 접촉해 왔던 나라다. 특히 양곤 등 주요 도시는 이미 자본주의의 영향을 아주 많이 받았다고 할 수 있으므로, 이 나라 국민들의 착한 인성의 주원인이 미개방은 아닌 것 같다.

오랫동안의 폐쇄정책 때문에 경제적으로 어려운 시기를 겪고 있음에도 불구하고 미얀마 사람들의 얼굴에서는 비굴하거나 궁핍한 모습을 찾아보기 힘들다.

의젓하면서도 결코 교만하지 않으며, 친절하고 온화하면서도 천박한 모습은 조금도 보이지 않는다. 환한 미소로 대변되는 미얀마 국민들의 착한 성품은 근면성과 함께 이 나라 국민들의 가장 큰 장점 중의 하나다.

쉐다곤(Shwedagon) 파고다

미얀마를 대표하는 가장 유명한 유적은 쉐다곤 파고다라고 할 수 있다. 대부분이 평지로 되어 있는 양곤 시내의 싱구타라라고 하는 나지막한 언덕에 장엄하게 우뚝 솟아 있는 거대한 황금 불탑 쉐다곤은 실로 보는 이로 하여금 탄성을 자아내게 하는 장관이다.

원추형의 거대한 불탑 지붕 전체가 실제 황금으로 덮여 있어, 야간에 조명을 받아 반짝이는 거대한 황금 불탑을 보면 마치 전설의 황금도시 엘도라도에 온 것 같은 느낌을 받는다.

쉐다곤 파고다의 황금이 우리 대우인터내셔널이 개발한 황금가스전의 황금과 일맥상통하고 있으니 쉐다곤 파고다를 바라보는 우리의 심정이 어떻겠는가.

지금부터 약 2500년 전 석가모니 생전에 미얀마의 상인 두 사람이 석가모니로부터 직접 받은 8가닥의 머리카락을 지금 쉐다곤 파고다가 서 있는 언덕에 신사를 만들어 보관하였다고 한다. 이것을 계기로 이 싱구타라 언덕은 불교의 성지가 되었다.

14세기에 처음 이 언덕에 높이 18미터의 파고다가 건설된 이래 (어떤 문헌에는 11세기라고 되어 있음) 왕들에 의해 그 이후 계속 파고 다가 증축되어 현재는 높이 100미터, 둘레 약 430미터에 이르는 거대한 불탑이 되었다.

쉐다곤 파고다의 지붕을 덮고 있는 황금의 양에 대해서는 정확한 자료가 없으나 7,000~8,000킬로그램에 이른다고 알려져 있다. 더욱 놀라운 것은 쉐다곤 파고다 꼭대기 부근에 5,448개의 다이아몬드, 2,317개의 사파이어, 루비, 토파즈 등 수많은 보석을 보관하고 있는데, 그 보석들의 가치가 파고다 전체를 덮고 있는 황금보다 훨씬 값지다고 한다(출처: www.shwedagon.org).

쉐다곤 파고다에는 간혹 외국인들이 눈에 띄기도 하지만, 항상 정성껏 불공을 드리고 있는 수많은 미얀마 사람들로 붐빈다. 쉐다곤 파고다를 비롯한 미얀마 내의 모든 파고다에 들어갈 때는 반드시 신발과 양말을 벗고 맨발로 들어가야 한다.

미얀마 사람들은 태어난 요일을 중요하게 생각하여, 두 개 또는 세 개로 이루어진 이름 중 첫 번째 이름을 들으면 어느 요일에 태어났는지 알 수 있다. 참고로 미얀마 사람의 이름에는 성이 없고, 이름 앞에 남자는 우(U), 여자는 도(Daw), 젊은 남자는 꼬(Ko), 젊은 여자는 마(Ma)를 붙인다.

수요일은 오전과 오후로 구분하므로 모두 8개의 요일이 있는데, 쉐다곤 파고다의 하단은 8각형으로 되어 있으며, 각각의 단에 특정 요일을 지시하는 동물의 상이 있다.

미얀마를 대표하는 유적 쉐다곤 파고다. 지붕 전체가 순 황금으로 덮여 있다.

월요일은 호랑이, 화요일은 사자, 수요일 오전은 상아 있는 코끼리, 수요일 오후는 상아 없는 코끼리, 목요일은 쥐, 금요일은 기니아피그(모르모트라고 불리는 쥐과 동물), 토요일은 용, 일요일은 가루다(불교 전설에 나오는 새)가 해당된다.

미얀마 사람들은 쉐다곤 파고다에 가면 자기가 태어난 요일에 해당하는 동물상이 있는 곳으로 찾아가서 그곳에 물을 부으면서 지성으로 불공을 드리거나, 불상을 모신 방에서 스님의 설법을 듣기도 한다.

바간
(Bagan)

바간은 미얀마의 한가운데 자리 잡고 있으며, 미얀마를 가로지르는 이라와디 강가에 놓여 있는 아름다운 도시다. 이곳은 11세기에서 13세기에 걸쳐 번성하였던 고대 왕국의 수도로서, 크고 작은 수많은 사원과 불탑이 놓여 있다.

바간의 수많은 불교 사원들은 캄보디아의 앙코르와트 사원과 인도네시아의 보로부르드 사원과 함께 세계 3대 불교 유적지로 꼽힌다.

유적 자체의 가치나 의미로 보아서는 세계문화유산으로 전혀 손색이 없음에도 불구하고 여러 가지 사정으로 인해 안타깝게도 여태껏 유네스코 세계문화유산으로 지정되지 못하고 있다.

불심이 깊은 미얀마 사람들은 지금도 재력이 허락하면 곳곳에 불탑을 세우곤 한다. 과거 바간 왕국 시대에는 수도인 이곳에 10,000개 이상의 사원과 불탑이 있었다고 하는데, 지금은 2,200개쯤 남아 있다.

여행 안내책자에 보면 바간에서는 사방 어디를 향해 손가락을 가리켜도 반드시 불탑을 볼 수 있다고 하여 다소 과장된 표현일 것이라고 생각하였으나, 실제로 바간에 가서 불탑이 보이지 않을 것 같은 방향으로 손가락을 가리켰더니 저 멀리서 어김없이 불탑이 나타나곤 했다.

마차를 타고 다니면서 바간 구시가지 곳곳에 산재해 있는 사원과 불탑을 둘러보고, 그 중에서 특히 크고 유명한 몇 개 사원을 방문하여 각 사원의 독특한 건축 양식을 살펴보면서 대규모 불상을 감상하게 되면 미얀마가 얼마나 불교를 중시하고 불교문화에 깊이 빠져 있는가를 절실히 느끼게 될 것이다.

미얀마 중부에 위치한 고대도시 바간의 파고다 유적들이 저녁 노을을 받아 장관을 이루고 있다.

관광객을 위해 출입이 허용된 사원의 꼭대기에 올라가 주변을 둘러보면 수많은 사원과 불탑이 한 눈에 들어오는 장관을 즐길 수 있다.

저녁에는 강가에 위치한 호텔의 야외 정원에서 식사를 하면서, 아름다운 석양과 함께 미얀마 민속춤을 즐기는, 실로 멋진 추억거리를 만들 수 있는 곳이기도 하다.

한국에서는 불교 성지로 알려져 스님들을 대동하고 많은 불교 신자들이 방문하는데, 굳이 불교 신자가 아니라도 꼭 방문해볼 만한 훌륭한 관광지다.

인레(Inle) 호수

인레 호수는 미얀마 중부 산악지대의 해발 약 900미터에 위치한 길이 20킬로미터, 폭 10킬로미터의 거대한 호수로서 그 면적은 116제곱킬로미터에 이르지만, 평균 수심이 건기에는 2미터, 우기에는 3.5미터에 불과한 얕은 호수다. 인레라는 이름은 바로 미얀마어로 호수라는 뜻을 가지고 있다.

호수 주변에 호텔들이 즐비하고, 시설은 물론 주변 경관이 뛰어나 많은 외국인들이 찾는 관광 명소다.

아침에 일어나 옅은 안개 속에 어른거리는 아름다운 호수의 경관을 즐기거나, 조그만 배를 타고 호수 구석구석을 다니며 자연을 감상하고 호수 주민들의 삶을 엿볼 기회도 있다.

저녁 무렵 호수 한가운데로 나가 호수 아래로 떨어지는 석양을 바라보면 평생 잊지 못할 아름다운 장면을 추억으로 간직하게 될 것이다. 그런데 밤에는 호수에서 올라오는 한기로 인해 호텔 방이 무척 춥기 때문에 따뜻한 옷을 준비해 가야 한다.

인레 호수를 배를 타고 지나다 보면 분명히 흙으로 되어 있는 밭인데도 호수 바닥에 뿌리를 내리지 않고 출렁거리면서 물 위에 떠 있는 밭, 일명 'floating garden'을 많이 볼 수 있다.

흙을 주재료로 하여 수초 위에 흙을 올리고 그 위에 다시 수초와 흙을 덮는 과정을 여러 차례 반복한 후 대나무를 호수 바닥에 박아 고정을 시키면 floating garden이 만들어진다. 여기서는 주로 토마토를 재배하는데 인레 호수에 사는 사람들의 중요한 경제적 수입원이 되고 있다.

인레 호수에는 약 70,000명의 주민이 호수 안의 수상 가옥에서 살고 있다. 이곳에는 여러 인종들이 부락을 형성하여 살고 있는데, 이들은 특이하게 발을 이용하여 노를 젓는 배를 타고 호수에 나가 고기를 잡거나 floating garden에서 농작물을 재배하며 생계를 꾸리고 있으며, 베를 짜거나 수공예품을 만들기도 한다.

아름다운 자연 경관을 즐기는 것과 더불어 호수에 사는 사람들의 생활을 엿보는 것도 색다른 추억거리가 될 것이다.

해발 900미터에 위치한 거대한 인레 호수. 발로 노를 젓는 배를 타고 통발로 고기를 잡는 모습을 볼 수 있다.

인레 호수의 물 위에 떠 있는 밭(floating garden)에서 농작물을 재배하는 모습

나팔리(Ngapali)
해변

미얀마 북서부 라카인주 해안에 위치한 나팔리는 우리 가스전에서부터 멀리 떨어지지 않은 곳에 있으며 양곤에서 비행기로 한 시간쯤 걸린다.

인도양 벵골만의 아름다운 비취색 바다와 3킬로미터 이상 끝없이 펼쳐 있는 부드럽고 하얀 백사장은 실로 동남아시아의 어느 유명 해변 휴양지에 못지않은 절경이라고 할 수 있다.

나팔리라는 이름은 이 해변을 방문한 이탈리아 사람이 이곳의 멋진 풍경이 나폴리와 같이 아름답다고 하여 붙인 이름에서 유래한다고 한다. 미얀마어 또는 라카인어로는 나팔리라는 단어가 아무런 의미가 없다고 하니, 나폴리에서 유래하였다는 말에 설득력이 있어 보인다.

물속이 훤히 들여다보이는 깨끗하고 아름다운 바다와 매력적인 백사장이 있는 이곳에는 휴양시설도 훌륭하다.

방갈로 형태의 많은 호텔이 특급호텔 수준의 시설과 서비스를 제공하고 있으며, 다른 동남아시아 휴양지와는 달리 번잡하고 소란스럽지 않게 호젓한 휴가를 즐길 수 있기 때문에 미얀마 관광의 황금 시즌인 11~2월에는 많은 유럽 관광객들이 찾는 곳이다.

또한 나팔리 해변이 위치한 라카인주 바다는 미얀마에서 가장 많은 해산물이 나는 곳이다. 이 곳 휴양지는 인근 바다에서 잡은 바다가재를 비롯하여 새우, 오징어 등 각종 싱싱한 해산물과 생선을 마음껏 즐길 수 있는 곳이기도 하다.

나팔리 해변. 인도양의 비취색 바다와 3킬로미터 이상의 하얀 백사장이 펼쳐 있는 곳으로 11월과 2월 사이에 많은 유럽 관광객들이 찾는 절경의 휴양지이다.

우기의 시작을 알리는
띤잔(Thingyan) 축제

매년 4월 중순 불교력(음력)으로 새해 첫날을 맞이하기 바로 직전, 며칠에 걸쳐 미얀마에서는 전국적으로 대대적인 물의 축제가 개최된다. 이때가 바로 우기가 시작되기 직전이기도 하다.

이 기간에는 세상에 찌든 모든 죄와 더러운 것을 깨끗이 씻어내고 새로운 새해를 맞이하라는 뜻으로 사람들에게 물을 퍼붓는다.

태국의 송크란 물 축제나 캄보디아, 라오스의 물 축제도 같은 시기에 있으나, 물 축제의 규모나 열광하는 정도가 다른 국가와 비교할 수 없다.

당초에는 그릇에 있는 물을 지나가는 사람들에게 끼얹는 정도였을 터인데, 지금은 도시의 대로변에 가건물로 스테이지를 설치하여 지나가는 사람들에게 고무호스로 물을 뿌린다.

스테이지에서는 하루 종일 노래와 음악과 춤이 이어지며, 스테이지 앞에서는 미얀마에서 대중교통 수단으로 이용되는 조그만 트럭에 많은 사람들이 몸을 싣고 물세례를 받기 위해 줄지어 있다.

국민들의 집회에 대해 매우 엄격하던 미얀마 정부도 이 기간 동안만은 예외적으로 전 국민이 마음껏 모여서 노는 것을 허용한다.

종교적인 의미를 갖는 행사로 시작되었지만, 젊은이들에게는 그동안 참았던 열정을 폭발시키는, 약간은 광기 어린 축제의 장이 며칠 동안 계속된다. 얌전하고 차분하던 미얀마 사람들이 띤잔 물 축제 기간에는 엄청난 열정으로 축제를 만끽하는 것을 보는 것도 재미있는 볼거리다.

이 기간 동안 거리에 나갈 때는 엄청난 교통체증을 감수하고 몸에 물을 흠뻑 뒤집어 쓸 각오를 단단히 하고 있어야 한다.

찾아보기